vmn

Viel Spaß!

Peter Ritter wurde 1966 in Kronach geboren. Er lebt seit 1986 in Bamberg, wo er heute als Lehrer für Englisch, Informationstechnologie und Kunsterziehung tätig ist. Nebenbei schreibt er Schultheaterstücke und Romane und tritt als Sänger und Gitarrist von Bands auf.

Peter Ritter

Bullen-Blues

Kriminalroman

vmn
Verlag M. Naumann

Verlag M. Naumann, **vmn**, Hanau, 2008
Druck: Aalexx Buchproduktion GmbH, Großburgwedel

ISBN 978-3-940168-21-4

1. Auflage September 2008
2. Auflage Oktober 2008
3. Auflage September 2010
4. Auflage Dezember 2012

Bibliografische Information Der Deutschen Nationalbibliothek
Die Deutsche Nationalibliothek verzeichnet diese Publikation in der Deutschen Nationalbibliografie; detaillierte bibliografische Daten sind im Internet über http://dnb.ddb.de abrufbar.

Herzlichen Dank an alle,
die mich bei der Arbeit an Bullenblues unterstützt haben. Besonders hervorheben möchte ich Polizeihauptkommissar Rainer Wolfschmitt, der mich in Sachen Polizeiarbeit beriet, seine Frau, Diplompsychologin Astrid Wolfschmitt, die mir bei der Figurenzeichnung half und Katja Sesslen, die als erste das vollständige Werk sichtete.

Personen und Handlung dieses Buches sind frei erfunden. Ähnlichkeiten mit lebenden oder toten Personen sowie existierenden Unternehmen wären also rein zufällig.

Für meine Eltern

AN GOTTES SEGEN
IST ALLES GELEGEN

Inschrift an einem Bamberger Haus

1 Überstunden

25. April

Der Bamberger an sich ist ein Morgenmuffel. Weil er nachts in der Kneipe noch gerne das eine oder andere Bier trinkt, kommt er früh kaum aus den Federn, und so mancher schafft es nur mit Müh' und Not, pünktlich am Arbeits- oder Ausbildungsplatz zu erscheinen.

Insofern war Laura keine typische Bambergerin. Um halb sechs Uhr morgens stieg sie an diesem Mittwoch vor dem Bootshaus im Hainpark aus ihrem Kleinwagen. Sie öffnete die Beifahrertür für Rex. Der Schäferhund, der seinen Namen einem Artgenossen aus einer Fernsehserie verdankte, sprang heraus und lief aufgeregt über den Parkplatz auf den Weg, der am Regnitz-Ufer entlangführte. Er schnüffelte im Unterholz herum, während sich sein Frauchen mit Stretching-Übungen aufwärmte. Nach wenigen Minuten rannten die beiden los.

Rex, der die Strecke gut kannte, lief weit vor der sportlichen Frau, die wie immer schnell unterwegs war. Amüsiert beobachtete sie, wie er rechts am Flussufer einige Enten hochscheuchte. Ohne ihn wäre Laura im dämmrigen Park wohl etwas ängstlich gewesen. Die Sonne würde erst kurz nach sechs aufgehen. Doch mit Rex an ihrer Seite fühlte sie sich sicher. Er war ihr Beschützer auf der allmorgendlichen Strecke, die sie für Geist und Körper brauchte. Ihr beschleunigter Puls, die Luft im Park, das rhythmische Geräusch ihrer Schritte auf dem Weg: Joggen war für Laura fast schon eine Droge. Eine Droge, die sie zu dieser frühen Stunde, in der es kaum andere Läufer im Park gab, so richtig genießen konnte.

Sie liefen am kleinen roten Pavillon – dem Druidentempelchen – vorbei über einen der Übergänge unter der großen Hainbrücke. Die erste Etappe, der Theresienhain, war geschafft. Ziel: die Buger Spitze. Von da aus würde es wieder zurückgehen, wie jeden Morgen.

Auf der großen Liegewiese im Luisenhain spielte Rex mit einem älteren braunen Spaniel, den er kannte. Das Verbotschild für Hunde schien die beiden nicht im Geringsten zu interessieren. ›Na ja – so lange er kein Häufchen macht‹, dachte Laura und ließ ihn gewähren. Sie joggte eine Weile auf der Stelle. Auf der anderen Seite der Wiese konnte sie in der Dämmerung mit etwas Mühe den Besitzer des Spaniels erkennen: einen freundlichen Herrn Mitte sechzig. Sie winkte ihm zu. Wie immer, wenn sie ihm hier begegnete. Er winkte zurück. Gesprochen hatten sie noch nie miteinander.

Weiter ging's. Ein schriller Pfiff genügte, und der gut erzogene Rex verabschiedete sich mit einem kurzen Kläffen von seinem Spielkameraden.

Nach der Wiese wurde die Vegetation des Parks dichter. Efeu überwucherte die Stämme mancher Bäume, so dass sie im Halbdunkel aussahen wie seltsame, in graugrüne Mäntel gehüllte Gestalten.

Laura blieb auf dem Uferweg, weil der ihr am besten gefiel und Rex immer wieder seinen Spaß mit den Enten haben konnte.

Schon längst hatten die ersten Vögel zu zwitschern begonnen – der neue Tag wurde begrüßt. Rex lief jetzt weit vor ihr, zu weit für ihren Geschmack.

Ein Pfiff.

»Rex!«

Der Hund stoppte, drehte sich um und spähte mit aufmerksam aufgestellten Ohren in ihre Richtung.

Sie stand auf einem Bein und pulte mit dem Zeigefinger umständlich in ihrem rechten Sneaker herum. Mit der linken Hand stütze sie sich an einem Baumstamm ab. Das Kieselsteinchen wollte einfach nicht herauskommen. Also runter mit dem Schuh. Den Rükken gegen den Baumstamm gelehnt, streifte sie ihn schließlich wieder über, bemüht, nicht erneut ein störendes Objekt hineinzubringen. Als sie wieder aufblickte, war Rex verschwunden. Er hatte die Unterbrechung genutzt, um sich ins Unterholz zu verdrükken. Typisch. Sie pfiff erneut und rannte weiter.

Rex war schon tief in den Wald vorgedrungen – ein Paradies für jede Hundenase. Er war wie im Rausch von all den Gerüchen, die er gierig aufnahm: Ratte, Maus, Wurm, Mensch ...

Mensch? Ja, Mensch. Aber nicht Frauchen. Ein guter Mensch? Wo war er? Was war das eben für ein Knacken?

Er hielt an und streckte den Kopf nach vorne. Langsam legte er die Ohren zurück und begann bedrohlich zu knurren.

»Rex!«

Laura hatte die Stelle erreicht, an der er den Weg verlassen haben musste. Angestrengt spähte sie in den Wald.

»Rehex!«

Noch ein Pfiff – nichts.

Das war untypisch für ihn. Sie ärgerte sich, zumal sie auch nicht die geringste Lust verspürte, ihm zu folgen. Doch was blieb ihr übrig? Sie konnte nicht ohne ihn nach Hause. Missmutig bog sie ein junges Ahornbäumchen beiseite und ging ein Stück in den Wald hinein. Rex würde was erleben. Sie blieb stehen.

»Rex!« – Nichts.

Also gut: noch ein Stück. Wie ein Storch schritt sie voran und bahnte sich ihren Weg. Mit jeder Sekunde wurde sie ungeduldiger. Sie malte sich die Strafe aus, die ihn erwarten würde, als sie ein paar Meter vor sich etwas auf der Erde liegen sah. Konnte er das sein? So reglos?

»Rex?«

Ihr Herzschlag beschleunigte sich, als sie gebückt näher trat und mit zusammengekniffenen Augen versuchte, Einzelheiten zu erkennen: Er war es tatsächlich! Schockiert kniete sie nieder, fasste an seinen Hals und versuchte, seinen Kopf zu heben, der schwer und schlaff in ihrer Hand lag. Sie betastete seine Brust. Was hatte er da? Schlagartig wurde ihr klar, dass hier irgendetwas ganz und gar nicht stimmte. In Sekundenbruchteilen fraß ihr die Angst ein großes Loch in den Bauch. Ihr Herz raste, als tausend innere Stimmen sie anbrüllten:

»Dein Hund ist tot!«

»Du bist alleine im Wald!«

»Und die verdammten Vögel zwitschern nicht mehr!«

Sie hielt den Atem an und lauschte – tatsächlich: Kein Vogel sang mehr. Grabesstille.

»Lauf!«, brüllten die Stimmen.

Im Techno-Rhythmus schien ihr Herz zwischen ihren Ohren zu hämmern.

»Lauf! Lauf! Lauf verdammt noch Mal! Lauf um dein Leben!«

Hinter ihr knackte ein Zweig.

Kriminalhauptkommissar David Schreiber hauchte in seine vorgehaltene Hand. Mist. Er hatte noch eine Fahne. Zum Glück lag stets etwas Pfefferminz in seinem Handschuhfach. Er fand die Pastillen unter einem Päckchen Kondome.

›Ob das Verfallsdatum schon überschritten ist?‹, dachte er brummig. Er meinte die Kondome.

Ein kritischer Blick in den Rückspiegel: Sein 40-jähriges, hageres Gesicht schaute ihn missmutig an. Die Geheimratsecken schienen über Nacht schon wieder gewachsen zu sein. Doch so kurz geschoren, wie er das grau melierte Haar trug, fand er seine Frisur noch ganz passabel. War da ein neues Augenfältchen aufgetaucht? Nein. Oder doch? Na ja. Wenigstens hatte er seit kurzem Kontaktlinsen. Die ließen seine Augen blauer wirken als sie es tatsächlich waren.

»Mann siehst du scheiße aus«, brabbelte er griesgrämig. Schreiber war ein Morgenmuffel – ein richtiger Bamberger eben. Als er ausstieg, war er überrascht, wie kühl es noch war. Er knöpfte seine neue braune Lederjacke zu und sah sich auf dem Parkplatz am Ende der Hainstraße um. Zwei uniformierte Kollegen notierten gerade die Kennzeichen der wenigen Autos, die hier standen. Sie nickten ihm zu.

»Morgen.«

»Morgen.«

Das Schrillen eines alten Telefons ertönte. Schreiber fischte ein Handy aus der Brusttasche seiner Jacke.

»Ja?«

»Morgen David. Wo bist du?«

»Auf dem Parkplatz am Ende der Hainstraße.«

»Warte auf mich. Ich bin gleich da.«

»Hm.«

Als er mit den Händen in den Jackentaschen wartete, dachte er an die letzte Nacht. Die Polizisten vom Kommissariat 1 für Delikte gegen Leib und Leben hatten noch am ›Bullenstammtisch‹ im Nebenzimmer der Weinstube *Fischerei* gezecht. Normalerweise traf man sich da nur jeden ersten Dienstag im Monat. Aber Kollege Fritz Bayer hatte zu einem kleinen Umtrunk geladen, um seinen 34. zu feiern. Danach war Schreiber noch mit Kriminalhauptkommissarin Sophie Thiele, mit der er sich prächtig verstand, in die *Blues-Bar* in der Sandstraße gegangen. Sophie war Kollegin und gute Freundin in einem. Dummerweise ließ Schreiber sich manchmal dazu hinreißen, sie anzubaggern – jedoch nur, wenn er zu viel getrunken hatte. Dies war auch am Tresen in der *Blues-Bar* wieder geschehen. Die glücklich verheiratete Sophie hatte ihn charmant in seine Schranken gewiesen. Dennoch war es ihm am nächsten Tag jedes Mal peinlich. So auch heute.

Da kam sie. Rasant, aber unsauber parkte sie ihren silbergrauen Kleinwagen neben einem der Streifenautos. Voller Elan stieg sie aus, grüßte freundlich die uniformierten Beamten und lief auf ihn zu.

Schreiber war verblüfft, wie toll sie wieder aussah. Diese Ratte! Wie machte sie das nur? Sie war letzte Nacht doch gerade mal zwanzig Minuten vor ihm gegangen – als er zu peinlich geworden war. Und immerhin war sie auch schon sechsunddreißig. Ihr brauner Pferdeschwanz schaukelte lustig hin und her, als sie ihm wie in Zeitlupe entgegenzukommen schien. Ihr schlanker Körper war durch jahrelanges Karate-Training gestählt. Die schwarze, sportliche Lederjacke und die modische, enge Jeans standen ihr ausgezeichnet. Irgendwo in Schreibers Hinterkopf schien George Michaels *Careless Whisper* zu säuseln.

»Morgen Tiger!« Sie lächelte ihn spitzbübisch an.

»Morgen Schnegge.« Etwas unterwürfig lächelte er zurück, um sich für seine Annäherungsversuche vom Vorabend zu entschuldigen.

Sie begriff sofort und nickte ihm mit einem ermutigenden Augenzwinkern versöhnlich zu. Damit war der Fall erledigt. Man verstand sich auch ohne viele Worte.

Schreiber wusste nicht, dass er ihr tatsächlich richtig gut gefiel und sie sich insgeheim geschmeichelt fühlte, wenn er ihr manchmal im Suff auf die Pelle rückte. Sie hätte ihn vielleicht sogar erhört, wenn da nicht ihr geliebter Gatte gewesen wäre: Pete, ein Realschullehrer, der Schreiber ziemlich ähnlich sah.

»Und Tiger? Gestern noch gut nach Hause gekommen?«

»Hm. Hab' aber noch 'nen ganz schönen Kater. Und? Wie geht's dir?«

»Blendend. Danke. Blendend.«

»Echt?«

»Echt.«

Wie machte sie das nur?

Sie liefen in den Luisenhain in Richtung der großen Wiese. Über ihren Köpfen donnerte auf dem Münchner Ring der Berufsverkehr vorbei.

»Weißt du, ob der Chef schon da ist?«, fragte Schreiber.

»Ja. Ich hab' vorhin kurz mit ihm telefoniert.«

Erster Kriminalhauptkommissar Konrad Laut, Leiter des Kommissariats, war bekannt dafür, dass er sich stets ein Bild vor Ort verschaffen wollte, wenn es um Tötungsdelikte ging. Er genoss bei seinen Mitarbeitern neidlosen Respekt, da man wusste, dass er die Ermittlungen in jeder Hinsicht souverän leitete.

»Den hat bestimmt nichts mehr aufgehalten«, sagte Thiele. »Der war mal wieder schneller als der Blitz. Du weißt ja, wie er ist.«

Als sie sich dem Fundort der Leiche näherten, wurden sie instinktiv etwas ruhiger, um der Toten den angemessenen Respekt entgegenzubringen. Von Weitem konnten sie Laut auf dem schmalen Weg am Regnitz-Ufer erkennen. Der mittelgroße, stämmige Mittfünfziger mit dem grauen links gescheitelten Haar trug immer einen Trenchcoat – so wie Detektive in alten Gangsterfilmen. Der Notarzt stand noch bei ihm, in der Rechten seine dunkle Tasche. Auf der Erde vor ihnen knieten die beiden Spurensicherer Kriminalhauptmeister Hans Schindler und Mohammed Karaca in weißen Overalls und gingen ihrer Arbeit nach.

»Passt auf, wo ihr hintretet!«, rief Karaca, als er Thiele und Schreiber bemerkte.

Thiele machte mit den Händen eine beschwichtigende Geste.

Laut verabschiedete sich vom Notarzt, der den Totenschein bereits ausgestellt hatte, ohne einen Namen eintragen zu können. Mit einem knappen Nicken in die Runde entfernte sich der Mann, als Thiele und Schreiber bei ihrem Vorgesetzten ankamen. Laut, dessen Gesichtsausdruck Bände sprach, begrüßte seine beiden Mitarbeiter mit einem tonlosen »Morgen Kollegen«.

Betreten blickten die drei Kommissare auf die Leiche der jungen Frau, die einen entwürdigenden Anblick bot. Sie war nass und lag rücklings auf der Böschung zwischen Weg und Fluss. Ihre Füße waren etwa einen Meter vom Wasser entfernt. Sie trug noch Socken, aber einer der Sneaker sowie Hose und Slip fehlten. Ihr Oberteil war bis über den Bauchnabel nach oben geschoben. Die Arme waren aufwärts ausgestreckt. An den Handgelenken hatte sie rote Striemen. Ihr Kopf ruhte mit geschlossenen Augen auf der Innenseite ihres rechten Oberarms. Trotz eines großen Hämatoms und einer Platzwunde an der linken Schläfe war noch deutlich zu erkennen, wie hübsch sie war.

»Scheiße«, flüsterte Schreiber mehr zu sich selbst. Er empfand in diesem Augenblick das Gleiche wie seine beiden Kollegen: Mitleid und Wut. Brutale Tötungsdelikte gingen auch nach Jahren in diesem Beruf nicht spurlos an ihm vorüber. Er versuchte auch gar nicht, sich an die Begegnung mit der Gewalt zu gewöhnen. Im Gegenteil: Er öffnete sich der emotionalen Betroffenheit. Für ihn war sie die beste Motivation.

»Was wissen wir schon?«, fragte Thiele, ohne ihren Blick von der Leiche abzuwenden.

Laut atmete hörbar aus und wandte sich den beiden zu.

»Also gut, Kollegen. Die Tat wurde wahrscheinlich im Wald begangen. Da hinten führt eine Schleifspur zwischen den Bäumen heraus zum Fluss.«

Er wies mit der linken Hand flussaufwärts.

»Der oder die Täter haben das Mädchen wohl hineingeworfen, um Spuren zu verwischen. Wie ihr seht, ist sie nicht aufgedunsen. Sie lag also nicht lange im Wasser. Jedenfalls wurde sie abgetrieben, blieb aber hier hängen. Zwei Jogger haben sie gefunden.«

»Wer sind die?«, fragte Schreiber.

»Studenten aus dem Wohnheim an der Oberen Mühlbrücke. Ich hab' vorhin selbst mit ihnen gesprochen. Die haben aber niemanden gesehen. Unser Opfer ist offensichtlich erwürgt worden – Druckstellen am Hals. Und es sieht so aus, als sei ihr das Zungenbein gebrochen worden. Na ja – und dass wir von einem

Sexualdelikt ausgehen können, brauche ich wohl kaum zu erwähnen. Wir wissen noch nicht, wer sie ist: kein Ausweis, kein Geldbeutel, keine Schlüssel, kein Handy. Nichts. Die Kollegen von der Schutzpolizei überprüfen gerade die in der Umgebung geparkten Autos.«

Er hielt inne. Als er wieder zur Toten blickte, zog er die Augenbrauen zusammen, als ob eine Nadel ihn gestochen hätte. Er senkte kurz den Kopf, um schließlich wieder seine beiden Mitarbeiter anzusehen.

»Kollegen. Wir dürfen hier nichts übersehen. Verstärkung von der Nürnberger Bereitschaft ist schon unterwegs. Die bringen auch einen Mantrailer-Hund. Ich will, dass hier jeder Kieselstein einzeln umgedreht wird. Taucher sollen den Grund der Regnitz absuchen. Der Luisenhain ist bis auf weiteres gesperrt. Ich werde gleich die Sonderkommission zusammenstellen. Ich finde, sie sieht aus wie eine Lisa – also: Ihr gehört zur SoKo Lisa – solange wir's noch nicht besser wissen. Heute Mittag treffen wir uns zu einer ersten Sichtung. Okay?«

»Hm.«

Noch einmal blickten die drei nachdenklich zur Leiche.

»Diese Fesselungsspuren an den Handgelenken … Das Schwein hat das Ganze heimtückisch geplant«, sagte Schreiber.

»So ist es, Kollege Schreiber. So ist es.«

Laut sprach die für ihn arbeitenden Beamten gerne mit ›Kollege‹ an, obwohl er mit allen per ›Du‹ war.

»Wollen wir hoffen, dass sie den Dreckskerl kannte und es nicht irgendein kranker Typ war, der sich seine Opfer willkürlich auswählt«, meinte Thiele.

»Mal' den Teufel nicht an die Wand, Kollegin

Thiele«, sagte Laut, obwohl auch er längst schon an diese Möglichkeit gedacht hatte. Tatsächlich schien sie ihm am wahrscheinlichsten. Und ihm war klar, dass seine Mitarbeiter das ebenso sahen.

»Wie auch immer – wir müssen in alle Richtungen ermitteln. Also, bis dann.«

Die Schönheit des morgendlichen Parks nahm er nicht wahr, als er an der großen Wiese vorüber zurück zum Parkplatz ging. Zu präsent waren die hässlichen Bilder. Zu groß war seine Besorgnis.

Thiele hatte die Befürchtung, die den Kommissaren schon die ganze Zeit in den Köpfen umhergespukt war, als Erste auszusprechen gewagt: War dies das Werk eines psychisch Kranken, der seine Tat zwar plante, die Opfer aber spontan wählte? Wenn ja, würden sich die Ermittlungen deutlich schwieriger gestalten. Und das Schlimmste war, dass dann die Zeit unerbittlich gegen sie arbeiten würde, da er irgendwann erneut zuschlagen konnte – innerhalb von Wochen oder Monaten ... Irgendwann.

Gab es in Bamberg einen Serienmörder?

Dem stark übergewichtigen Kriminalhauptmeister Hans Schindler war unter seinem weißen Overall schon recht warm geworden, als er schwer atmend aus dem Wald kam.

»So wie die Erde da hinten ausschaut, ist dort der Tatort«, berichtete er. »Ohne Overall geht mir da erst mal keiner hin.«

»Klar. Locker bleiben, Hans«, tat Schreiber cool. »Wie weit ist es bis zu der Stelle?«

Nachdenklich verzog der 48-jährige Schindler das Gesicht mit dem dicken grauen Schnurrbart.

»Zwanzig Meter. Vielleicht ein bisschen mehr.«

Er sah hinüber zu Karaca, der neben der Toten kniete und gerade behutsam, fast schon zärtlich Tüten über ihre Hände streifte.

»Hey Mohammed! Dauäds nuch long?«, rief er ihm zu. »Ich brauch' dich do hindn im Wold!«

»Häh?!«, kam es zurück.

Schindler verdrehte genervt die Augen.

»Ob's noch lange dauert!«, rief er noch einmal. »Ich brauche dich da hinten im Wald!«

»Dauert schon noch! Und überhaupt – wird Zeit, dass die Verstärkung kommt!«

»Na bitte. Geht doch«, sagte Thiele schmunzelnd zu Schreiber. Die gebürtige Coburgerin war von derartigen Schauspielen immer wieder fasziniert.

Schreiber nickte abwesend.

»Hm. Zwanzig Meter. Warum so weit? Wie hat unser Mann das gemacht? Hat er sie hier überrascht, irgendwie bedroht und in den Wald geführt? Wenn nicht, ist sie von alleine hineingegangen und ihm erst da drinnen begegnet?«

Er kratzte sich am Ohr. »Aber was wollte sie da? Sie war doch zum Joggen hier.«

Thiele griff den Gedanken auf.

»Du hast recht. Selbst wenn sie mal ganz dringend gemusst hätte, wäre sie niemals so tief hineingegangen.«

Die Titelmelodie der Indiana Jones-Filme riss die beiden aus ihren Gedanken.

Thiele fischte ihr Handy aus der Jackentasche. Es war eine Kollegin: Kriminaloberkommissarin Tanja Schmoll. Sie hatte am Computer die am Park abgestellten Fahrzeuge überprüft.

»Vereinsamtes Auto am Bootshaus«, sagte Thiele als sie auflegte und sich flotten Schrittes in Bewegung setzte.

Schreiber holte sie ein.

»Gemeldet auf einen Klaus Rehmann aus Lichtenfels«, fuhr sie fort. »Er hat eine 22-jährige Tochter: Laura. Sie wohnt in der Herzog-Max-Straße. Tanja hat da schon angerufen. Ihre Mitbewohnerin war dran. Eine Carmen Richter. Sie hat gesagt, dass Laura schon längst vom Joggen zurück sein müsste.«

»Das ist sie«, sagte Schreiber.

»Hm.«

Am Parkplatz trafen sie Kriminaloberkommissar Fritz Bayer, der sich gerade vor dem Rückspiegel seines Motorrads die vom Helm zerdrückte Frisur richtete. Das Haar war in der Mitte gescheitelt, vorne kurz und hinten lang mit kleinen blonden Strähnchen. Ein Schnurrbart zierte seine Oberlippe. Er trug eine V-förmig geschnittene, schwarze Lederjacke mit langen Fransen, und am Handgelenk baumelte die Kopie einer goldenen Markenuhr, die mit unzähligen Edelsteinen besetzt war.

Jedes Mal wenn Thiele ihn sah, fragte sie sich, ob er überhaupt wusste, wie man das Wort ›Stil‹ buchstabierte. Sie mochte ihn aber trotz seiner geschmacklichen Verirrungen. Schließlich bot er fast täglich neue Hingucker, was nie langweilig war, und außerdem trug er das Herz am rechten Fleck.

Laut hatte ihn dazu eingeteilt, mögliche Zeugen zu suchen, also von Haus zu Haus zu ziehen und ›Klinken zu putzen‹. So hatte Bayer sich den Morgen nach seinem Geburtstag nicht vorgestellt. Thiele und Schreiber sprachen kurz mit ihm, ehe sie losfuhren.

Wenige Minuten später, um Viertel nach acht, standen sie vor der Wohnung im dritten Stock in der Herzog-Max-Straße. Die Tür öffnete sich einen Spalt. Eine junge Frau mit struppigem, blondem Haar spähte hindurch und ließ sich die Ausweise der Polizisten zeigen. Schreiber fand sie recht hübsch.

»Sind Sie Frau Richter?«, fragte Thiele.

»Ja, die Carmen. Ist was mit Laura? Hatte sie einen Unfall?«

»Das wissen wir noch nicht. Haben Sie ein Foto von ihr?«

»Kommen Sie herein.«

Sie führte die beiden Beamten durch den Flur in eine kleine Küche mit alter, dunkler Holzeinrichtung. Überall standen Gläser, Dosen und Gewürze. In einer Ecke brummte laut der Kühlschrank.

»Sie machen mir echt Angst«, sagte die junge Frau und kratzte sich nervös am Ohr. »Das ist Ihnen aber schon klar, oder? Warten Sie hier. Nehmen Sie ruhig Platz.«

Die klapprigen Stühle ächzten altersschwach unter dem Gewicht der Polizisten.

Schreiber musterte die lustigen Bärenhausschuhe des schlanken Mädchens, als es hinausschlurfte – sie passten gut zu ihrem braunen Hausanzug.

»Hier«, sagte sie, als sie zurückkam und ein Bild auf den Tisch legte. »Das hab' ich erst neulich von ihr gemacht.«

Gespannt auf die Reaktion ihrer Besucher ließ sie sich langsam auf einen Stuhl nieder.

Die Kommissare betrachteten das Foto: Ein bildhübsches junges Mädchen blickte von ihrer Arbeit am Laptop hoch und lächelte freundlich in die Kamera. Ihr braunes Haar hatte sie hinter die Ohren gestreift. Sie war es – kein Zweifel. Laut hatte mit dem Namen ›Lisa‹ nicht einmal schlecht gelegen.

»Oh Gott«, flüsterte Carmen. Sie stand auf und machte einige Schritte rückwärts, so als ob Thiele und

Schreiber eine ansteckende Krankheit hätten. Sie stieß gegen den Kühlschrank, in dem Gläser klirrten.

»Sie ist tot, oder? Sie ist tot, nicht wahr? Oh Scheiße! Sie ist tot! Ich seh's euch doch an!«

Die Beine bequem übereinandergeschlagen, saß er am üppig gedeckten Frühstückstisch in seiner hellen, modern eingerichteten Küche. Aus dem Wohnzimmer drang laute Musik herüber: Rock der Siebziger. Genüsslich schlürfte er seinen Kaffee und biss ein Stück vom frisch gebackenen Butterhörnchen ab. An diesem Morgen schien es ihm das Beste, was er je gegessen hatte. Er fühlte sich fantastisch. Bei seinem kleinen Ausflug hatte alles perfekt geklappt – genau wie geplant.

Nachdem er nach Hause gekommen war, hatte er erst einmal ausgiebig geduscht, auch wenn er damit gerne noch etwas gewartet hätte. Diesen Geruch auf seiner Haut hätte er am liebsten den ganzen Tag gierig inhaliert – diese berauschende Mischung aus Wald und – vor allem – ihr! Doch es hatte sein müssen. Nichts durfte auf ihn schließen lassen. Nichts!

Und genau so würde es auch sein, denn er hatte an alles gedacht. Jede Spur war beseitigt, und es gab keine Zeugen. Alles unter Kontrolle. Er war einfach zu gut.

Nach dem Duschen war er in die Bäckerei gegangen, um für ein gutes Frühstück einzukaufen – ein richtig gutes! Dieser Tag musste gefeiert werden.

Sein Kopf wippte im Takt der Musik, als er das letzte Stück Hörnchen in den Mund steckte und sich erhob. Die Tasse in der Hand tänzelte er von der Küche ins Wohnzimmer, wo die Stereoanlage laut aufgedreht war – Party am Morgen. Er tanzte zur geöffneten Balkontür und trat hinaus. Unten schoben sich Stoßstange an Stoßstange die Autos durch die Straße. Seine Stadt erwachte zum Leben. Er genoss die Zugluft auf dem Gesicht, als er den Blick lächelnd über die Dächer schweifen ließ. Was für eine Aussicht!

Jetzt noch mal sein Lieblingslied. Wie oft hatte er es heute schon gehört? Egal. Er stellte den Kaffee auf der Balustrade ab, ging hinein, legte die CD ein und drehte voll auf. Der unerbittlich hämmernde Rhythmus fuhr ihm sofort wie eine Droge ins Blut, als er zurück zur Balkontür tanzte. Dieser Rhythmus! Er hatte so eine unglaubliche Kraft. Alle Macht der Welt schien darin mitzuschwingen – seine Macht! Er war das Alpha-Tier, und niemand konnte es mit ihm aufnehmen. Breitbeinig stand er in der Zugluft, streckte die Arme seitlich aus, legte den Kopf zurück und sang mit:

»Oh, won't you come with me
And take my hand.
Oh, won't you come with me
And walk this land.
Please, take my hand!«

Schreiber steckte das Handy wieder in die Innentasche seiner Jacke. Er hatte dem Kommissariat die Identität des Opfers durchgegeben, damit man dort weitere Schritte wie die Überprüfung von Lauras Telefonverbindungen in die Wege leiten konnte. Das Rad der Ermittlungen kam ins Rollen. Irgendjemand musste auch die Eltern informieren – die schwerste Aufgabe in diesem Beruf: eine Nachricht überbringen, die Menschen den schlimmsten Tag in ihrem Leben bereitete. Darum riss sich niemand.

Schreiber musste an seine 15-jährige Tochter Nike denken, die mit seiner Ex-Frau und deren neuem Freund in Nürnberg wohnte. Was, wenn eines Tages jemand an seiner Tür klingelte und ihm sagen würde, dass … Rasch wischte er den schier unerträglichen Gedanken beiseite.

Zum Telefonieren hatte sich Schreiber in Lauras Zimmer begeben, nachdem Carmen weinend in der Küche zusammengebrochen war. Thiele saß jetzt bei ihr.

Die Hände auf den Hüften sah er sich um. Er hatte schon immer bewundert, wie stilvoll Frauen Räume gestalten konnten. Wenn er da so an sich dachte …

In Lauras Zimmer fühlte man sich sofort wohl. Viele Orange-Töne: die Bettwäsche, die Wände, ein Läufer auf dem Parkettboden und mehr. Es war gut aufgeräumt – auch die vielen Bücher, die sich neben allerlei Schnickschnack in den Regalen drängten. Andächtig ließ er den Raum weiter auf sich wirken. Die kleine Stereoanlage, viele CDs, gut gepflegte Pflanzen auf dem Fensterbrett, der Laptop auf dem ordentlichen Schreibtisch, die Korkpinnwand darüber. Zahllose Fotos von Laura hingen daran. Als er die Bilder ansah, meinte Schreiber fast, das Mädchen lachen zu hören.

Ohnmächtige Wut ergriff ihn plötzlich und bereitete ihm ein flaues Gefühl in der Magengegend. Laura würde nie wieder hierher zurückkehren. Und nie wieder würden ihre Augen all dies sehen. Eine Bestie hatte vor wenigen Stunden das Zimmer eines lebenslustigen Mädchens schlagartig in ein Museum verwandelt.

Er beugte sich über den Schreibtisch und fixierte eines der Bilder. Eine Großaufnahme von Lauras Gesicht, das etwas verträumt in die Kamera lächelte. Er sah ihr tief in die Augen.

»Wir schnappen das Dreckschwein. Das schwör' ich dir«, murmelte er und schluckte schwer.

Auf dem Schreibtisch entdeckte er ein kleines grünes Büchlein, das mit goldenen Ornamenten verziert war – Lauras Adressbuch. Er blätterte darin. Die Einträge waren sauber und ordentlich, was ihn in Anbetracht ihres aufgeräumten Zimmers nicht sonderlich überraschte. Nicht schlecht. Doch hatte sie hier alles eingetragen? Oder befanden sich auf dem vermissten Handy noch weitere Daten? Wahrscheinlich. Es war modern, so ziemlich alles auf seinem Handy zu speichern. Ein Adressbuch, wie er es in der Hand hielt, wurde eher als altmodisch belächelt. Nach erfolgloser Suche nach dem Handy nahm er das Büchlein und den Laptop und ging zurück in die Küche.

Dort saß Thiele bei Carmen, die an einem zerknüllten Papiertaschentuch herumknetete.

Carmens Stimme zitterte beim Sprechen.

»Seit zwei Jahren«, sagte sie gerade. »Wir haben uns auf Anhieb super verstanden. Sie studierte das Gleiche wie ich – Lehramt für Realschulen. Wir waren total viel zusammen unterwegs. Vor einem Jahr sind wir dann hierher gezogen.«

»Hatte sie einen Freund?«, fragte Thiele, während sich Schreiber leise dazusetzte.

Zwei dicke Tränen rannen Carmen über die Wangen, als sie langsam den Kopf schüttelte. Sie unterdrückte ein erneutes Schluchzen.

»Und Ex-Freunde?«

Nicken. »Ein paar.«

»Haben Sie die gekannt?«

»Klar. Die sind doch hier ein- und ausgegangen. Manchmal haben wir auch alle zusammen was unternommen. Ich meine zu viert – ich mit meinem Freund und die Laura eben mit einem von denen.«

»Verstehe. Und Ihren Freund? Haben Sie den noch?«

»Hm.«

»Wie heißt er denn?«

»Sven. Sven Maier.«

Als sie bemerkte, wie Schreiber sich den Namen notierte, verdunkelte sich ihr Gesicht misstrauisch.

»Nicht aufregen, Carmen«, sagte Thiele sanft und legte ihre Hände auf die des Mädchens.

»Wir müssen nur mit allen sprechen, die Laura kannten. Deshalb schreiben wir die Namen auf. Sagen Sie uns noch, wer die Ex-Freunde waren?«

Carmen putzte sich lautstark die Nase, atmete tief durch und nickte einsichtig.

»Also gut. Da waren der Mike – den Nachnamen weiß ich nicht, der Tom Schneider und der Jan Weber. Hmm ... Und ganz am Anfang, als ich sie kennenlernte gab's da noch den Carsten Schröder.«

»Gut. Wie lange war sie mit den Einzelnen zusammen?«

»Na ja. Den Carsten kannte sie noch aus der Schule. Mit dem waren es zwei Jahre. Sie hat ihn, als sie zu studieren anfing, wegen dem Jan verlassen. War 'ne kurze Affäre – vielleicht drei oder vier Wochen. Ein Strohfeuer. Danach war sie eine Zeit lang brav. Hat viel nachgedacht und so.«

Thiele schielte kurz zu Schreiber, der ihr zunickte. Er hatte die Namen im Adressbuch, das offen vor ihm lag, entdeckt.

»Mit dem Tom war's wieder was Ernstes«, fuhr Carmen fort. »Hat fast eineinhalb Jahre gedauert. Der war ein ganz Lieber. Ihm hat's das Herz gebrochen, als sie ihn wegen dem Mike verlassen hat.«

»Gut, Carmen. Echt gut. War Tom ihr böse wegen der Trennung?«

»Nicht so richtig. Er hat noch ein paar Mal angerufen und gesagt, wie sehr sie ihm fehlt und so. Aber böse? Nein.«

»Und die Anderen?«

»Gefreut haben sie sich bestimmt nicht. Welcher Mann wird schon gerne verlassen? Vor allem von so einer tollen Frau wie der Laura – hinter der war ja die halbe Uni her. Aber so richtig sauer war eigentlich nur der Mike. Der ist aber auch ein Arsch.« Sie kniff die Augen zusammen und rümpfte verächtlich die Nase. »So ein richtig arroganter Typ, wissen Sie?«

»Verstehe. Erzählen Sie doch mal.«

»Das ist einfach ein mieser Macho. Sieht zwar gut aus, ist aber so ein richtiger Frauenheld. Hat dem Tom die Laura ausgespannt. Einfach so, vom einen Tag auf den anderen. Aber sie hat dann schon bald gemerkt, wie der drauf ist. Ständig hinter anderen Frauen her. Außerdem hat er sich ab und zu einen durchgezogen und auch mal was eingeworfen, wenn Sie wissen, was ich meine. Und das konnte die Laura gar nicht leiden. Wenn's um Drogen ging, war bei ihr Schluss. Sie war ja 'ne ganz Korrekte. Fleißig, machte viel Sport und trank höchstens mal ein, zwei Bier oder einen Cocktail, aber nie zu viel. Na ja, jedenfalls konnte der Mike es überhaupt nicht verkraften, dass sie ihn abserviert hat. Er hat das einfach nicht kapiert und ständig hier angerufen, geklingelt, SMS geschickt oder sie in unseren Stammkneipen belästigt. Wir haben uns sogar schon überlegt, ihn anzuzeigen. Aber er hat's vor kurzem sein lassen.«

»Aha. Und Sie kennen seinen Nachnamen wirklich nicht?«

Bedauernd schüttelte sie den Kopf.

»Leider nein. Die waren ja keine zwei Wochen zusammen.«

»Halb so wild. Ihre Stammkneipen?«

»Kommt drauf an: In der Langen Straße das *Calimeros* oder das *Il Centro.* Da waren wir gestern. Also im *Il Centro*. In der Sandstraße sind wir auch manchmal – im *Stilbruch* oder in der *Soda Bar*.«

»Ist Ihnen im *Il Centro* irgendetwas aufgefallen? Vielleicht ein Mann, der sie angemacht oder auffällig angeschaut hat?«

Carmen sah nachdenklich auf die Tischplatte und knetete weiter an ihrem Papiertaschentuch herum.

»Nein. Nein, echt nicht«, sagte sie irgendwann und schaute wieder zu Thiele hoch. »Wir sind auch schon nach der Happy Hour nach Hause. Haben noch Weiberabend gemacht. Mit einer Flasche Prosecco und einer Liebeskomödie.«

Die Erinnerung brachte sie wieder zum Schluchzen.

»Gut Carmen. Vielen Dank«, sagte Thiele ruhig und sah zu Schreiber hinüber.

Er schüttelte kaum merklich den Kopf.

Das Mädchen gefiel ihm. Sie war tapfer und irgendwie sympathisch. Als sie sich noch einmal die Nase putze, sah sie plötzlich aufgeschreckt zu Thiele hoch.

»Sagen Sie mal, was wird denn jetzt eigentlich aus dem Rex? Wer kümmert sich um den? Der kommt doch nicht etwa ins Tierheim, oder? Ich würde mich schon um ihn kümmern. Wo ist er denn?«

Schreiber und Thiele sahen sich an.

»Ein Schäferhund ... Hört auf ›Rex‹ ... Falls er noch lebt – klar ... Geht in Ordnung. Ich gebe es weiter. Bis dann.«

Fritz Bayer steckte sein Handy weg und erzählte dem uniformierten Kollegen von Rex. Der Polizist sprach sogleich in sein Funkgerät. Die beiden standen am Oberen Leinritt, dem Ufer gegenüber dem Fundort der Leiche. Bayer hatte in der Jugendherberge herumgefragt – erfolglos.

Der Kollege hatte die Brücke an der Buger Spitze gesperrt und sich danach auch den Leinritt vorgenommen, um zu verhindern, dass Schaulustige oder Reporter von dort aus Fotos machten.

Von der anderen Seite des Flusses drang das Kläffen des Mantrailer-Hundes herüber. Dort waren inzwischen zahllose Polizisten im Einsatz. In Reihen durchschritten sie systematisch das Gelände. Andere waren damit beschäftigt, niemand in den Luisenhain zu lassen und Reporter zu vertrösten: Nur Erster Kriminalhautkommissar Laut persönlich würde mit der Presse sprechen.

Die Bamberger Polizei wäre an diesem Tag für jeden weiteren Mann dankbar gewesen.

»Ich brauche jetzt erst mal einen starken Kaffee und einen kleinen Imbiss«, sagte Schreiber beim Auflegen. Mit knurrendem Magen lehnte er an seinem Auto vor Lauras Wohnung in der Herzog-Max-Straße. Er hatte noch nicht gefrühstückt.

»Ich auch, Tiger. ZOB?«

Er liebte es, wenn sie ihn ›Tiger‹ nannte. Der nekkische Umgangston zwischen den beiden half durch Tage wie diesen. Der Besuch bei Carmen war ihnen an die Nieren gegangen.

»ZOB«, bestätigte er.

Sie stiegen in ihre Autos, um sie kurz darauf beim Zentralen Omnibus Bahnhof, dem ZOB, in der verkehrsberuhigten Zone im Parkverbot abzustellen – keine Zeit für Parkplatzsuche. Sie knallten die Türen zu und steuerten im Stechschritt die Bäckerei im Busbahnhofscafé an, wo sie nur kurz hinter einer korpulenten Dame mit einer langen Feder am Hut anstehen mussten.

»Sehr gesund«, sagte Thiele, als sie die Wiener Laugenstange auf Schreibers Teller begutachtete. An den Enden mit Käse überbacken. Sie selbst hatte sich ein Bamberger Hörnla zu ihrem Kaffee geholt.

»Hm«, machte Schreiber nur. Seine Kollegin verstand. Auszeit zum Nachdenken. Schweigend frühstückten sie an einem der Stehtische des Cafés und schauten durch die Glasscheibe dem bunten Treiben zu. Einkaufende Hausfrauen, Kaffee trinkende Rentner, shoppende Studentinnen, schwänzende Schüler, Menschen auf dem Weg zur Arbeit oder schon bei der Frühstückspause – am ZOB war tagsüber immer was los.

Die Nachricht von der toten Frau im Hainpark war schon jetzt hier angekommen und gab Anlass zu empörten Äußerungen und wilden Spekulationen.

»Och Goddäla! Die arm Fraa! Des koo mä goo ned glaab!«, sagte eine ältere Dame.

»A riesn Sauerei is des«, stellte ein Rentner fest.

»Voll der Killer! Die hat einer abgeschlachtet!«, ereiferte sich ein Schüler.

Etwas Genaueres wusste natürlich niemand. Die Polizisten am Park machten ihre Arbeit gut.

»Hinter ihr war die halbe Uni her – das grenzt den Kreis der Verdächtigen nicht gerade ein«, sagte Thiele irgendwann, bemüht, nicht zu laut zu sprechen.

Schreiber nickte und nahm einen Schluck Kaffee.

»Allerdings. Aber immerhin haben wir schon ein paar Namen. Und wie dieser Mike genau heißt, finden wir garantiert über Lauras Telefonverbindungen raus.«

»Bestimmt«, sagte Thiele zuversichtlich. »Nach

dem, was Carmen erzählt hat, müssten wir uns den eigentlich als erstes vornehmen. So wie der ihr nachgestellt hat. Dass er es in letzter Zeit unterlassen hat, muss gar nichts heißen. Im Gegenteil. Es könnte durchaus bedeuten, dass er neue Pläne hatte. Mordpläne.«

»Klar«, stimmte Schreiber zu. »Aber wer auch immer unser Mann ist – dieser Mike oder sonst wer: Ich frage mich, wie das mit dem Hund abgelaufen ist. So ein Schäferhund steht doch niemals einfach daneben und sieht zu, wie sein Frauchen angegriffen wird. Nein. Das Tier musste in jedem Fall ausgeschaltet werden. Aber wie?«

Grübelnd strich sich Thiele mit dem Zeigefinger ein Bröselchen aus dem Mundwinkel.

»Na ja. Wohl kaum mit bloßen Händen ... Erschlagen oder erstochen vielleicht? Quatsch, zu unsicher und auch viel zu riskant. Außerdem hätte Laura genügend Zeit gehabt, zu fliehen.«

»So ist es«, betätigte Schreiber, leckte seinen Teelöffel ab und gestikulierte beim Weitersprechen damit herum. »Sie hat natürlich gar nicht mitbekommen, was mit ihrem Hund passierte, weil sie gewarnt gewesen wäre. Bestimmt rannte Rex beim Joggen immer voraus. Das machen doch alle Hunde. Na klar! Rex wurde beim Rumschnüffeln im Wald beseitigt. Das würde auch erklären, weshalb Laura hineingegangen ist. Sie hat ihren Hund gesucht.«

Er platzierte den Löffel ordentlich auf der Untertasse, spülte das letzte Stück des Würstchens mit Kaffee hinunter und blickte Thiele abwartend an.

»Klingt plausibel«, dachte diese laut weiter. »Aber was hat er mit Rex gemacht? Erschossen? Nein. Hört man zu weit. Vergiftet? Möglicherweise. Aber das Gift müsste sehr schnell wirken. Jemand der Rex kannte, hätte ihn gut anlocken können.«

Nachdenklich tranken sie ihren Kaffee.

»Hm«, machte Schreiber irgendwann. »Hoffentlich finden die Kollegen den Hund. Wir müssen unbedingt wissen, was mit ihm geschehen ist. Denn eines dürfte klar sein: Alles war von vornherein geplant. Unser Mann war auf Rex vorbereitet.«

Thiele nickte bestätigend, als sie sich mit der roten Papierserviette die fettigen Finger abwischte.

»Aber warum? Wusste er, dass er auf jeden Fall Laura antreffen würde? War er nur auf Rex vorbereitet, weil er Lauras Gewohnheiten kannte, wie sie zum Beispiel einer ihrer Ex-Freunde kennen würde?«

»Gut möglich. Andererseits weiß jeder, dass Frauen nicht gerne alleine in der Dämmerung durch den Hain joggen. Sie sind zu ängstlich. Also lassen sie's sein oder nehmen jemanden mit. Einen Freund oder eben ihren Hund.«

»In dem Fall könnte es auch der große Unbekannte gewesen sein«, sagte sie und zerknüllte die Serviette. In Gedanken versunken leerten sie ihre Tassen.

Schreibers Augen verengten sich zu Schlitzen, als er weitersprach: »So ein Scheißkerl. Legt sich alles ganz genau zurecht: die Beseitigung des Hundes, Lauras Fesselung und bestimmt noch einiges mehr. Und wahrscheinlich hat er mit der gleichen Gründlichkeit wieder aufgeräumt. Das Seil oder ein Klebeband, mit dem er ihre Hände zusammengehalten hat, ist verschwunden. Der ist systematisch, gerissen und eiskalt!«

»Beängstigend«, sagte Thiele und musste unwillkürlich an ihre 7-jährige Tochter Louisa denken. Am liebsten hätte sie der Kleinen das Wissen um das Böse in der Welt für immer vorenthalten. Ihr war natürlich klar, dass dies unmöglich war. Doch sie würde Männer wie diesen fangen müssen – um jeden Preis.

»Mohammed und Hans sollen sich gewaltig in Zeug legen«, sagte sie.

»Am besten jeden Kieselstein umdrehen, wie's der Chef gesagt hat«, stimmte Schreiber zu, rümpfte dann aber skeptisch die Nase. »Ich fürchte nur, sie werden nicht allzu viel finden.«

Thieles Handy machte Musik. Sie ging ran: »Hm. Ja … geht klar«, war alles, was sie von sich gab.

»Der Chef«, sagte sie dann beim Auflegen. »Fritz ist unterwegs in die Gerichtsmedizin beim Friedhof, wegen der Obduktion. Peter und Julia fahren gleich nach Lichtenfels, die Eltern informieren und zur Identifikation holen.«

»Hm«, erwiderte Schreiber – insgeheim glücklich, dass dieser Kelch an ihm vorübergegangen war und es Kriminaloberkommissar Peter Aurich getroffen hatte. Hobbygitarrist Schreiber spielte mit dem drei Jahre jüngeren Kollegen in der Bluesband ›B. Bulls‹. Ob das ›B‹ für Blues oder für Bamberg stand, konnten sich die Fans aussuchen. Was mit ›Bulls‹ gemeint war, wusste bei einer Band, in der zwei Polizisten mitspielten, jeder.

Kriminaloberkommissarin Julia Steinfels, die Aurich bei dem schweren Gang begleitete, hatte noch kein Konzert versäumt. Die beiden taten Schreiber leid, doch kein Weg führte an ihrer Aufgabe vorbei.

»Besprechung um zwei«, fuhr Thiele fort. »Wir sollen uns derweil noch den einen oder anderen von Lauras Ex-Freunden vornehmen. Ach ja! Und die SoKo heißt jetzt SoKo Laura.«

»Alles klar, Schnegge.«

Schreiber studierte in seinem Wagen Lauras Adressbuch. Thiele saß auf dem Beifahrersitz und spähte ihm angestrengt über die Schulter.

»Die letzte Seite wurde herausgerissen«, stellte sie fest.

»Einstein«, murmelte er, ohne aufzusehen.

Mehr als ein genervtes Verdrehen der Augen war Thiele das coole Getue ihres Kollegen nicht wert.

»Da stand garantiert die Telefonnummer von diesem Mike«, sagte sie. »Wenn es stimmt, was Carmen uns erzählt hat, wollte Laura bestimmt durch nichts an ihn erinnert werden und hat die Seite einfach weggeworfen.«

Nickend blätterte Schreiber nach vorne.

»Ja. Sieht so aus. Hier steht auch nirgends ein Mike oder Michael. Was soll's! Fangen wir eben doch mit einem der anderen an … Hier: Tom Schneider, Kunigundendamm – ihr letzter fester Freund.«

»Der ›ganz Liebe‹, dem sie das Herz gebrochen hat.«

»Genau. Abflug, Schnegge!«

»Stopstopstop!«

Schreiber sah Thiele fragend an.

»Findest du's nicht auch absolut unsinnig, in der City von Bamberg mit zwei Autos rumzugurken?«

»Absolut.«

Sie fuhren zur Kriminalpolizeiinspektion in der Schildstraße, dem grünen Komplex mit der berühmten Plastik auf dem Rasen davor. Die Bamberger stritten gerne darum, was sie eigentlich darstellen sollte. Eine verbreitete Ansicht war, dass es sich dabei um den Griff einer Pistole handelte, die zum Großteil in der Erde steckte.

Die beiden Beamten gaben den Laptop und das Notizbuch ab, ließen ihre Autos stehen und fuhren in einem zivilen Dienstwagen zum Kunigundendamm.

»Herr Schneider?«

»Ja.«

»Schreiber und Thiele – Polizei. Wir müssten mal mit Ihnen sprechen.«

»Polizei? Ja – was wollen Sie denn?«, rauschte es aus der Gegensprechanlage.

»Würden Sie uns bitte reinlassen?«

Der Türöffner summte.

Sie ließen den Lärm der Straße hinter sich und machten sich auf den Weg nach oben in den vierten Stock.

»Warum kann der nicht weiter unten wohnen?«, schimpfte Schreiber, als er mühevoll die Stufen im kühlen Treppenhaus nahm.

»Jammer' nicht, Weichei«, kam es von Thiele herab, die leichtfüßig vorauseilte.

»Bin kein Weichei«, brummte er halblaut. Wie machte sie das nur?

Die Wohnungstür wurde schon aufgehalten, als sie mit gezückten Ausweisen oben ankamen. Ein gut aussehender Mann von Mitte zwanzig blickte ihnen durch eine randlose Brille entgegen. Er hatte zerwühltes, braunes Haar und trug ein graues Kapuzenshirt mit dazu passender Freizeit-Hose. Es sah aus, als wäre er eben erst aufgestanden.

»Worum geht's denn?«, begrüßte er die beiden Polizisten.

»Wir wollen Ihnen ein paar Fragen stellen.«

»Sie machen's ja ganz schön spannend. Also, kommen Sie rein. Vielleicht sagen Sie mir ja dann, worum es geht.«

Er winkte sie hinein, schloss die Tür hinter ihnen und schlappte durch den halbdunklen Gang voraus.

Als sie an der geöffneten Schlafzimmertür vorbei

kamen, fiel Schreibers Blick auf ein großes, gerahmtes Schwarz-Weiß-Foto, das über dem französischen Bett hing: Laura. Es war eine professionelle Aktaufnahme von ihr. Die Hände verschämt vor Busen und Scham haltend, lächelte sie geheimnisvoll in die Kamera. Ein erotisches, künstlerisch anmutendes Bild.

Schreiber schielte zu Thiele. Sie hatte es auch bemerkt.

»Bitte.«

Schneider wies mit der Hand auf das Sofa, ehe er sich auf einem der grauen Ledersessel im modern eingerichteten Wohnzimmer niederließ.

»Schöne Wohnung«, stellte Schreiber fest, als sie sich setzten. »Wohnen Sie alleine hier?«

»Ja. Die Wohnung gehört zum Glück meiner Tante. Sonst könnte ich's mir gar nicht leisten. Ich studiere ja noch.«

Nickend sahen sich die Kommissare um. Fernseher, Stereoanlage – ein Wohnzimmer wie andere auch, nur dass die Wände voll mit Fotos von Laura waren. Laura im Hainbad, Laura mit Rex, Laura im Biergarten, Laura am Meer, Laura beim Lachen, Laura beim Träumen, Laura, Laura, Laura …

»Also. Möchten Sie mir denn nicht endlich sagen, worum es geht?«, fragte Schneider ungeduldig.

»Sie waren doch früher mit Laura Rehnmann befreundet, nicht wahr?«, begann Schreiber und deutete auf die Bilder.

»Ja klar. Wir waren mal zusammen. Aber wieso fragen Sie das? Ist was mit Laura? Hat dieser Mike sie wieder belästigt? Hat er ihr was getan?«

Thiele beobachtete ihn genau. Seine Überraschung erschien ihr echt. Schreiber hakte nach.

»Wie kommen Sie darauf?«

»Na, der ist doch dauernd hinter ihr her, weil er nicht einsehen will, dass sie mit ihm fertig ist. Ich hätte mich fast mal mit ihm geprügelt – im *Calimeros*.«

»Weil er hinter Laura her war?«

»Nein. Weil er sie an der Bar belästigt hat. Sie war mit ihrer Freundin Carmen da, und er hat die beiden nicht in Ruhe gelassen. Da wollte ich ihn mir vornehmen. Die Laura hat mich aber zurückgehalten. Die war sogar richtig sauer auf mich. Sie hat gesagt, dass mich das nichts mehr angeht und sie sich selbst wehren könnte.«

»Aha.«

»Hören Sie. Falls Sie wegen dieser Sache hier sind – ich hab ihn kurz am Kragen gepackt. Das war alles. Mehr war nicht. Das kann ich Ihnen schwören. Okay?«

»Herr Schneider. Wir sind nicht deshalb hier. Wir kommen wegen Laura. Ihr ist leider etwas zugestoßen.«

Schneider blickte erschrocken auf.

»Wie zugestoßen? Ist sie ...«

Er wurde schlagartig kreidebleich, als die Kommissare stumm nickten.

»Tut uns aufrichtig leid. Könnten Sie uns trotzdem ...«

Der Student schlug die Hände über Mund und Nase, erhob sich und ging langsam, wie in Trance ans Fenster. Thiele gestikulierte Schreiber, dass er sitzen bleiben sollte, trat neben Schneider und sah aus dem offenen Fenster. Der Blick über den Fluss auf die Stadt war traumhaft. Nur leise konnte man hier oben den Straßenverkehr hören.

»Sie waren über ein Jahr zusammen, nicht wahr?«, fragte sie behutsam.

Er nickte, ohne aufzusehen.

»Gab es jemanden, der ihr etwas antun wollte?«, fragte Thiele. »Ist Ihnen irgendetwas aufgefallen?«

Schneider zuckte mit den Schultern.

»Was ist mit diesem Mike?«

»Möglich. Ich weiß es nicht«, stammelte der junge Mann hilflos.

»Aber was ist denn überhaupt passiert mit ihr?« Er blickte sie an. »Sie reden ja so, als ob sie ermordet wurde.«

»Wir gehen von einem Tötungsdelikt aus. Ja.«

Entsetzt trat er einen Schritt zurück.

»Oh Gott. Wie? Was hat man ihr angetan?«

»Das können wir Ihnen leider nicht sagen.«

»Bitte. Bitte sagen Sie's mir. Ich muss es wissen.« Mit flehenden, feuchten Augen kam er wieder ein Stück näher – die Arme verschränkt und die Schultern hochgezogen, als ob ihm kalt wäre.

Thiele blickte ihn nur bedauernd an. Es hatte keinen Sinn mehr, ihn weiter zu befragen. Sie zog eine Karte aus ihrem Portemonnaie und legte sie auf das Fensterbrett.

»Falls Ihnen noch was einfällt. Wir lassen Sie jetzt besser allein.«

Schreiber atmete hörbar aus, als er sich wenige Minuten später neben Thiele auf den Beifahrersitz plumpsen ließ. Sie sahen sich wissend an. Beide dachten das Gleiche.

»Also, ich weiß nicht«, sagte er. »Wenn das gespielt war, hat er jeden Oscar dieser Welt verdient.«

»Sehe ich auch so. Andererseits: überall diese Bilder von Laura. Die hingen ja in der ganzen Wohnung, obwohl sie sich immerhin schon vor über einem Monat getrennt haben. Da nimmt man so was doch ab, oder?«

»Hm«, brummte Schreiber nachdenklich. »Die

ganze Bude war wie ein Museum für Laura, so als ob er richtig besessen von ihr ist.«

»Vierter Stock. Dachwohnung. Ganz Klasse«, nörgelte Schreiber, als sie wenige Minuten später in der Kapuzinerstraße bei Weber und Güngör klingelten. Grinsend verkniff sich Thiele einen Kommentar. Ohne Nachfrage durch die Gegensprechanlage summte der Öffner.

Im zweiten Stock stand eine ältere Frau mit einem geblümten Hauskleid in der offenen Wohnungstür.

»Ihr seid vo de Bolizei, schdimmd's?«

»Ist das wirklich so offensichtlich?« Thiele sah überrascht zu ihrem Kollegen. Schreiber zuckte nur die Schultern.

Unbeirrt sprach die Frau weiter: »Endlich machd a mol jemand wos. Di lingn Stahschmeißä mischn unnä ganzes Haus auf. Hold si euch!«

Schreiber trat nahe an sie heran, blieb stehen, spähte geheimnisvoll nach links und rechts über die Schulter und beugte sich zu ihr hinunter.

»Sperren Sie ab, und bleiben Sie von der Tür weg«, flüsterte er. »Hier könnte gleich geschossen werden.«

»Och Goddela!«, rief die Frau erschrocken und knallte die Tür zu.

»Und Tschüss!«, sagte Thiele verschmitzt lächelnd, ehe sie weitergingen.

Niemand wartete, als sie an der Wohnungstür ankamen. Noch mal läuten.

Der junge Mann, der nach einigen Sekunden öffnete, blinzelte sie ungläubig und verschlafen an.

»Oh! Ich dachte es wäre die Post«, sagte er.

Der Deutsch-Türke mit Dreitagebart und langem, dichtem Haar betrachtete verdutzt die Ausweise der beiden Beamten. Sein alter Bademantel mit rot-blauen Längsstreifen verhüllte nicht die stark behaarte Brust, auf der eine dicke Goldkette ruhte.

»Jan! Alter! Schmeiß die Drogen weg! Die Bullen sind da!«, rief der Mann über die Schulter in die Wohnung.

»Kleiner Scherz«, feixte er, als er sich wieder den Kommissaren zuwandte. Eine stechende Alkoholfahne wehte ihnen ins Gesicht.

»Brüller«, kommentierte Schreiber trocken.

»Können wir den Jan sprechen?«, fragte Thiele.

»Eine schöne Frau wie Sie? Immer. Kommen Sie rein. Ich bin übrigens der Mehmet.«

Als er vorausschlurfte, zog er einem Haargummi aus der Bademanteltasche und bändigte seine Mähne zu einem Pferdeschwanz. Thiele hatte das Gefühl, dass er ihretwegen beim Gehen neckisch mit dem Po wackelte.

›Hier müsste mal dringend gelüftet werden‹, dachte sie, als ihr der Geruch von kaltem Zigarettenqualm, Schweiß und verschüttetem Bier in die Nase drang.

»Ist wohl gestern ein bisschen später geworden?«, fragte Schreiber.

»Kann man so sagen«, antwortete Mehmet, ohne sich umzuschauen.

Er führte sie an einem Jimi Hendrix-Poster vorbei in die Küche. Sie erinnerte sehr an die von Carmen und Laura. Von der dunklen Einrichtung über den brummenden Kühlschrank bis hin zu den überall verteilten Gläsern und Dosen. Vier leere Bierkästen hatten bei Carmen jedoch nicht gestanden.

Ein junger Mann mit struppigem, braunem Haar saß verkatert am Tisch und hielt sich mit beiden Händen an einer Kaffeetasse fest. Er trug einen blauen

Hausanzug und lächelte die Kommissare – vor allem Thiele – müde an. Ohne Kater wäre er wohl recht attraktiv gewesen.

»Morgen. Jan Weber?«

Nicken.

»Kommen Sie wegen unserer Nachbarin?«

»Nein.«

»Na dann – nehmen Sie Platz. Ich hoffe, wir haben nichts angestellt.«

Er zwinkerte Thiele schelmisch zu, als sie und Schreiber sich setzten. Mehmet ließ sich ebenfalls nieder, um sich hungrig über ein angebissenes Marmeladenbrötchen herzumachen.

»Das hoffen wir auch«, sagte Schreiber. »Kennen Sie eine Laura Rehmann?«

»Äh – ja. Mit der war ich mal kurz zusammen. Warum?«

»Super Frau, Alter. Respekt«, kommentierte Mehmet mit vollem Mund und nickte anerkennend.

»Sie kennen sie also auch?«, fragte Thiele.

»Kannst mich ruhig duzen«, grinste Mehmet und schluckte einen Bissen geräuschvoll hinunter. »Klar kenn' ich die. Ich weiß gar nicht, wie dieser hässliche Vogel das gemacht hat, dass er an sie rangekommen ist.«

Er wies mit der Nase auf Jan, der geschmeichelt grinste. »Hinter der ist doch …«

»… die halbe Uni her«, beendete Schreiber den Satz.

»So ist es, Alter.« Mehmet prostete ihm nickend mit der Kaffeetasse zu.

»Diese beiden Komiker waren ja noch total besoffen. Das hat's vielleicht gebracht«, klagte Thiele, als sie kurze Zeit später aus der Haustür traten.

»Immerhin wissen wir jetzt, dass es in Bamberg noch echte Studenten gibt«, stellte Schreiber fest.

Er streckte sich, verschränkte die Hände hinter dem Kopf und schaute die Kapuzinerstraße auf und ab.

Am *Kranen* studierten Touristen aus Fernost die Tafel mit den Zeiten für die Schiffsrundfahrten.

»Mittagessen?«, fragte er.

Thiele setzte ihre Sonnenbrille auf und sah in den blauen Himmel. Jetzt, zur Mittagszeit, herrschten in der Stadt schon frühlingshafte Temperaturen. Schaudernd dachte sie an den Morgen im kühlen Hainpark.

»Austraße – *Orlando*«, sagte sie.

»Pizza-Stand da drüben«, sagte er.

»Austraße.«

»Pizza-Stand.«

»Austraße.«

»Pizza-Stand.«

Thieles Miene versteinerte sich, als sie auf ihren Kollegen zuging, im Abstand von einem Meter stehen blieb und die geballte Faust hob. Er verstand, setzte sein coolstes Pokerface auf und zeigte ihr ebenfalls die Faust. Ein kurzes Nicken.

»Schnick, Schnack, Schnuck!«

Fünfzehn Minuten später saß er vor dem *Orlando* in der Austraße bei einer Portion Pasta mit Spinat-Käse-Soße. Seine Kollegin hatte sich einen Salatteller bestellt. Zwischen ihnen stand eine große Karaffe Wasser. Dank Sophie Thiele ernährte sich Schreiber zumindest manchmal vernünftig.

Unter seiner braunen Baseballmütze, die er inzwischen aufgesetzt hatte, beobachtete er das Kommen und Gehen der Studenten vor dem *Haus zum Schwan,* durch das man zur Innenstadt-Mensa der Otto-Friedrich Universität kam. Er nahm einen Schluck Mineralwasser und schaute nachdenklich zwei hübschen Mädchen nach.

»Wenn ich mir überlege, dass jede von denen die Nächste sein könnte. Frustrierend.«

Nickend kaute Thiele ein Stück Tomate.

»Stimmt schon. Unsere Besuche haben keinerlei Hinweise auf eine Beziehungstat ergeben. Ich meine: Auch wenn dieser Tom sie vergöttert hat – ich kann mir nicht vorstellen, dass er was mit der Tat zu tun hat. Du doch auch nicht, oder?«

Er schüttelte den Kopf.

»Nein. Sind wir doch mal ehrlich. Wir haben doch alle von Anfang an nie an eine Beziehungstat geglaubt – auch der Chef nicht.«

»Hm. Wenn unseren beiden Komikern in den Kneipen wenigstens irgendwas aufgefallen wäre – ein Typ, der sie auffällig angestarrt hat vielleicht, aber nichts.«

Jan und Mehmet war nach der Todesnachricht das Scherzen schnell vergangen. Sie hatten angegeben, Laura manchmal im *Stilbruch* und im *Calimeros* gesehen zu haben. Verdächtig waren die beiden verkaterten Studenten den Kommissaren beim besten Willen nicht vorgekommen.

Thiele schob den leeren Teller zur Seite und tupfte sich mit der roten Papierserviette den Mund.

»Na ja, Tiger. Was soll's? Wir fangen ja gerade erst an. Bin mal auf die Besprechung gespannt. Vielleicht hat Tanja inzwischen schon rausgefunden, wer dieser Mike ist.«

Sie verstand es, Schreiber aufzubauen.

Er nickte.

»Hast recht Schnegge – zumindest manchmal.«

Erster Kriminalhauptkommissar Konrad Laut hatte gleich nach seiner Rückkehr in die Inspektion Kriminaloberkommissarin Tanja Schmoll zur Spurenverwaltung eingeteilt und die Staatsanwaltschaft informiert. Dr. Hans Müller, ein ehrgeiziger junger Staatsanwalt, war noch einmal mit ihm in den Luisenhain gefahren, um sich einen Einblick in die Situation zu verschaffen.

Zurück in der Inspektion waren immer wieder Anrufe vom Pressesprecher eingegangen, bis Laut schließlich aufgab und eine Pressekonferenz auf siebzehn Uhr ansetzte.

Jetzt saß er mit verschränkten Armen am Kopfende zweier im Besprechungsraum aneinander geschobener Tische. Sein Jackett hatte er abgelegt, die Ärmel des Hemdes zurückgeschlagen. Ein Blick auf die Armbanduhr – vierzehn Uhr – und dann in die Runde.

Thiele, Schreiber, Schindler und Karaca saßen schon bereit und tauschten ihre Erkenntnisse aus. Hinter ihnen trat Bayer durch die Glastür, noch schnell seine Frisur richtend. Ihm folgte Schmoll, die einen Laptop unter dem Arm trug. Der Nachname passte gut zu der attraktiven, brünetten Mittdreißigerin, die tatsächlich einen hübschen Schmollmund hatte. Sie mochte graue Kostüme, steckte sich meist das Haar hoch und trug eine moderne, schwarze Kunststoffbrille, was ihr eine gewisse Strenge verlieh. Die Männer vom Kommissariat schäkerten gerne mit ihr, selbst der Chef. Doch jetzt war niemandem danach zumute.

Nach einer Minute trafen schließlich noch die Kriminaloberkommissare Julia Steinfels und Peter Aurich ein. Steinfels, eine mollige Blondine mit kurzer Bubi-

Frisur, war die gute Seele des Kommissariats. Sie hatte die Räume mit zahlreichen Grünpflanzen bestückt, die sie liebevoll pflegte. Jeder mochte ihr bodenständiges, freundliches Wesen.

Aurich, Schlagzeuger bei den ›B. Bulls‹, trug sein spärliches braunes Haar stets zu einem Pferdeschwanz gebunden. Der 37-jährige Vater zweier Söhne war, wie sein Kollege Fritz Bayer, nie um einen lockeren Spruch verlegen.

Als er und Steinfels nur mit einem halblauten »Hallo« ernst in die Runde nickten, wussten alle, dass die Rehmanns Laura gerade als ihre Tochter identifiziert hatten.

»Kollegen. Ich grüße euch«, begann Laut schließlich. »Also: Erste Besprechung der SoKo Laura. Kollegin Schmoll übernimmt die Spurenverwaltung. Was haben wir?«

Er sah zuerst zu Schindler und Karaca. Letzterer ergriff das Wort: »Einen Teilabdruck von einem Sneaker. Schuhgröße vierundvierzig. Wir haben ihn am Ufer entdeckt. Auf dem Boden im Wald hinterlässt man keine Fußabdrücke – auf dem Weg auch nicht. Wegen der vielen Steinchen. Daher die magere Ausbeute.«

Er fuhr fort: »Blutspuren auf Laub und Gras im Wald. Tropfspuren – sehr wenige. Werden noch analysiert. Außerdem gab's da diese Fesselungsmale an ihren Handgelenken. Klebeband, der Form nach. Er hat ihr damit auch den Mund zugeklebt. Die Haut war um die Lippen herum noch leicht klebrig. Wir haben aber weder eine Rolle noch Reste gefunden.«

Karaca hob resigniert die Hände. »Tja. Das war's leider schon. Keine weiteren Spuren an der Leiche. Keine Schamhaare, keine Fasern. Nichts. Falls da was war, hat das Flusswasser es weggespült. Ach ja – die restliche Kleidung und was sie sonst noch bei sich getragen hat wird immer noch von den Kollegen gesucht.«

Bedauernd verzog der 38-jährige Deutsch-Türke das Gesicht und kratzte sich verlegen die Halbglatze, ehe er sich mit verschränkten Armen zurücklehnte.

Laut kniff nachdenklich die Lippen zusammen. Das war in der Tat nicht viel.

»Danke, Kollege Karaca«, sagte er trotzdem, wohl wissend, dass die beiden Spurensicherer gewissenhaft gearbeitet hatten.

Sein Blick richtete sich auf Bayer, der sich noch einmal durchs Haar fuhr, ehe er berichtete.

»Ein Stefan Rieger, Rentner, wohnt in der Schützenstraße, hat an der großen Wiese im Luisenhain um etwa zwanzig vor sechs eine Joggerin mit Schäferhund gesehen. Er hat seinen Spaniel ausgeführt, war aber schon auf dem Heimweg – falsche Richtung. Ansonsten keine weiteren Hinweise aus der Umgebung. Die lagen alle noch in den Federn.«

Er sah kurz auf seine Notizen. »Der Mantrailer-Hund hat Spuren vom Tatort zum Flussufer oberhalb des Fundortes verfolgt, entlang der Schleifspur durch den Wald. Laura und vielleicht ihr Hund Rex. Vom Tatort aus führte er die Kollegen schräg durch den Wald zurück auf den Weg bis zur Buger Spitze und dann über die Brücke zum Minigolfplatz. An der Bamberger Straße, beziehungsweise am Regnitz-Ufer, musste er aufgeben.«

Nachdem er einen Schluck Wasser getrunken hatte, fuhr er fort: »Zur Obduktion. Der detaillierte Bericht von Dr. Wiegand kommt noch. Aber so viel schon mal vorweg: Tod durch Erwürgen. Gebrochenes Zungenbein. Typische Hämatome, wie sie von einer großen, kräftigen Hand hinterlassen werden. Mit der anderen hat er ihr die Arme über den Kopf gehalten. Vorher wurde sie durch einen gezielten Schlag auf die Schläfe bewusstlos geschlagen – mit einem stumpfen, aber nicht allzu harten Gegenstand – keine Frakturen. Der Täter muss sie vollkommen überrascht haben, da sie keine weiteren Kampfspuren aufwies. Auch keine Hautreste unter den Fingernägeln. Sie wurde vor Eintritt des Todes vergewaltigt. Es gibt aber kein Sperma. Wiegand hält es für unwahrscheinlich, dass es im Fluss restlos ausgespült wurde. Er geht eher davon aus, dass der Täter ein Kondom verwendet hat.«

»Danke, Kollege Bayer«, sagte Laut und sah zu Steinfels und Aurich, die sich dann gegenseitig anblickten, weil sie nicht wussten, wer nun berichten sollte. Schließlich tat es Steinfels.

»Ihre Eltern haben sie am vorletzten Wochenende zum letzten Mal gesehen. Bei sich zu Hause in Lichtenfels. Ihnen ist aber nichts weiter aufgefallen. Laura war gut gelaunt. Sie hat eine große Schwester: Nina. Studiert in Berlin und war schon seit einem Monat nicht mehr zu Hause.«

Froh, dass sie alles gesagt hatte, lehnte sie sich zurück. Die Bilder des Tages waren in ihrem Kopf noch zu präsent. Schon die Überbringung der Hiobsbotschaft war ein Albtraum gewesen. Ganz zu Schweigen von Lauras Identifizierung.

Steinfels putzte sich die Nase.

Schreiber und Thiele waren an der Reihe. Sie berichteten von den Besuchen bei Carmen, Tom und Jan.

Schmoll, die nebenbei am Laptop gearbeitet hatte, berichtete als Letzte: »Die Kollegen haben in Lauras Auto ihr Handy und die Haustürschlüssel gefunden. Ihre restliche Kleidung wurde mitsamt dem Autoschlüssel aus der Regnitz gefischt. Die haben vorhin angerufen. Ein Kondom oder Klebeband haben sie aber nicht erwähnt. Außerdem liegen die Einzelverbindungen zu Lauras Wohnung vor. Bei Mord sind die Telefonanbieter recht kooperativ. Bis vor eineinhalb Wochen hat ein Michael Kaufmann mehrfach täglich angerufen. Wohnt in der Markusstraße.«

»Der berühmte Mike«, warf Schreiber ein.

»Die weiteren Verbindungen sowie die Handy-Daten checke ich noch«, schloss Schmoll.

»Danke«, sagte Laut. »Also gut, Kollegen. Gehen wir's mal durch. Unser Mann plant seine Tat gut – und zwar so gut, dass selbst Lauras Schäferhund ihn nicht stoppen kann. Wir müssen Rex also unbedingt finden, um zu wissen, wie der Täter das gemacht hat. Wir fragen bei Ärzten und Krankenhäusern nach, ob sich Patienten mit Bisswunden gemeldet haben. Man weiß ja nie, vielleicht ist er mit dem Hund doch nicht so leicht fertig geworden. Aber wie auch immer, wir gehen davon aus, dass Rex tot ist und in die Regnitz geworfen wurde. Er wurde abgetrieben. Seit heute Morgen kann er schon sehr weit gekommen sein. Wie weit?«

Alle sahen auf den großen Stadtplan an der Wand.

Aurich, der direkt daneben saß, ergriff das Wort: »Mal sehen. Den linken Regnitzarm hinunter. An der oberen Mühlbrücke kommen Turbinen. Sagen wir mal, er treibt trotzdem weiter. Dann käme das Wehr vor dem alten Rathaus, dann eine Zeit lang nichts und später die Schleuse in Gaustadt. Da dürfte Feierabend sein – zumindest bis ein Boot kommt.«

»Gut«, erwiderte Laut. »Sagt es denen draußen. Die sollen sich das ganze Flussufer vornehmen. Kollege Bayer. Du fährst nachher gleich mal zur Schleuse.«

Laut blickte in die Runde. »Weiter. Er hat den Schäferhund beseitigt und schlägt Laura bewusstlos. Mit rechts, weil die Hämatome und die Platzwunde an ihrer linken Schläfe sind. Um sie nicht sofort zu töten, benutzt er dazu etwas, das nicht zu hart ist. Was?«

»Einen Schlagstock aus Hartgummi vielleicht? Oder ein Nunchaku«, schlug Aurich vor.

»Passt nicht zu den Hämatomen. Die müssten dann länglicher sein«, entgegnete Bayer.

»Er hat mit der Faust zugeschlagen und einen Karate- oder Freefight-Handschuh getragen«, meinte Thiele.

»Könnte passen.« Bayer nickte.

»Weitere Vorschläge?«, fragte Laut, aber die Kollegen zuckten mit den Schultern oder schüttelten den Kopf.

»Na gut«, fuhr er fort. »Wir werden es hoffentlich herausfinden. Jedenfalls war unser Mann stark genug, um sie besinnungslos zu schlagen, und er wusste genau, wo er sie treffen musste. Die Schläfe ist dafür die beste Stelle.«

Er machte eine kurze Pause, ehe er sich den abscheulichen Details der Tat zuwandte. Im Grunde wollte sie niemand hören, doch es musste sein.

»Er klebt ihr den Mund zu und fesselt sie so, dass er ihr mit einer Hand beide Arme über den Kopf halten kann. Sie hat keine Chance, ihn zu kratzen, wenn sie zu sich kommt. Als Nächstes missbraucht er sie.«

»Ich könnte kotzen«, sagte Aurich.

»Ich auch, Kollege Aurich. Ich auch. Aber machen wir weiter. Er benutzt ein Kondom, um keine Sperma-Spuren zu hinterlassen. Er erwürgt Laura und schafft sie zum Fluss. Wahrscheinlich auch Rex. Um die Sachen zu holen, die er mitgebracht hat, läuft er zurück in den Wald zum Tatort. Von da aus geht's über die Brücke an der Buger Spitze zu einem Auto. Er flieht am Regnitz-Ufer in Richtung Pettstadt oder über die Bamberger Straße zurück in die Stadt. Das war's. Oder habe ich was vergessen?«

Einer kurzen Denkpause folgte ein allgemeines Kopfschütteln.

»Also gut«, fuhr Laut fort. »Falls wir nichts weiter finden, hat er alles fein säuberlich wieder eingepackt. Selbst das Kondom, was ja nur logisch wäre bei dieser sorgfältigen Planung.«

Er lehnte sich zurück, verschränkte die Hände hinter dem Kopf und nickte nachdenklich.

»Nun ja. Der Mann ist gerissen.«

Nach einigen Sekunden beugte er sich wieder nach vorne.

»Aber nicht gerissen genug für uns. Kollegin Schmoll: Das Tatmuster geht ans BKA zum Vergleich mit früheren Fällen. Natürlich überprüfen wir auch einschlägig bekannte Sexualtäter aus der Umgebung. Ist der Wiemann schon wieder draußen?«

Kurt Wiemann, ein 28-jähriger Kfz-Mechaniker, war vor knapp zwei Jahren wegen Vergewaltigung einer jungen Frau im Hainpark zu einer mehrjährigen Haftstrafe verurteilt worden.

Schmoll schüttelte den Kopf.

»Nein. Das hab ich als Erstes gecheckt.«

»Gut. Kollegin Thiele und Kollege Schreiber.«

Er sah zu den beiden hinüber.

»Ihr fühlt diesem Mike auf den Zahn – unserem Stalker. Ansonsten werden wir uns erst mal Lauras Handy, Adressbuch und Laptop vornehmen. Wir überprüfen jeden Mann, der je etwas mit ihr zu tun hatte. Und wenn er ihr nur in der Fußgängerzone auf den Po geschielt hat. Ich will seinen Namen kennen!«

Die Linke. Bumm! Noch mal als Dublette. Bumm! Bumm! Dann links und rechts. Bumm! Bumm! Träge schwang der Sandsack an seiner Kette hin und her. Und noch mal die Rechte. Bumm! Voll auf die Schläfe – mit aller Kraft. Der Einsatz des Armes allein genügte dafür nicht. Um die optimale Härte aus dem Schlag zu holen, war es wichtig, sein ganzes Körpergewicht hineinzulegen. Das war eine Kunst für sich. Man musste sich geschickt und geschmeidig bewegen und präzise treffen.

Gelang dies, so erzielte man die optimale Wirkung: zeitweise Störung der Blutzufuhr zum Gehirn, ein Blitz vor den Augen, für den Bruchteil einer Sekunde tanzende lila Punkte, schwarze Nacht, Systemausfall. Der Schläfentreffer war ein K.O.-Klassiker im Boxen. Unzählige Male hatte er ihn schon in den Sportkanälen gesehen.

Er dachte an den Morgen. Wie schön sie gefallen war! Und er hatte den Schlag auch genau richtig dosiert. Sie war nicht zu lange weggeblieben. War genau rechtzeitig zur Show wieder aufgewacht. Ein paar Klapse auf die Wangen hatten genügt.

Er tänzelte um den Sandsack. Bumm! Bumm! Die Turnschuhe quietschten auf dem Parkettboden. Jetzt einige Kicks. Tänzeln – Treten – Schlagen – immer wieder. Wie lange noch?

Er verharrte in Angriffsstellung und lauschte. Noch nichts. Also gut: Endspurt! Er schoss ein wahres Trommelfeuer von Schlägen ab, gekrönt von mehreren aufeinander folgenden rechten Haken auf die imaginäre linke Schläfe. Ja, den Schlag hatte er drauf!

Keuchend hielt er inne, ließ die Fäuste auf Hüfthöhe sinken und lauschte noch einmal. Sein Puls hämmerte. Gut, jetzt durfte er aufhören. Er streifte seine schwarzen Freefight-Handschuhe ab, warf sie in die Ecke und ging in die Küche. Aus dem Mixer goss er sich einen dickflüssigen, braun-grünen Saft ein, aus frischen Früchten bereitet. Mit geschlossenen Augen leerte er das Glas in einem Zug und knallte es dann gut gelaunt auf die Anrichte. Er wusste nicht, wann er zuletzt einen Tag so genossen hatte. Nichts würde ihn mehr verderben können. Nach diesem perfekten Morgen konnte ihm jedes Detail Freude bereiten. Es war wie ein Kick.

Er ging ins Schlafzimmer, trat vor den Spiegelschrank und betrachtete sich. Perfekt. Man konnte jede Muskelfaser seines nackten Oberkörpers erkennen. Er schob die schwarze Trainingshose etwas nach unten, um die Bauchdecke besser begutachten zu können. Ein Sixpack. Die Muskeln auf eine Körperlänge von eins dreiundneunzig verteilt, wirkte er nicht so aufgeblasen wie manch einer dieser Bodybuilder. Er hätte sich noch stundenlang ansehen können.

»Fünfter Stock. Warum überrascht mich das nicht?«, murmelte Schreiber schlapp und klingelte.

Das Haus in der Markusstraße war eines der moderneren der Bamberger Innenstadt, deren Bild ansonsten von klassizistischen und barocken Bauten geprägt war.

»Andererseits: So neu wie das Gebäude aussieht, haben die bestimmt einen Fahrstuhl«, überlegte Schreiber laut.

»Na, vielleicht hast du ja Glück, Tiger«, sagte Thiele ironisch, als sie ihren schlanken, sportlichen Kollegen aus den Augenwinkeln anschaute. Dieses ewige Gejammer wegen des Treppensteigens.

»Ja?« Die Stimme aus der Gegensprechanlage klang gelangweilt.

»Thiele und Schreiber. Polizei. Wir hätten ein paar Fragen. Würden Sie uns bitte reinlassen?«

»Worum geht's denn?«

»Machen Sie bitte auf?«

»Na wenn's unbedingt sein muss.«

Summen. Klicken.

Schreiber erspähte sofort den Fahrstuhl im Treppenhaus. ›Defekt‹ stand auf dem Pappschild an der blauen Tür.

»Sag nichts. Sag jetzt einfach gar nichts, Prinzessin«, zischte er mit zusammengebissenen Zähnen, die rechte Hand hebend, um selbst den geringsten Ansatz eines Kommentars im Keim zu ersticken. Mürrisch stapfte er die Treppe hinauf.

»Ist ja gut«, brummte Thiele hinter ihm halblaut. Wenn er ›Prinzessin‹ sagte, war es besser, sich etwas zurückzuhalten. Sie biss sich auf die Lippen, als er bei seinem mühevollen Aufstieg permanent Flüche vor sich hin brabbelte.

Die Hände in den Taschen seiner Freizeithose, lehnte oben ein junger Mann im weißen T-Shirt am Rahmen der offenen Wohnungstür. Thiele fand sein Äußeres einfach umwerfend: groß, sportlich, ein griechisch anmutendes, markantes Gesicht, dessen dunkelbraune Augen regelrecht funkelten. Das schulterlange, schwarze Haar wurde durch einen Reif nach hinten gehalten, wo es in bläulich glänzenden Locken herabfiel.

»Grüß Gott, Herr Kaufmann. Dürfen wir mal reinkommen?«, fragte Schreiber, als er schwer atmend seinen Ausweis hochhielt.

»Muss ich Sie reinlassen?«, kam es zurück. Mit betont gelangweilter Mine studierte der Schönling den Ausweis.

»Sie müssen nicht, aber es wäre furchtbar nett«, sagte Thiele und setzte ihr strahlendstes Lächeln auf.

Er musterte sie unverhohlen von Kopf bis Fuß. Es

schien ihr fast, als würden seine Blicke sie berühren. Schließlich lächelte er müde, zwinkerte ihr zu und trat zur Seite.

»Na, wenn Sie mich so lieb fragen.«

Er wies mit dem Arm in die Wohnung, die hell und stilvoll eingerichtet war. Im Flur, durch den er geschmeidig vorausging, hingen ästhetische Aktaufnahmen von schönen Frauen in Glasrahmen. Die Wände des Wohnzimmers waren ebenfalls übersät mit erotischen Fotos. Nur dass auf diesen Bildern er selbst das Motiv war. Mit nacktem Oberkörper und modisch zerrissener Jeans am Meer sitzend, ein Handtuch um die Hüften aus der Dusche steigend oder im Muskelshirt verträumt neben dem Fenster lehnend. Er war offensichtlich ein ausgesprochener Narziss. Selbst als er sich setzte, hatten die Kommissare das Gefühl, dass er sich betont geschmeidig im beigen Ledersessel niederließ. Anscheinend entspannt lehnte er sich zurück und schlug die Beine übereinander. Wie durch ein Wunder landete er in einer fotoreifen Pose. Sein nackter Fuß wippte spielerisch, als er seinen Besuchern durch einen Wink zu verstehen gab, Platz zu nehmen.

Als die Ermittler sich auf das Sofa gegenüber setzten, fielen ihnen aufgeschlagene Modemagazine auf, die auf der gläsernen Tischplatte lagen. Auf allen Seiten war ihr Gegenüber zu sehen. Nur ein Heft war geschlossen. Sein Gesicht zierte das Cover.

»Herr Kaufmann. Kennen Sie eine Laura Rehmann?«, begann Schreiber ohne Umschweife.

Das Lächeln des Models verschwand schlagartig. Er nahm den Blick von Thiele und sah überrascht zu ihm.

»Laura? Ach du Scheiße. Ist sie das im Hainpark?«

Schreiber kniff stutzig die Augenbrauen zusammen.

»Wieso? Wie kommen Sie denn darauf?«

»Na, Sie haben heute doch eine Tote gefunden. Die ganze Stadt spricht davon. Ich hab's vorhin in der Cafeteria an der Uni gehört.«

»Hm«, machte Schreiber nur. »Also kannten Sie Laura?«

»Sie haben ›kannten‹ gesagt. Oh Mann. Dann ist das also Laura? Die Tote? Das gibt's doch gar nicht!«

Kaufmann ließ den Kopf sinken und starrte vor sich hin.

»Sie waren doch mal mit ihr zusammen, nicht wahr?«, hakte Schreiber nach.

»Jaja.«

»Wie war das denn, als sie mit Ihnen Schluss gemacht hat? Wie lange ist das eigentlich …?«

Kaufmanns Kopf zuckte hoch.

»Wie? Schluss gemacht?«

Er irritiertes Lächeln blitzte in seinem Gesicht auf, ehe er schnell weiterredete. »Ist doch Quatsch. Die hat doch nicht mit mir Schluss gemacht. Wer hat Ihnen denn das erzählt?«

Schreiber hob nur die Schultern.

Kaufmann sah fast Hilfe suchend zu Thiele, so als ob er am Verstand ihres Kollegen zweifelte.

»Wir wissen es eben«, sagte sie trocken.

»Quatsch! Das stimmt doch gar nicht!« Der junge Mann wurde lauter, doch Schreiber sagte ruhig:

»Herr Kaufmann. Sie haben bis vor kurzem mehrfach täglich bei ihr angerufen. Laura hat aber nie zurückgerufen. Wollen Sie immer noch behaupten, dass sie nicht mit Ihnen Schluss gemacht hat?«

»Ja klar!«

Er stand auf, ging hinter den Sessel und tigerte gestikulierend im Zimmer umher, als er erklärte:

»Hören Sie. Sie kannten Laura doch gar nicht. Ich

sag Ihnen, wie's gelaufen ist. Sie war in letzter Zeit etwas durch den Wind, weil sie eifersüchtig war. Nicht ganz zu Unrecht, wie ich zugeben muss.«

Er hielt inne und lächelte Thiele an.

»Die Frauen sind eben so eine Art Hobby von mir.«

Thiele dachte sich ihren Teil. Er sollte weitersprechen, was er schließlich auch tat.

»Jedenfalls hat sie wegen ihrer Eifersucht die Beleidigte gespielt. Das war alles. Die hat nicht Schluss gemacht. Die brauchte nur ein bisschen Abstand. Es war nur eine Frage der Zeit, bis sie wieder auf der Matte gestanden wäre. Mit mir macht Keine Schluss.«

Er steckte die Hände in die Taschen und blickte zwischen den beiden hin und her.

Regungslos ließen die Kommissare einige Sekunden verstreichen.

»Soso«, sagte Schreiber endlich. »Na, wenn das so ist. Sagen Sie mal, Herr Kaufmann, wo waren Sie eigentlich heute morgen, so um kurz vor sechs?«

Kaufmann zuckte die Schultern. »Na, Sie sind gut. Im Bett natürlich.«

»Allein?«

»Ausnahmsweise. Jeder macht mal 'ne künstlerische Pause. Was soll das denn jetzt? Glauben Sie, ich hab' Laura umgebracht? Brauch' ich jetzt ein Alibi, oder was?«

»Vielleicht«, antwortete Schreiber, erhob sich, steckte die Hände in die Jeanstaschen und schlenderte zu dem schönen Mann hinüber. Thiele lehnte sich entspannt zurück und beobachtete.

»Wissen Sie, Herr Kaufmann ...« Schreiber blieb stehen und sah ihm fest in die Augen. »... Sie haben etwas, was wir bei der Polizei ein astreines Motiv nennen.«

»Ach was? Und das wäre?« Abfällig verzog Kaufmann das Gesicht.

»Verschmähte Liebe«, sagte Schreiber beiläufig. »Sie konnten es nicht verkraften, dass Laura mit Ihnen Schluss gemacht hat!«

Für den Bruchteil einer Sekunde schien es, als würde Kaufmann auf ihn losgehen. Doch er besann sich. Lächelnd schüttelte er den Kopf, als er zur Wohnzimmertür ging, wo er stehen blieb und sich den Kommissaren zuwandte.

»Also, mir wird das jetzt echt zu blöd. Ich hab' mit Sicherheit niemanden umgebracht, und ich hab' Ihnen gesagt, wie das mit Laura war. Glauben Sie's oder nicht. Mir doch egal. Jedenfalls hört meine Gastfreundschaft hier auf.«

Er stieß die Tür auf und blieb abwartend daneben stehen.

»Wieso haben Sie in den letzten eineinhalb Wochen eigentlich nicht mehr bei Laura angerufen?«, fragte Thiele nebenbei, als sie sich erhob.

»Weil sie sowieso irgendwann bei mir angerufen hätte. Und jetzt raus. Sie wissen ja, wo es langgeht.«

Schreiber lächelte.

»Tja. Dann auf ein baldig Wiedersehen«, sagte er und schlenderte gut gelaunt voraus. »Und machen Sie sich nichts draus. Mit mir haben auch schon Frauen Schluss gemacht!«, rief er noch über die Schulter.

Kaufmanns Hände ballten sich in den Hosentaschen. Thiele konnte seinen Pulsschlag an den Schläfen erkennen. Mit zusammengekniffenem Mund stand er wie ein trotziges Kind vor ihr.

Sie zwinkerte ihm neckisch zu, als sie ihrem Kollegen folgte.

»Was für ein Herzchen«, sagte Thiele, als sie wieder auf die Straße traten.

»Allerdings«, bestätigte Schreiber. »Wäre aber auch zu schön gewesen, wenn wir ein Klebeband mit Härchen von Laura gefunden hätten. Oder ein paar Sneaker mit Erde vom Tatort.«

Auf dem Weg nach draußen hatten sie einen Blick in die Mülltonnen geworfen. Jetzt setzten sie sich in Richtung Markusplatz in Bewegung.

»Der war ja total durchgeknallt«, meinte Thiele. »Ich dachte für einen Augenblick, er würde sich auf dich stürzen.«

Sie hielten an der Fußgängerampel und schauten schweigend auf das rote Männchen.

»Und? Was meinst du?«, fragte sie irgendwann.

»Hm. So wie der von sich eingenommen war. Schon richtig durchgeknallt, wie du sagst. Wenn man bezweifelt, dass er der Tollste ist, kann er offenbar auch ganz schön jähzornig werden.«

»Die Abfuhr von Laura muss die Höchststrafe für ihn gewesen sein.«

»Ja. Stell' dir vor: Er steigt von seinem hohen Ross herab und telefoniert ihr hinterher. Sie lässt ihn aber immer wieder abblitzen. Da hat sich ganz schon was zusammengebraut in unserem Schönling.«

Thiele führte den Gedanken weiter, als sie die Straße überquerten.

»Irgendwann ruft er sie nicht mehr an. Vielleicht hat er sich ja tatsächlich eingeredet, sie würde sich wieder bei ihm melden.«

»Oder sie hat mit der Polizei gedroht. Carmen hat gesagt, sie hätten sich überlegt, ihn anzuzeigen.«

»Genau. Jedenfalls sitzt er erst mal eine Zeit lang zu Hause und frisst alles in sich rein. Er kommt an einen Punkt, wo er's nicht mehr aushält und was tun muss. Anrufe haben ihm nicht geholfen. Also …«

Schreiber nickte, als sie an den Grünflächen vorbei Richtung Weide liefen.

»Klingt alles gar nicht mal so schlecht. Er könnte es gewesen sein. Was sagt deine weibliche Intuition?«

Sie wiegte den Kopf hin und her.

»Ich bin mir nicht sicher. Und deine männliche?«

Abwägend schob er die Unterlippe nach vorne.

»Hm. Weiß auch nicht. Wäre vielleicht sogar besser gewesen, wenn er auf mich losgegangen wäre. Dann hätten wir wenigstens was gegen ihn in der Hand. In der Wohnung würde ich mich gerne mal umsehen.«

Sie kamen zur Weide, wo das Auto unter den Bäumen am Spielplatz parkte. Schreiber stützte sich mit den Ellbogen aufs Dach und beobachtete ein paar Kinder beim Schaukeln. Die Mütter saßen plaudernd auf einer der Bänke.

»Tja. Leider wird's keinem Staatsanwalt genügen, dass der Typ Lauras Ex-Freund und außerdem ein Arsch ist.«

»Leider«, bestätigte Thiele, als sie das Auto piepsend entriegelte.

Sie fuhren zurück zur Inspektion, wo es kaum Neues gab. Aurich und Steinfels hatten noch einige Männer aus Lauras Bekanntenkreis überprüft. Sven Maier, Carmens Freund, und ein paar Studenten – Kumpels, die zusammen mit Laura auf Partys gegangen waren, mit ihr Sport getrieben oder gelernt hatten. So verdächtig wie Michael Kaufmann hatte sich keiner von ihnen verhalten. Doch selbst wenn: Ohne konkrete Hinweise in Form von Spuren oder Zeugenaussagen konnte man sowieso nichts machen.

Schmoll berichtete, Lauras Ex-Freund aus der Schulzeit sei mit seiner neuen Freundin auf Mallorca. Sie hatte Carsten Schröders Eltern erreicht und im Anschluss die Buchung überprüft.

Laut hatte die Pressekonferenz kurz und schmerzlos hinter sich gebracht: Eine 22-jährige Frau sei tot im Hainpark aufgefunden worden. Man ginge von einem Tötungsdelikt aus. Keine weiteren Informationen aus ermittlungstaktischen Gründen. Das hatte natürlich keinem Reporter gefallen. Laut hatte noch den üblichen Aufruf an mögliche Zeugen ausgesprochen, um sich dann unter einem Hagel von Fragen zu entfernen.

Es gäbe noch immer keine Spur von Rex, bedauerte Bayer. Die Kollegen draußen würden aber Überstunden machen.

Auch im Kommissariat 1 wurde länger gearbeitet. Alle saßen noch an den Computern bei den notwendigen Dokumentationen – dem Papierkram. In Schmolls Tabelle zur Spurenverwaltung gab es erst wenige Einträge. Rex hatte die Nummer eins, eine Spur, die noch abzuarbeiten war.

Gegen achtzehn Uhr dreißig machten die meisten Feierabend. Thiele und Schreiber jedoch wollten sich noch in Lauras Stammkneipen umhören.

Im *Calimeros* konnte sich das Personal gut an die Studentin erinnern. Der Barkeeper bestätigte Tom Schneiders Geschichte von seiner Auseinandersetzung mit Michael Kaufmann. Im *Il Centro* arbeitete die gleiche Bedienung wie am Vortag. Sie wusste noch, wie Carmen und Laura nach der Happy Hour gegangen waren. Auch in der *Soda-Bar* und im *Stilbruch* war Laura bekannt. Etwas Verdächtiges hatte man jedoch nirgends bemerkt. Dass viele Männer Laura nachgeschaut oder sie angesprochen hatten, war bei ihrem Aussehen schließlich nichts Außergewöhnliches.

Immerhin kam Schreiber im *Stilbruch* doch noch zu einer Pizza: Meeresfrüchte, eine Geschmackssinfonie. Thiele, die sich eine Pizza mit Spinat und Käse gönnte, beobachtete lächelnd, wie ihr Kollege dahinschmolz. Er wollte sich nicht einmal unterhalten. Erst nachdem er den letzten Bissen mit einem Schluck Bier hinuntergespült hatte, lehnte er sich wohlig seufzend zurück.

»Uff. Das hab' ich jetzt gebraucht. Nach dem Scheißtag.«

»Hm«, brummte Thiele kauend.

»Ist doch wahr«, plauderte Schreiber weiter. »Da wirst du in aller Herrgottsfrühe zu einem Tatort gerufen. Und bist noch nicht mal richtig nüchtern vom Vortag. Dann siehst du dieses arme Mädchen und hast nur einen Gedanken: Das Schwein möglichst schnell zu schnappen. Also arbeitest du den ganzen Tag wie verrückt. Und jetzt? Ich meine, was haben wir denn schon? Hast du auch das Gefühl, dass wir nicht vom Fleck kommen?«

Sie schob den leeren Teller beiseite und griff nickend nach ihrem alkoholfreien Bier.

»Prost.«

Sie stießen an.

»Stimmt schon«, sagte sie schließlich. »Außerdem denkt man bei so einem Fall doch automatisch an die eigene Tochter.«

»Hör bloß auf«, wehrte Schreiber ab und sah sich um. Die Kneipe hatte sich mit Studenten gefüllt, die gut gelaunt miteinander schwatzten. Hinter der Bar legte ein junger Mann mit einer dicken, schwarzen Hornbrille britische Popmusik auf.

»Wird ganz schön laut hier«, stellte Schreiber fest. »Zahlen wir und zeigen ein paar Leuten noch Lauras Foto.«

»Klar.«

»Gehen wir noch mal rauf in die *Blues-Bar*?«

Um vom *Stilbruch* in Thieles und Schreibers Lieblingskneipe zu gelangen, brauchte man noch nicht einmal das Gebäude zu verlassen. In der Oberen Sandstraße teilten sich zwei Gaststätten inmitten Bambergs berühmtester Kneipenmeile dieselbe Eingangspassage. Nach links ging's in den *Stilbruch*, einen typischen Studententreff. Nach rechts kam man über eine knarrende, dunkle Holztreppe in den ersten Stock zur *Blues Bar,* wo die beiden Kommissare regelmäßig Live-Musik im heimeligen Rahmen genossen.

Thiele sah auf ihre Armbanduhr. 20 Uhr 50.

»Lieber nicht. Die Musiker haben noch nicht einmal angefangen. Außerdem sollte ich mich mal zu Hause bei Pete blicken lassen, wenn schon meine Kleine heute nichts von ihrer Mutter hatte.«

Schreiber leerte sein Bier und nickte verständnisvoll. »Hast recht, Schnegge. Hast ja recht.«

Ramons Ohren streiften geräuschvoll über die Holzstufen, als er die Treppe hoch ins Arbeitszimmer rannte. Thiele hängte ihre Jacke an die Garderobe und folgte ihm. Nur schwach drang Licht aus der offenen Tür. Petes Oberkörper zeichnete sich dunkel vor der Schreibtischlampe ab, der einzigen Beleuchtung im Raum.

Thiele trat von hinten an ihn heran, legte die Hände auf seine Schultern und begann zu kneten.

Sogleich ließ er den Rotstift fallen und entspannte sich wohlig brummend auf seinem Schreibtischstuhl.

Mit geschlossenen Augen lehnte er seinen Kopf gegen ihren Bauch.

In einer Ecke des geräumigen Arbeitszimmers hatte sich Ramon derweil entspannt vor einem Bücherregal auf die Seite gelegt. Der weißbraune Basset Hound, dessen Ohren fast bis zur Erde hingen, hob den Kopf und begutachtete kritisch, wie Frauchen das Herrchen streichelte. Er gab ein eifersüchtiges Wimmern von sich, ehe er sich faul zurück auf den braunen Teppichboden sacken ließ.

»Tut mir leid, Schatz«, sagte Thiele und küsste Pete auf die Wange. »Ein grauenhafter Fall. Wir haben heute länger gemacht.«

»Eine tote Frau im Hainpark.« Er ließ die Augen geschlossen. »Hab's auch schon gehört. Ich hatte eh genug zu korrigieren. Aber die Süße vermisst dich. Sie hat heute 'ne Zwei in Mathe gekriegt. Schau' doch noch mal nach ihr. Ich glaube, das kleine Schlitzohr hat sich vorhin nur schlafend gestellt.«

Thiele küsste ihren Mann noch einmal, kniff ihm ins Ohrläppchen und ging durch den Flur nach nebenan. Die Kinderlampe auf dem Fensterbrett in Louisas Zimmer tauchte die Wände in ein dunkles Blau, in dem gelbe Delphine schwammen. Thiele setzte sich auf die Bettkante und strich ihrer Tochter mit dem Rücken des Zeigefingers über die Wange. Sie schlief. Na ja. Sie legte die Hand zwischen die Schulterblätter des Kindes und genoss es, seine Wärme und seinen Atem zu spüren.

Nach Hause zu kommen, war für Thiele wie die Ankunft in einem rettenden Hafen. Trotz des gelegentlichen Familienstresses. Die Gartentür ihres Hauses in der Panzerleite war die Grenze zwischen Privat- und Berufsleben. Überschritt Thiele sie, fiel dabei vieles vom vergangenen Arbeitstag von ihr ab. Jedoch nie alles. Das typische Schicksal jedes guten Polizisten. Heute war besonders viel an ihr kleben geblieben. Selbst am Bett ihrer kleinen Tochter kreisten hartnäkkig Bilder von Laura in ihrem Kopf. Die lächelnde Studentin am Laptop – und ihre Leiche am Regnitz-Ufer.

Schreiber ging es genauso, als er etwa zwei Kilometer entfernt in seiner Wohnung am Kunigundendamm aus der Dusche stieg. Laura beherrschte auch seine Gedanken. Mechanisch rieb er sich trocken, schlüpfte in seinen grauen Hausanzug und verließ das Badezimmer.

Im Flur bog er rechts ab, um durch die Abstellkammer in die Küche zu gelangen. Die sperrmüllartige Einrichtung passte recht gut zu seiner Altbauwohnung, deren graue Türen und Decken noch aussahen wie zur Zeit des Jugendstils. Die vorherige, moderne Küche hatte mit Ex-Frau Karin und Tochter Nike das Haus verlassen.

Schreiber nahm eine Flasche Bier aus dem Kühlschrank und ließ den Kronkorken zischen. Der Öffner baumelte an seiner Schnur zurück zur Kühlschranktür. Mit einem Glas aus der Spüle schlurfte er ins Wohnzimmer, das mit Möbeln unterschiedlichster Stilrichtungen ausgestattet war. Karin hatte nach der Scheidung auch den größten Teil der Einrichtung mitgenommen.

Er stellte das Glas aufs Fensterbrett und ließ das Bier aus der Flasche gerade hineinlaufen. Das gab viel Schaum und dauerte länger – schmeckte aber besser. Diese Zeit nahm er sich immer. Ein Ritual.

Als er den Deckenfluter in der Ecke anknipste, drang vom Kunigundendamm das Grölen zweier Betrunkener herauf in den zweiten Stock. Sie bogen unter seiner Mietwohnung um die Ecke in die Hemmerleinstraße ein. Er sah ihnen vom seitlichen Fenster aus nach, bis die Dunkelheit sie verschlang und ihr Gelalle erstarb. Wo die wohl herkamen? War irgendwo Bockbieranstich? Quatsch, doch nicht im April.

Er bemerkte das rote Blinken des Anrufbeantworters im Flur. Vorhin war er so in Gedanken gewesen, dass er es völlig übersehen hatte. Er drückte das Knöpfchen.

»Hallo Papa. Wie geht's? Ich brauch' dreißig Euro für 'ne neue CD. Soll dich von Mama grüßen. Ciao.«

Er löschte die Aufzeichnung, nahm den Hörer und wählte die vertraute Kurzwahlnummer. Eine Fernsehsendung für Teenies war im Hintergrund zu hören, als Nike sich meldete.

»Ja?«

»Hallo, Süße!«

»Oh! Hallo Papa. Du sollst mich doch nicht immer so nennen.«

»Sorry. Ich brauch' das jetzt.«

»Hast du den Anrufbeantworter abgehört?«

»Jaja. Wie läuft's in der Schule?«

»Passt schon. Und? Die dreißig Euro?«

»Bisschen teuer für 'ne CD.«

»Ist 'ne Doppel-CD.«

»Hm.« Als ihm auffiel, dass er noch die Bierflasche in der Hand hielt, ging er zurück ans Wohnzimmerfenster und schenkte nach.

»Joggst du noch ab und zu im Nürnberger Luitpoldhain?«

»Klar.«

»Doch hoffentlich nie alleine?«

»Nö. Mit Mama oder Denise.« Denise war Nikes beste Freundin.

»Oder mit allen beiden«, fügte Nike hinzu.

»Wenn du mir versprichst, auch weiterhin niemals alleine zu joggen, schicke ich dir fünfzig Euro.«

»Echt?«

»Logisch.«

»Geil!«

»Grüß Mama von mir. Okay?«

»Klar Papa. Ich guck jetzt weiter. Ciao!«

Er legte den Hörer neben das halb volle Glas aufs Fensterbrett, ging zur Stereoanlage, kniete nieder und schaltete sie an. Es erklangen die altmodischen Bluestöne von B. B. King. Zurück am Fenster schenkte er sich das restliche Bier ein, hob das Glas und ließ seinen Blick über den Fluss zur Silhouette der Stadt schweifen. Von der Michelskirche und dem Dom waren nur die Turmspitzen zu sehen. Weiter links thronte in der Ferne die Altenburg. Darüber hing der zunehmende Mond, knapp zur Hälfte sichtbar. Schreiber prostete ihm zu und trank. Der Gedanke, dass es der gleiche Mond war, den die Menschen in China oder Amerika sahen, faszinierte ihn immer wieder. Es schien fast, als würde er leben und spüren, dass etwas Böses passiert war. Etwas sehr Böses, das ihn traurig machte. Sein Anblick war tröstend.

An einem Verstärker unter dem Fenster lehnte Schreibers alte schwarze E-Gitarre. Er schnappte sie sich, schnallte sie um und drehte auf – nicht zu laut. Er spielte die Soli der B. B. King-CD mit. An anderen Tagen sang er auch die Strophen, meist, wenn ein Auftritt der ›B. Bulls‹ anstand. Heute hatte er keine Lust dazu. Während B. B. sang, improvisierte Schreiber einfach weiter auf seinem Instrument. Er entlockte den Saiten ein süßes Wehklagen. Es drang hinaus durch die Fensterscheibe, um schon kurz dahinter zu ersterben.

Am liebsten hätte er die Töne quer durch die Nacht bis hinauf zum Mond geschickt.

»... I've been down hearted baby
ever since the day we met.
Our love is nothing but the blues.
Baby, how blue can you get? ...«

Als er sein Glas geleert hatte, schaute er zur Digitaluhr, die auf dem Schreibtisch stand. 22:25 leuchtete es grün. Ein letztes Bier ging noch. Er legte die Gitarre ab und neigte seinen Kopf nach links und rechts. Aus der Muskulatur um Hals und Nacken ertönte ein lautes Knacken. Dann schlurfte er zur Stereoanlage und wechselte die CD. John Lee Hooker, auch alter Blues. Er stellte die Musik gerade so laut, dass man sie ohne die Nachbarn zu belästigen in der Küche hören konnte und ging hinüber.

Dort ließ er die leere Flasche geräuschvoll in den Kasten in der Ecke fallen, schnappte sich ein neues Bier aus dem Kühlschrank, setzte sich an den alten Holztisch und füllte sein Glas nach.

Als er trank und der Musik aus dem Wohnzimmer lauschte, fixierte sein Blick lustige Magnettierchen an der Kühlschranktür: Käfer.

»... It serves me right to suffer.
It serves me right to be alone ...«

Wer war Lauras Mörder? Sein Gefühl sagte ihm, dass er in der Stadt wohnte. Er konnte regelrecht sehen, wie er nachts durch die Kneipen zog und Frauen ausspähte, oder wie er sich regelmäßig im Hainpark nach einem geeigneten Opfer umsah. Womöglich befand er sich gerade in diesem Augenblick keine zwei Kilometer von Schreiber entfernt und geilte sich an der Erinnerung an seine Tat auf. Ein Gedanke, der einen zum Wahnsinn treiben konnte. Wie viele Bamberger mochten wohl als Lauras Mörder in Frage kommen? In der Stadt wohnten circa 70000 Menschen. Davon etwa 33000 Männer und davon wiederum vielleicht 10000 im passenden Alter zwischen 19 und 45.

Einer plötzlichen Laune nachgebend, zog er den Einkaufsblock und den Kugelschreiber, die auf der Tischplatte lagen, zu sich heran und begann zu zeichnen. Nach einer Minute riss er das Blatt ab, heftete es mit einem Marienkäfer-Magneten an die Kühlschranktür und setzte sich wieder. Er nahm einen großen Schluck Bier und begutachtete sein Werk. Lauras Mörder war ein dahingekritzeltes, hässliches kleines Strichmännchen, das die Zähne fletschte, die Augen herausdrehte und Haare wie Messerklingen hatte.

»Wer bist du?«, flüsterte Schreiber und trank.

Keine Antwort.

Er beugte sich nach vorne, stützte die Ellbogen auf die Knie und bohrte seinen Blick in das Gesicht des Männchens.

»Wer bist du?«

Das Männchen schien sich zu bewegen.

»Bist du Michael Kaufmann?«, hakte Schreiber nach.

»Weiß nicht«, sagte das Männchen und lächelte.

»Sag schon!«

Keine Antwort.

»Los, sag's mir!«

Das Lächeln des Männchens verwandelte sich in ein fieses Grinsen. Die Mundwinkel berührten die Ohren.

»Vielleicht, vielleicht auch nicht«, sagte es. »Egal. Du schnappst mich ja doch nicht!«

Schreiber lehnte sich zurück, leerte das Glas in einem Zug und sah das Männchen an. Irgendwann erhob er sich, schüttelte den Kopf und ging zur Toilette.

»… One bourbon, one Scotch, one beer …«

Als er zurück in die Küche kam, um das Licht zu löschen, blieb er vor dem Kühlschrank stehen und beugte sich zu dem Männchen hinunter.

»Soso. Ich schnapp dich also nicht? Das werden wir ja sehen, du kleiner Scheißkerl«, zischte er.

Im Schlafzimmer trank er noch etwas Mineralwasser aus der Flasche und betrachtete, am Fenster lehnend, den Mond.

Lächelnd prostete er dem Mond zu und nahm einen Schluck Bier. Um seine Figur machte er sich wegen des Bieres keine Sorgen, so häufig wie er seinen Körper stählte. Das Glas in der Hand, legte er die Unterarme auf die Balustrade und sah nachdenklich auf die Straße hinunter. Zwei hübsche Frauen liefen vorüber. Sollte er noch mal losziehen und eine abschleppen? Oder beide? Es klappte immer, fast immer.

Aber nein. Heute keine anderen Frauen mehr. Sie würden sich zu sehr in die Erinnerung an den Morgen mischen. Lieber den Tag mit einem Film ausklingen lassen. Ganz für sich alleine. Er ging hinein und schloss die Balkontür.

Vor dem schwarzen Wohnzimmerregal ließ er den Blick über seine DVD-Sammlung schweifen. Warum eigentlich nicht gleich einen seiner Lieblingsfilme? Zielsicher fischte er mit dem Zeigefinger *Roter Drache* heraus, die alte Fassung von Michael Mann aus dem Jahr 1987. Seiner Meinung nach waren die wirklich guten Filme alle vor 1991 gemacht worden. *Das Schweigen der Lämmer* von 1990 war der letzte davon. Trotzdem sah er auch gerne neuere Filme. Hauptsächlich Thriller. Man konnte so viel über moderne Ermittlungsmethoden lernen: Faserspuren, DNA – der genetische Fingerabdruck, Profiling und mehr.

Aber jetzt *Roter Drache.* Er legte die DVD auf den Wohnzimmertisch und ging voller Vorfreude in die Küche, wo er gesalzenes Popcorn in eine Holzschale kippte und sich ein frisches Bier einschenkte. Dann kehrte er ins Wohnzimmer zurück, platzierte alles liebvoll auf dem Tisch und legte die DVD ein. Schließlich ließ er sich in seinen Fernsehsessel sinken, lehnte sich bequem zurück und startete mit der Fernbedienung feierlich den Film.

Was für eine Geschichte! Ein Serienkiller tötete ganze Familien und verging sich an den Ehefrauen. Vorher räumte er die Haustiere aus dem Weg. Er war hässlich, aber groß und stark und identifizierte sich mit einem roten Drachen, der auf einem Gemälde im Museum abgebildet war. Die Schlussszene war das absolute Highlight. Der Killer wollte sich in seiner Wohnung an einer Frau vergreifen, die seine Liebe verschmäht hatte.

Als diese Sequenz begann, nahm er die Fernbedienung und stellte lauter. Während der ganzen Szene lief sein Lieblingslied – offenbar auch das des Killers im Film, denn man sah, wie er die Platte auflegte. Da war er wieder. Dieser kraftvolle, unerbittlich hämmernde Rhythmus. Sein Rhythmus! Dazu diese tiefe, strenge, fast diabolische Bassstimme.

Er nahm einen Schluck Bier und nickte im Takt, als er gebannt das Finale verfolgte.

»... In a gadda da vida, honey.

Don't you know that I'm lovin' you ...«

Zum wiederholten Mal sah er, wie sich der Profiler und der Killer einen Kampf auf Leben und Tod lieferten.

»... In a gadda da vida, baby.

Don't you know that I'll always be true ...«

Natürlich lag der Killer am Ende tot am Boden und die Frau wurde gerettet. Im Film musste das wohl so sein.

Eigentlich war der Killer in der Geschichte genauso wie er: groß und stark. Und er nahm sich, was er brauchte. Im Grunde ging es doch nur um das, was jeder richtige Mann wollte: Macht und Besitz. Aber war man deswegen gleich verrückt? Nun – der Killer im Film vielleicht. Der hatte Komplexe wegen seiner Hässlichkeit. Doch im Gegensatz zur Figur im Film war er selbst attraktiv und mit Sicherheit nicht verrückt. Er hatte lediglich seine Macht ausgespielt, um sich zu nehmen, was er wollte. Und es war gut gewesen. Oh ja!

Er stand auf, öffnete die Balkontür und trat noch einmal hinaus. Er nahm einen tiefen Zug der nächtlichen Stadtluft, schaute über die Dächer und lächelte. Ja, es war gut gewesen heute Morgen. So perfekt hatte alles geklappt. Er hatte wirklich an jedes Detail gedacht. In den Filmen wurden die Täter immer geschnappt oder getötet. Ihm würde das niemals passieren. Niemals! Er war einfach zu klug. Sicher, ein gewisses Risiko blieb immer. Aber irgendwie gab ihm das einen zusätzlichen Kick.

Er freute sich schon auf das nächste Mal.

2 Bullen-Blues

16. bis 18. Mai

»DAS LEBEN IST BESCHISSEN, UND DANN STIRBST DU«, stellte Peter Aurich fest.

Schreiber starrte in sein Bierglas und nickte anerkennend. Aurich konnte manchmal so weise sein.

Die beiden saßen am Tresen der *Blues-Bar* und stießen mit ihren zwei Pils an. Schreiber begutachtete die anderen Nachtschwärmer an der Tränke. Eine bunte Mischung aller Altersklassen. Dies war einer der Gründe, weshalb ihm die Kneipe gefiel. Hier war man auch mit zarten Vierzig noch lange nicht auf verlorenem Posten. Die meisten der Älteren kannte er vom Sehen. Wie lange eigentlich schon? Hundert Jahre? Egal. Bei einigen von ihnen fragte er sich, ob sie überhaupt je diese Bar verließen. Sie saßen immer schon da, wenn er kam, und auch dann noch, wenn er ging. Wie ihre Lebern wohl aussahen? Er wollte nicht weiter darüber nachdenken. Er war schon schlecht genug drauf. Es war Mittwoch. Auf den Tag genau vor drei Wochen hatten sie Laura gefunden. Und noch immer keine heiße Spur.

Rex hatte man vier Tage nach der Tat hinter dem Regensburger Ring am Flussufer bei den Kleingärten entdeckt. Kurz vor der Schleuse in Gaustadt. Man ging zumindest davon aus, dass er es war. Sie hatten kein Halsband gefunden, und die Ratten hatten nicht viel von ihm übrig gelassen. Jedenfalls nicht genug, um darauf schließen zu lassen, wie der Täter mit dem Hund fertiggeworden war.

Der Teilabdruck des Sneakers, den sie sichergestellt

hatten, stammte von einem sehr verbreiteten, preiswerten Modell, das man in vielen Schuhläden kaufen konnte. Auch hier waren die Ermittler nicht weitergekommen. Und sonst: keine Zeugen, keine weiteren Spuren – nichts. Es war frustrierend.

Schreiber nahm einen Schluck Bier und schaute dem Englisch sprechenden Barkeeper Sam dabei zu, wie er vom großen, braunen Fass auf der Theke Pils zapfte. Lucy, die junge, dunkelblonde Bedienung kam vorbei und knallte einige der Gläser auf ihr Tablett. Sie hatte alle Hände voll zu tun. Jetzt, um kurz vor elf, wurde es vielen in den Biergärten – den ›Kellern‹, wie der Bamberger sagte – zu kühl, und die Kneipe füllte sich rasend schnell. In den drei lauschigen Räumen mit dunklen, hölzernen Wandpaneelen, über denen Bilder von schwarzen Blues-Musikern hingen, wollte so mancher noch den berühmten Absacker nehmen und dabei der Live-Musik zuhören.

Lucy brüllte Sam etwas ins Ohr, woraufhin beide begannen, verschiedene Schnäpse einzuschenken, die sie ebenfalls auf dem Tablett platzierten. Ekelhaft. Schreiber konnte Schnäpse nicht leiden. Aber es war immer wieder beruhigend, dem Personal bei der Arbeit zuzusehen.

»Ist irgendwie beruhigend, dem Personal bei der Arbeit zuzusehen«, sagte er und schaute Aurich an.

Der hatte ihn aber nicht gehört, weil er inzwischen mit dem Schlagzeuger von ›Pale Frog‹, einer Bamberger Rockband, fachsimpelte. Schreiber zuckte die Schultern und wandte sich wieder seinem Bier zu. Sein Blick blieb an der Blondine auf dem Barhocker zu seiner Rechten hängen. Lächelnd zwinkerte er ihr zu. Sie blinzelte freundlich zurück und stieß mit ihm an. Sie tranken. Dann drehte sie sich wieder zu Sam, der mit dem Einschenken fertig war und wie immer, wenn er etwas Luft hatte, mit ihr plauderte.

Schreiber dachte an Sophie Thiele. Schade, dass seine Schnegge jetzt nicht da war. In den letzten Wochen hatte sie mit ihm noch einige Male Lauras Stammkneipen abgeklappert und ihr Foto herumgezeigt. Außerhalb der Dienstzeit. Erfolglos. Was hatten sie auch großartig erwartet? Sollte der Mörder Laura wirklich so offensichtlich ausspioniert haben, dass jemandem etwas aufgefallen war? Wohl kaum.

Schreiber musste sich eingestehen, dass er und Sophie eher aus Verlegenheit gehandelt hatten, um sich das Gefühl zu geben, wenigstens irgendetwas zu tun. Die traurige Wahrheit war: Sie befanden sich in einer Sackgasse. Der Fall war erkaltet.

»Scheiße«, zischte Schreiber und knallte lautstark die flache Hand auf die Bar.

Die Blondine und Sam zuckten zusammen.

»Hey David. Relax!«, beschwichtigte Sam. »Would you like another beer?«

Schreiber nickte und hob entschuldigend die Hand. »Sorry Sam. Mach mir noch einen Schnitt, Okay?«, sagte er versöhnlich. Ein Schnitt war ein halbes Bier. Er wollte nicht so viel trinken.

»Sure«, sagte Sam und machte sich an die Arbeit.

Schreiber rutschte vom Hocker, drehte sich mit dem Rücken zur Bar und stütze sich mit den Ellenbogen am Tresen ab. Mit seinen ein Meter neunzig sah er jetzt ein bisschen aus wie John Wayne in einem alten Western. Als Sam ihm den Schnitt hinstellte, wanderte der Blick des Polizisten durch die Tür in den mittleren der drei Kneipenräume. Hier unterhielt man sich angeregt und hörte nur nebenbei auf die Musik. Er sah ins letzte Zimmer, in dem immer die Musiker auftraten. Eine große, hübsche Mulattin, kaum älter als zwanzig, lullte das Publikum mit alten Soul-Nummern ein.

»Die ist ja richtig gut«, murmelte er.

Hinter ihm neben dem halben Bier brummte sein Handy. Zum Glück hatte er daran gedacht, es leise zu stellen. Er nahm es an sich.

»Ja?«

Es war Freddy, der Wirt der *Blues-Bar*, der auch den *Live Club* in der Sandstraße schräg gegenüber leitete. Dort fanden regelmäßig Konzerte statt. Teilweise mit recht bekannten Musikern. Immerhin fasste der *Live Club* an die 500 Zuschauer, und zu ihren guten Zeiten waren auch die ›B. Bulls‹ öfters dort aufgetreten.

Freddy machte Schreiber ein Angebot, das er nicht ablehnen konnte.

»Ich frag' mal die Jungs«, war Schreibers Reaktion. »Aber es müsste schon klappen. Wenn du nichts mehr von mir hörst, geht's klar. Wir kommen dann um sechs zum Aufbau und Soundcheck. Okay? … Ciao, Freddy!«

Das Gespräch mit dem Schlagzeuger hatte Aurich inzwischen beendet. Jetzt träumte er vor sich hin und beobachtete Sam und Lucy bei ihrer Arbeit hinter der Bar. Schreiber tippte ihm auf die Schulter.

»Hör' mal, Aurich«, Schreiber nannte ihn immer so. »Der Freddy hat angerufen. Wir können kurzfristig im *Live Club* auftreten – übermorgen, am Freitag. Geiler Termin, oder? Ich hab' mal auf Verdacht zugesagt. Unser Programm steht ja. Und wir könnten morgen Abend noch mal proben. Was meinst du?«

Aurich schob die Unterlippe nach vorne und nickte.

»Cool«, sagte er. »Wie in alten Zeiten. So wie ich die Jungs kenne, dürften sie dabei sein.«

Die Jungs waren Rainer Grämer, 45, Keyboarder der ›B. Bulls‹ und seines Zeichens Kfz-Meister, sowie Volker Erwig, 38, Bassist und ansonsten Angestellter der Stadt Bamberg im Einwohnermeldeamt.

Plötzlich zuckte Aurich zusammen.

»Moment mal! Übermorgen? Da spielt doch ›Motörhead‹ im *Live Club.* Ich hab' eine Karte.«

Aurich war ein großer Fan der wilden Rockgruppe, die sich gerne die lauteste Band der Welt nannte. Schon in den achtziger Jahren hatte er als Teenager mit dieser Musik seine Eltern schockiert.

»Vergiss es. Die haben abgesagt«, sagte Schreiber. »Du kannst die Karte gegen eine billigere ›B. Bulls‹-Karte eintauschen, oder du kriegst dein Geld zurück. Oder du kommst zum Ersatztermin von ›Motörhead‹. Wird noch bekanntgegeben.«

»So ein Mist.«

»Was heißt denn hier ›Mist‹? Sieh es doch mal positiv: Weil die abgesagt haben, können wir ja einspringen!«

»Hm. Na gut. Stimmt auch wieder.« Aurich nickte. »Aber trotzdem. Ich hab' mich echt auf ›Motörhead‹ gefreut. Hat Freddy gesagt, weshalb die nicht können?«

»Lemmy ist heiser.«

Schreibers Fahrrad war ein rostiger alter Drahtesel. Den konnte man wenigstens in der Stadt abstellen, ohne dass ihn irgendwer stahl. Die Bamberger Fahrraddiebe würden auch vor einem Bullen-Rad nicht zurückschrecken.

Er sperrte es auf und schob es über die Sandstraße. Von den zweieinhalb Bier in der *Blues-Bar* war ihm schon etwas schummrig. Sollte er noch einmal mit Lauras Foto in die *Soda Bar* gehen? Er spähte durch die große Glasfront. Man konnte bequem die ganze Kneipe überschauen. Nein, die Gesichter kamen ihm bekannt vor. Er war sich sicher, ihnen Lauras Bild schon gezeigt zu haben. Ein Mädchen bemerkte sein auffälliges Starren und streckte ihm die Zunge heraus. Er lächelte müde, zwinkerte ihr zu, stieg auf und fuhr los. Alkohol am Lenker. Im Schritttempo rollte er durch die Sandstraße, in der noch einige Studenten herumstreunten.

Aus dem *Schlenkerla*, Bambergs berühmter Rauchbierkneipe, torkelte ihm ein Nachtwächter mit Pumphosen und Laterne vors Fahrrad. Sein Dreispitz saß schief auf dem Kopf. Er hatte nach einer Nachtführung für Touristen großen Durst gehabt.

»Huch«, machte der Mann nur und stützte sich wankend auf seiner Hellebarden-Lanze ab.

An der *Unteren Brücke* turtelten ein paar Pärchen. Punks, die schon den ganzen Tag hier verbracht hatten und amerikanische Soldaten mit ihren Eroberungen aus dem *Green Goose*, der Disco am Obstmarkt. Einige der Mädchen mochten kaum älter als fünfzehn sein. Ob ihre Eltern wussten, wo sie gerade waren?

Vor dem *Calimeros* in der Langen Straße stieg er ab und schaute auch hier durchs Fenster. Hinten an der Bar entdeckte er Carmen, Lauras Mitbewohnerin. Sie hatte sich hübsch zurechtgemacht mit einem engen grünen Top und einer modischen, auf alt getrimmten Jeans. Eine große Brünette mit wallender Löwenmähne unterhielt sich mit ihr.

Schreiber kettete sein Rad an eine Ampel und betrat die Kneipe. Der bullige Türsteher beäugte ihn kritisch. Als er sich den Weg zur Bar bahnte, fühlte sich Schreiber unsanft an sein Alter erinnert. Unter all den jungen Leuten kam er sich wie ein richtiger Grufti vor – kein ›Gothic‹, ein alter Sack!

Carmens Freundin mit der Löwenmähne flirtete inzwischen mit einem jungen Mann mit zerrissenen Jeans, hochgeschlagenem Hemdkragen und pfundweise Gel im struppigen, dunkelblonden Haar. Carmen sah sich gelangweilt in der Kneipe um und erkannte Schreiber, der auf sie zuging. Sie schien überrascht und lächelte ihn an. Das baute ihn auf.

»Hallo, Carmen. Wie geht's Ihnen?« Keine besonders originelle Gesprächseröffnung. Er fühlte sich plötzlich unsicher und versuchte linkisch, sich lässig mit dem linken Ellenbogen auf die Bar zu stützen. Es klappte gerade so, denn beinahe hätte er eine Bierflasche umgestoßen. Sie zuckte die Schultern und lächelte hilflos.

»Na ja, wie soll's mir schon gehen? Irgendwie lebt man eben weiter.«

»Hm.« Er nickte nur und versuchte, ihr ein aufmunterndes Lächeln zu schenken. Es missglückte vollkommen. Was machte er überhaupt hier? Hatte er gehofft, sie würde ihm sagen: »Hey, Herr Polizist. Mir ist jetzt eingefallen, wer meine beste Freundin umgebracht hat«?

»Darf ich Ihnen was bringen?« Die Stimme des Barkeepers riss ihn aus seinen Gedanken. Wie lange siezten ihn die Bedienungen eigentlich schon?

»Äh. Habt ihr … Habt ihr nur mexikanisches Bier?«, stammelte er, um sich im selben Moment unheimlich dämlich vorzukommen. »Äh, Quatsch. Natürlich nicht. Also … Also was habt ihr denn noch so?« Seit wann stotterte er?

Nach einigem Hin und Her bestellte er sich ein Pils.

Dieses Schauspiel hatte Carmen tatsächlich ein

Grinsen entlockt. Als er sie wieder ansah und dabei rot anlief, konnte sie sich nicht mehr halten und brach prustend in Gelächter aus. Es war so erfrischend, dass er ihr nicht einmal böse sein konnte. Im Gegenteil. Befreit lachte er einfach mit.

Als der Barkeeper ihm sein Pils brachte, war die Welt wieder in Ordnung. Er hielt es Carmen hin, die mit einer Flasche mexikanischen Biers mit ihm anstieß. Sie tranken.

»Oh Mann. Das war das erste Mal seit drei Wochen, dass ich wieder richtig lachen konnte«, sagte sie und atmete hörbar aus.

»Na dafür mach' ich mich doch gerne zum Clown.«

»Danke. Na ja. Ist wohl nicht so Ihr Ding hier, was?«

»Doch, doch«, log er. »Ich geh' nur lieber in die *Blues Bar*. Kennen Sie die?«

»War schon ein paar Mal da. Ist ganz nett.« Sie log nicht.

Beide nickten. Es entstand eine kleine Pause, in der sie sich an ihren Bierflaschen festhielten.

»Haben Sie schon was Neues herausgefunden?«, fragte sie.

Verlegen schüttelte er den Kopf.

»Sorry, Carmen. Dienstgeheimnis. Ich komme in Teufels Küche, wenn ich mit Ihnen über meine Arbeit rede.«

Er war froh, diese Ausrede zu haben. Die mehr als dürftigen Ermittlungsergebnisse hätten ihr bestimmt nicht gefallen.

»Hm.« Carmen wirkte ein bisschen beleidigt.

Wieder überlegte er, was er eigentlich hier wollte.

»Wo ist denn Ihr Freund? Wie heißt er gleich? Sven Maier, oder?« Er bereute die Frage noch im selben Moment. Es konnte so klingen, als ob er sie anmachen wollte – wo er doch siebzehn Jahre älter war als sie. Ganz zu schweigen davon, dass sie doch noch um ihre beste Freundin trauerte.

Zum Glück schien Carmen es überhaupt nicht so aufzufassen.

»Hören Sie bloß auf«, winkte sie ab. »Der hat mich keine Woche nach der Sache mit Laura sitzen gelassen. So ein Arsch. Er hat anständigerweise noch gewartet, bis ich nicht mehr den ganzen Tag weinen musste. Dann ist er abgehauen. Hat gesagt, es passt eben nicht mehr.«

Sie schüttelte verächtlich den Kopf. Schreiber hätte sie am liebsten sofort wieder zum Lachen gebracht. Wenn das nur so leicht gewesen wäre.

»Vergessen Sie's Carmen«, sagte er nur. »Wenn das so gelaufen ist, wie Sie sagen, haben Sie mit Sicherheit was Besseres verdient. Er ist's nicht wert, dass Sie sich über ihn aufregen.«

Sie nickte.

»Ja. Hab' ich mir irgendwann auch gedacht. Prost!«

Sie stießen an.

»Na ja. Jedenfalls bin ich heute zum ersten Mal wieder unterwegs. Es muss ja irgendwie weitergehen. Das ist übrigens meine Freundin …« Sie wandte sich zu ihrer Begleiterin, um sie ihm vorzustellen. Aber Löwenmähne knutschte bereits mit Mr. Haargel und bemerkte Carmen nicht.

»Oh! Die ist wohl gerade beschäftigt«, sagte Carmen und grinste Schreiber verlegen an.

Plötzlich lief ihr eine dicke Träne über die Wange. Schnell fing er den Tropfen mit dem Rücken des Zeigefingers auf und lächelte ihr aufmunternd zu.

»Sorry. Geht schon wieder.« Sie schniefte und putzte

sich die Nase. »Ich glaube, ich will jetzt trotzdem nach Hause.«

»Ich begleite Sie«, bot er an.

»Aber das brauchen Sie doch nicht.«

»Seien Sie nicht albern. Kommen Sie.«

Carmen verabschiedete sich von Löwenmähne, während Schreiber die Rechnung beglich. Beim Hinausgehen steckte er noch ein Faltblatt vom *Calimeros* ein.

Sie erzählte ihm von Laura, als er sein Fahrrad neben ihr durch die Lange Straße schob. Er spürte, wie gut es ihr tat. Sie musste nicht mehr weinen, und er stellte nur selten Zwischenfragen.

Bei der Grünanlage an der Friedrichstraße setzten sie sich auf eine der Bänke beim Brunnen neben der Büste von Schönlein. Der steinerne Kopf schien zu lauschen, als Carmen redete und redete. Es kam Schreiber vor, als wollte Carmen alles erzählen, was sie je mit Laura erlebt hatte. Laura und sie in der Unibibliothek, Laura und sie beim Spazierengehen mit Rex, auf Partys, beim Einzug in die Wohnung, beim Shoppen, beim Kochen, beim Fernsehen …

Irgendwann brach der Redefluss schlagartig ab. Schweigend saßen sie beieinander und betrachteten den Mond. Der frische Duft der gelben Lilien, der gerade nachts so schwer zwischen den Beeten hing, stieg ihnen in die Nasen.

»Wie heißt du eigentlich?«, fragte sie unvermittelt.

»Ich bin der David.«

»Hm. Gefällt mir nicht. Wie war gleich dein Nachname?«

»Schreiber.«

»Besser. Darf ich Schreiber zu dir sagen?«

»Klar. Du musst mich aber weiter duzen. Dann fühle ich mich gleich zwanzig Jahre jünger.«

»Okay!« Sie lachte.

»Komm, Carmen. Jetzt bring ich dich aber wirklich nach Hause.«

Vor der Haustür in der Herzog-Max-Straße standen sie sich etwas unbeholfen gegenüber.

»Also dann …«, begann Schreiber.

»Schreiber«, unterbrach sie ihn. »Danke fürs Zuhören. Bist echt 'n süßer Kerl. Sie küsste ihn auf den Mund und kniff ihm in die Wange.«

Damit verschwand sie ins Haus. Verdutzt blieb er kurz stehen, ehe er sein Fahrrad holte, das er an die Hauswand gelehnt hatte. Auf der Straße wartete er noch, bis oben das Licht anging. Dann schwang er sich in den Sattel.

Es war 2 Uhr 15, als er nach Hause kam.

»Hallo Arschloch«, sagte er zu dem Strichmännchen am Kühlschrank und nahm sich eine Flasche Mineralwasser heraus. Das Reden mit der Zeichnung war für ihn schon fast zur Gewohnheit geworden. Immer wenn er getrunken hatte, stellte er dem Männchen Fragen oder beschimpfte es.

Als er sich an den Küchentisch setzte, spürte er, dass er noch das Faltblatt aus dem *Calimeros* in der Gesäßtasche trug. Er breitete es auf der Tischplatte aus. Es war recht groß. Auf der Rückseite war ein Stadtplan, während vorne die Logos vom *Café Luitpold,* dem *Live Club* und dem *Calimeros* prangten. Es gab auch zahlreiche Fotos, die junge Leute bei Partys in den entsprechenden Räumlichkeiten zeigten.

»Wenn das meine Tochter wäre«, murmelte Schreiber, als er ein Bild aus dem *Calimeros* begutachtete. Mädchen in durchnässten weißen T-Shirts, unter denen sie keine BHs trugen – Wet T-Shirt-Time.

Plötzlich stutzte er. Da war sie! Vergnügt lächelte sie ihn auf einer anderen Aufnahme vom *Calimeros* an: Laura.

»Das gibt's doch gar nicht«, flüsterte er, verblüfft auf das Foto starrend.

Laura stand mitten im Gewühl der brechend vollen Kneipe. Gesichter überall. Fast alle sahen in die Kamera. Wie Finger tasteten sich Schreibers Blicke über das Bild, als er es fieberhaft absuchte. Er entdeckte Carmen, die mit dem Rücken zur Kamera stand, weil man ihr gerade zwei Bierflaschen über die Bar reichte. Da! Ein Mann schaute Laura an. Er schien sie zu begutachten. Ein gut aussehender, großer Typ mit kurzem, dunklem Haar. Modisches blaues Hemd, weit aufgeknöpft. War er das?

»Bist du das?«, fragte Schreiber, ohne den Blick vom Bild abzuwenden.

Er sah hoch zum Strichmännchen an der Kühlschranktür.

»Bist du das?«, wiederholte er.

Das Männchen schwieg, aber sein hässliches Grinsen schien breiter zu werden. Schreiber gab es auf. Er warf dem kleinen Strichmonster noch einen misstrauischen Blick zu, ehe er mit dem Mineralwasser nach vorne ins Schlafzimmer ging.

Als er durch das Fenster die Stadt und den Mond betrachtete, kreisten seine Gedanken weiter um den Mann auf dem Bild. Konnte das tatsächlich Lauras Mörder sein? Was sagte so ein Blick schon aus? Und vor allem: Wie viele Männer mochten sie in den letzten Monaten oder Jahren auf genau die gleiche Weise angesehen haben?

Schreiber nahm einen Schluck aus der Flasche. Er dachte an Carmen.

Was war ihr Ex-Freund, dieser Sven Maier, nur für ein Typ? Ein Mädchen wie Carmen in so einer Lage zu verlassen. Er hatte ihn nie gesehen, weil Aurich und Steinfels ihn überprüft hatten. Was, wenn Sven Maier auch auf Laura scharf gewesen war? Oder was, wenn er sich regelrecht nach ihr verzehrt hatte?

Schreiber versuchte sich vorzustellen, wie es gewesen sein mochte, in der gemeinsamen Wohnung der beiden Mädchen regelmäßig ein und aus zu gehen. Maier musste Laura zwangsläufig immer wieder gesehen haben. Laura beim Fernsehen, in Wohlfühlklamotten. Laura aus dem Badezimmer kommend, nur mit einem Handtuch bedeckt.

Was, wenn die Affäre mit Carmen in Wirklichkeit nur Mittel zum Zweck gewesen war, um möglichst oft in Lauras Nähe zu sein und vielleicht irgendwann an sie heranzukommen? Manche Typen taten die verrücktesten Sachen …

Was reimte er sich da nur für einen Unfug zusammen! Er war Polizist und kein Schriftsteller, der schräge Geschichten erfand! Müde warf er seine Kleidung über einen alten, blauen Stoffsessel in der Ecke und stieg in Boxershorts und T-Shirt ins französische Bett.

Als er sich zusammenrollte, musste er noch einmal an Carmens Kuss denken. Soso. Er war also ein echt süßer Kerl. Cool.

Lucky schnüffelte an der weißen Stange des Verkehrsschildes, das Autos die Einfahrt in die Molitorgasse versperrte. Er hob das Bein und rannte die enge Gasse hinunter, um am Brückchen beim *Hotel Sankt Nepomuk* herumzuschnuppern. Maria schloss die Haustür in der Concordiastraße und folgte ihm joggend über das Kopfsteinpflaster. Es war Donnerstag, Christi Himmelfahrt.

Die flauschigen Ohren des schwarzbraunen Mischlingshundes wippten lustig, als Lucky vor seinem Frauchen herrannte. Über das Brückchen, zwischen den Gebäuden des Studentenwohnheims Obere Mühlbrücke hindurch und an der Regnitz entlang. Die heimeligen Häuschen am Mühlwörth blickten wie ehrfürchtige Zwerge auf die riesige Concordia am anderen Flussufer, das von Johann Dientzenhofer erbaute barocke Wasserschloss.

Als sie sich der Schleuse näherten, musste Maria an den brutalen Mord denken, der vor drei Wochen auf ihrer Joggingstrecke passiert war. Die Bamberger Frauen waren seitdem vorsichtiger geworden. Einige trauten sich überhaupt nicht mehr zum Laufen in den Hainpark. Zu denen gehörte sie nicht. Sie wollte sich keinesfalls von irgendeinem Verrückten einschüchtern lassen. Aber Leichtsinn wäre auch ein Fehler gewesen. Sie hatte ihre Joggingzeit um eine halbe Stunde nach hinten verschoben, auf 6 Uhr 15. Da war schon etwas mehr los im Park. Außerdem trug sie seit dem Mord immer Pfefferspray bei sich. Dies, ihr Hund Lucky und die Tatsache, dass sie seit Jahren Karate trainierte, sollten als Absicherung genügen.

Ihr Atem ging gleichmäßig, als sie die Schleuse am Ende des Mühlwörths hinter sich ließen. Sie war fit. Beim Brose-Lauf über fast elf Kilometer hatte sie am 6. Mai Platz 48 belegt. Bei 2500 Teilnehmern war sie mit ihrer Leistung zufrieden gewesen. Zum dritten Mal seit 2003 hatte Bambergs Weltkulturerbelauf die Stadt in einen Hexenkessel aus schwitzenden Sportlern und johlenden Zuschauern verwandelt. Wie jeder Bamberger, der sich für halbwegs sportlich hielt, war auch

Maria dabei gewesen. Wer nicht rannte, hatte den Tag entlang der verschiedenen Strecken einfach nur genossen. Mit Live-Musik und kulinarischen Köstlichkeiten jeglicher Art.

Maria musste lächeln, als sie daran dachte, wie sie beim Endspurt über den Grünen Markt in der Fußgängerzone noch sechs Läufer abgehängt hatte. Sie rannte parallel zum Hollergraben Richtung Hainbad. Das Vogelgezwitscher wurde lauter. Sie grinste, als Lucky am Regnitz-Ufer Enten aufscheuchte. Als sie Bambergs traditionelles Flussbad passierte, stieg ihr der intensive Geruch von Bärlauch in die Nase.

Auf dem Parkplatz vor dem Bootshaus standen ein paar Autos – von anderen Joggern, Hundebesitzern oder beidem. Weiter ging es. Am Flussufer entlang durch den Theresienhain, vorbei am roten Pavillon über das Brückchen unter dem Münchner Ring. Die große Wiese im Luisenhain war leer. Dennoch drehte Lucky darauf einige Runden, um die Gerüche seiner Artgenossen aufzunehmen und Duftmarken zu setzen. Maria lief einfach weiter in Richtung Buger Spitze. Er würde sie schon wieder einholen. Am Ende der Wiese stach er an ihr vorbei und flitzte den Uferweg voraus in den Wald. Er hatte seinen Spaß.

Maria sah auf ihre digitale Armbanduhr. 6 Uhr 30. Nicht schlecht. Sie hielt das Tempo. Der Wald schien ihr heute recht düster. Die Sonne war zwar schon um 5 Uhr 30 aufgegangen, aber sie stand noch tief hinter einer dicken Nebelwand.

Wo war eigentlich Lucky? Sie verlangsamte ihr Tempo, um zu pfeifen. Nichts.

Egal. Bestimmt würde er gleich wieder irgendwo kläffend aus dem Unterholz springen. Jedenfalls musste er den Pfiff gehört haben. Von Weiten sah sie einen anderen Jogger auf sich zukommen. Ein dunkel gekleideter großer Mann. Der Weg hinter ihm war menschenleer.

Maria spähte über ihre Schulter nach hinten. Niemand zu sehen.

Sie umklammerte mit der Faust das Pfefferspray in der Tasche ihres grauen Kapuzen-Shirts und tat so, als ob sie ein Stück im Gehtempo zurücklegen wollte, um zu verschnaufen. Als der Mann näherkam, nahm sie die Hände wieder aus den Taschen, in der einen unauffällig das Spray verbergend. Eine wichtige Grundregel beim Kampfsport lautete: Trete einem potenziellen Angreifer niemals mit den Händen in den Taschen gegenüber.

Jetzt konnte sie schon deutlich das Gesicht des dunkelhaarigen Mannes sehen. Kannte sie den nicht? Sie meinte, ihm schon mal irgendwo begegnet zu sein. Vielleicht in einer ihrer Stammkneipen, dem *Il Centro* oder dem *Stilbruch*? Er war nur fünf Meter von ihr entfernt, als er seine Geschwindigkeit verlangsamte, um im Schritttempo weiterzugehen. Er sah sie an. Sie war sich jetzt sicher. Na klar. Das war er. Sie hatte ihn schon in den Kneipen gesehen. Wie alt er wohl war? Ende zwanzig? Anfang dreißig?

Er war jetzt fast bei ihr und sah ihr direkt in die Augen. Sie bekam Gänsehaut. Ihre Hand umkrampfte das Pfefferspray. Er nickte ihr knapp zu und beschleunigte wieder.

Als seine Schritte hinter ihr leiser wurden, drehte sie sich um und sah ihm nach, bis er in der Ferne verschwand. Warum nur hatte sie so ein komisches Gefühl gehabt? Aber das war wohl normal. Immerhin war sie eben alleine im Wald einem großen Mann begegnet, an einem Ort, an dem vor kurzem eine Frau ermordet worden war. Eine Joggerin, genau wie sie …

Luckys Kläffen ließ sie zusammenzucken. Raschelnd kam er aus dem Unterholz und sprang gut gelaunt an ihr hoch.

»Ist ja gut, Süßer. Auf geht's! Weiter!«

Sie liefen zur Buger Spitze, wo sie eine kleine Pause einlegten. Sehr kurz, um nicht kalt zu werden. Als sie verschnaufte, sah sie sich die umherschwimmenden Enten und Schwäne an. Links von ihr rannte Lucky aufgeregt am Wasser hin und her und musste sich beherrschen, nicht hineinzuspringen.

Der Bootsverleih genau vor ihr war noch vereinsamt. Sie blickte über die in Reih und Glied angelegten roten Tretboote auf die Regnitz, die sich vor ihr in den linken und rechten Regnitzarm teilte. Die beiden Flussarme umfassten Bambergs Zentrum, das daher auch Inselstadt genannt wurde. Der rechte Regnitzarm verlor sich ein Stück stadteinwärts bei der Heinrichsbrücke im Main-Donau-Kanal. Zwischen dem Hafengebiet und Gaustadt schließlich flossen der linke Regnitzarm und der Main-Donau-Kanal zum Main zusammen.

Die Sonne kam heraus und strich ihr warm übers Gesicht. Mit geschlossenen Augen genoss sie den Moment. Nach ein paar Stretching-Übungen rannte sie mit Lucky zurück. Auf der ganzen Strecke musste sie an den großen Jogger denken.

Auch, als sie knapp zwanzig Minuten später schwitzend ihre Haustür aufsperrte. Wie er sie angesehen hatte – irgendetwas an seinem Blick war komisch gewesen. Oder sah sie Gespenster?

Das Publikum grölte, als Aurich am Freitag, um 20 Uhr 45 die halbdunkle Bühne des *Live Clubs* betrat. Er trug ein T-Shirt mit der Aufschrift ›Motörhead Deutschland‹. Zwischen den beiden Worten prangte das ›Motörhead‹-Logo – der Schädel eines undefinierbaren Wesens, aus dessen offenem Kiefer seitlich zwei Stierhörner herausragen.

Aurich setzte sich an sein Schlagzeug, gefolgt von den Blicken der circa zweihundert Zuschauer. Fast die Hälfte von ihnen waren ›Motörhead‹-Fans zwischen fünfzehn und fünfundfünfzig. Viele standen voller Erwartung auf der Tanzfläche und tranken Bier. Schwarze T-Shirts und lange Haare, wohin man auch sah. Sie waren eigentlich gekommen, um ihre Lieblingsband zu hören und hatten erst an der Abendkasse von der Terminänderung erfahren. Zunächst enttäuscht, hatten sie sich dafür entschieden, den ›B. Bulls‹ eine Chance zu geben. Nun waren sie da: Hardrock-Fans auf einem Blues-Konzert.

»Cool bleiben, Jungs«, sagte Schreiber zu Grämer und Erwig im Backstage-Bereich hinter einem schwarzen Vorhang links von der Bühne. »Die Langhaarigen sind harmlos. Gehen wir raus und machen Musik, oder was?«

»Klar, Alter«, meinte Grämer und streifte eine rote Weste über ein altmodisches weißes Rüschchenhemd, das seinen Bierbauch mehr schlecht als recht kaschierte – sein übliches Bühnenoutfit. Er schüttelte sein langes, braunes Haar, das er in der Mitte gescheitelt trug.

»Auf geht's«, sagte der schlanke, kahl geschorene Erwig, der stets Schwarz trug. Er verschränkte die Finger und überstreckte sie mit einem lauten Knacken. Die drei Hobbymusiker schnappten sich jeder eine Flasche Bier und folgten Aurich auf die Bühne.

Grölen, Johlen, Klatschen, Pfiffe. Ein gut aufgelegtes Publikum. Grämer klemmte sich hinter sein Keyboard, während sich Erwig seine Bassgitarre umschnallte. In der Bühnenmitte stellte Schreiber sein Bier neben den Mikrofonständer. Nervös rutschte er noch sein graues Kapuzen-Shirt und die braune Wollmütze zurecht, hängte sich schließlich seine Gitarre um und pustete ins Mikro. Mit zusammengekniffenen Augen spähte er durch die Dunkelheit über die Köpfe des Publikums zu Randy am Mischpult. Der nickte Schreiber zu.

»One, two – one, two, three, four …«

Mit den ersten Riffs von Stevie Ray Vaughans *Cold Shot* wurde die Bühnenbeleuchtung hochgezogen. Die ›B. Bulls‹-Fans an den Tischen links und rechts von der Tanzfläche nickten sofort rhythmisch im Takt mit. Die ›Motörhead‹-Fans dagegen brauchten ein paar Schrecksekunden, ehe sie das Gleiche taten. Sie schienen mit der Musik leben zu können.

»… And that's a cold shot darlin',
yeah that's a drag …«

Thiele saß bei einem Pils an der vorderen der beiden Bars und sah Kriminaloberkommissarin Julia Steinfels zu, wie sie tanzte – ganz für sich alleine. Der molligen Kollegin mochte man gar nicht zutrauen, sich derart geschmeidig zu bewegen. Thiele nickte ihr lächelnd zu, ehe sie ihren Blick zur Bühne schweifen ließ. Sie beobachtete Schreiber gerne bei seinen Auftritten. Sein Gesang und das Gitarrenspiel waren nicht nur technisch gut. Er hatte auch das gewisse Etwas, das jedes Publikum schnell überzeugte. Warum nur stellte er sich bei Frauen so dumm an, fragte sie sich. Wie er so im Rampenlicht stand, mochte er vielen gefallen. Vor der Bühne tanzten einige Mittdreißigerinnen –

alte und neue Fans. Ob er eine von ihnen anmachen würde?

»… When love comes to town,
I'm gonna jump that train.
When love comes to town,
I'm gonna catch that flame …«

Nach einigen Nummern von B. B. King und John Lee Hooker lächelte Schreiber vielsagend zu ihr hinüber. Sie wusste, was jetzt kam.

»Für den nächsten Song bitte ich meine bezaubernde Kollegin Sophie Thiele auf die Bühne«, sagte er. »Bitte einen kleinen Applaus für meine reizende Kollegin.«

Thiele liebte es, wenn er das tat. Trotzdem gab sie jedes Mal vor, sich zu zieren, wenn sie neben ihm ins Rampenlicht trat. Sie nahm einen kräftigen Schluck Bier, rutschte vom Barhocker und bahnte sich ihren Weg durch die Zuschauer. Die spendeten sofort ermutigenden Beifall. Die ›B. Bulls‹-Fans, weil sie wussten, was sie erwartete. Die meist männlichen ›Motörhead‹-Fans, weil sie sich auf eine Frau freuten.

Schreiber machte zwei Schritte zur Seite, um Thiele ans Mikrofon zu lassen. Sie nahm es aus seiner Halterung und zwinkerte ihm zu. Ohne sich weiter abzusprechen, begann die Band zu spielen. Jeder wusste, was zu tun war, da es sich seit Jahren eingebürgert hatte, dass Thiele bei ihren Konzerten *Black Velvet* von Alannah Myles sang. Es machte allen Spaß und passte gut ins Programm.

Der pulsierende Rhythmus und Thieles kräftige, blecherne Singstimme kamen wie immer gut an.

»… The boy could sing, knew how to move, everything.
Always wanting more …«

Er lehnte an der hinteren der beiden Bars und beobachtete sie fasziniert. Ihr gutes Aussehen und der ausdrucksvolle Gesang zogen ihn sofort in ihren Bann. Wie sie dort oben auf der Bühne stand in ihrem engen Top und der modischen Jeans. Sie war so sexy. Dass sie sich zur Musik nur dezent bewegte, machte sie noch begehrenswerter. Schon früher am Abend war sie ihm aufgefallen. Er nahm einen Schluck Bier und leckte sich den Schaum von den Lippen.

»Du geiles Miststück«, murmelte er.

»… Black velvet in that little boy's smile …«

Das Publikum tobte, als sie sich lächelnd verneigte, kurz winkte und sich wieder zu ihrem Platz durchkämpfte. Steinfels, die ihrer Kollegin den Hocker an der vorderen Bar freigehalten hatte, klopfte ihr auf die Schulter.

»Respekt, Sophie. Spitzenklasse – wie immer!«

»Danke, Julia. Danke.«

Sie stießen mit ihren Bieren an, und die ›B. Bulls‹ fuhren gut gelaunt mit ihrem Programm fort. Schreiber hatte im heißen Scheinwerferlicht das Kapuzen-Shirt abgelegt und sein blaues Lieblings-T-Shirt zu Tage gefördert. Er lächelte selig, als er seine Soli spielte. Wann hatte er zuletzt so viel Spaß gehabt? Der letzte Auftritt lag beinahe ein Jahr zurück.

»… Thrill is gone.

The thrill is gone away …«

Er spürte, dass es lief: Das Publikum war bis dicht vor die Bühne getreten. Viele tanzten. Stürmischer Applaus. Selbst die Hardrock-Fans machten einen recht zufriedenen Eindruck auf ihn. Irgendwann kam einer von ihnen an die Bühnenkante und sah ihm tief in die Augen. Der Mann mochte Mitte vierzig sein und hatte eine verblüffende Ähnlichkeit mit Lemmy, dem Sänger von ›Motörhead‹ – langes, dunkles Haar, dicke, buschige Kotletten und einen ebenso dicken Schnauzer. Er winkte Schreiber zu sich herunter.

»Ihr seid echt nicht schlecht, Jungs!«, rief der Mann, Schreiber mit einer Bierfahne einnebelnd. »Aber könnt ihr nicht auch was von ›Motörhead‹?«

»Ich schau mal, was ich machen kann!«, sagte Schreiber und drehte sich zum Schlagzeug um, wo sich Aurich gerade einen Schluck Bier gönnte.

»Hey, Aurich! Weißt du noch, als wir zu unseren wilden Zeiten *Eat the rich* gespielt haben?«

Die ›B. Bulls‹ gab es immerhin schon seit 19 Jahren.

Aurich nickte. »Klar.«

»Kannst du den Text noch?«

Nicken.

»Wollen wir's für die Langhaarigen spielen?«, fragte Schreiber.

»Kein Thema«, sagte Aurich, nahm einen weiteren Schluck aus der Flasche und zog sein Mikrofon näher zu sich herunter. Er hatte das Lied früher immer singen müssen, da er, im Gegensatz zu Schreiber, grölen konnte wie Lemmy. Schreiber sah nach links und rechts zu Grämer und Erwig.

»Jungs! *Eat the rich* von ›Motörhead‹!«

Beide starrten ihn ungläubig an. Grämer wollte etwas sagen, aber Schreiber kniete schon neben seinem Verstärker, um den richtigen Sound einzustellen. Eine schrille Rückkopplung ließ die Zuschauer mit schmerzverzerrten Gesichtern die Schultern hochziehen. Einige Hardrock-Fans, die den Braten rochen, gluckten voller Vorfreude. Schreiber richtete sich wieder auf und trat listig lächelnd an sein Mikrofon.

»Sind heute Abend irgendwelche ›Motörhead‹-Fans anwesend?«

Während die Langhaarigen tobten, schlug Aurich hinter Schreiber seine Sticks zusammen und zählte ein. Schon die ersten Takte des Liedes verwandelten die Tanzfläche des *Live Club* in ein Meer aus hochgerissenen Armen und fliegenden Haaren. Randy fummelte mit gehetztem Blick an den Schiebern seines Mischpults herum.

»... They say music is the food of love.
Let's see if you're hungry enough ...«

An Aurichs Hals traten die Muskelfasern und Venen einzeln hervor, als er sang. Er machte Lemmy alle Ehre. Thiele und Steinfels, beide schon leicht angeheitert, ließen sich vom Rhythmus mitreißen und mischten sich unter die Tanzenden. Thiele warf lachend die Arme über den Kopf und ließ ihre Hüfte kreisen.

»Du gottverdammtes, geiles Miststück«, murmelte er, nahm einen Schluck Bier und leckte sich wieder die Lippen. Er stand noch immer in seiner dunklen Ecke an der hinteren Bar und konnte den Blick nicht von ihr lassen. »Wie kann eine Polizistin nur so gut aussehen?«, dachte er.

»... Take a bite, take another, just like a good boy
would ...«

Den Glaskrug in der Hand, schlenderte er zum Mischpult am Rand der Tanzfläche. Von hier aus konnte er sie besser beobachten. Wie toll sie sich bewegte. Er stellte sie sich nackt vor.

»... Get a sweet thing on the side.
Home cooking, homicide ...«

Er nickte im Takt. Die Welt um ihn herum versank

in den bunten Lichtern des Clubs. Irgendwann schien sie nur noch für ihn zu tanzen – nackt.

»… Come on baby, eat the rich.
Put the bite on that son of a bitch …«

Auf der Bühne verzogen Grämer und Erwig schmerzvoll ihre Gesichter, als Schreiber sein schrägstes Gitarrensolo hinwürgte. Dennoch: Es gefiel allen.

Verschwitzt gingen Thiele und Steinfels nach dem Schlussakkord zurück zur Bar, um sich frische Biere zu holen. Sie waren am Verdursten. Sie stützten die Unterarme auf die Theke und beobachteten, wie die junge Barkeeperin den goldenen Gerstensaft in die Glaskrüge laufen ließ.

Thiele fiel nicht auf, wie der große Mann hinter ihr sie anstarrte. Sie bemerkte auch nicht, wie er sich zu ihr hinunterbeugte und gierig an ihrem Pferdeschwanz roch. Seine Nase berührte dabei fast ihren Haargummi.

3 Böses Erwachen

19. Mai

Irgendwo in der Ferne klingelte ein Telefon. Langsam, sehr langsam wurden die Töne lauter. ›Das ist bei mir‹, dachte Schreiber plötzlich. Zu spät – das Klingeln brach ab. Er blinzelte und rieb sich den Schlaf aus den Augen. Allmählich wurde das Bild vor ihm scharf. Zerwühlte blonde Haare, dunkel am Ansatz, nur wenige Zentimeter vor seinem Gesicht. Er konnte den Hinterkopf auch ohne Kontaktlinsen erkennen.

Als er die Bettdecke etwas beiseite schob und ihre nackte Schulter enthüllte, fiel ihm alles wieder ein. Die ›B. Bulls‹ waren noch mit Thiele, Steinfels und einigen Fans in die *Blues-Bar* gegangen, um den gelungenen Auftritt zu feiern und den Abend ausklingen zu lassen. Das hatte sich lange hingezogen. Es war fast vier Uhr morgens gewesen, als Barkeeper Sam total entnervt seine betrunkenen Gäste an die Luft gesetzt hatte.

Schreiber trank nur selten zu viel. Sein Schädel brummte, als wackelige Bilder in seiner Erinnerung aufblitzten: Sam, wie er ständig motzte, dass er endlich zumachen wollte. Das Lemmy-Double, wie es Aurich unaufhörlich für seinen tollen Gesang lobte. Und schließlich die hübsche, blonde Frau, die Schreiber anlächelte und ihm zuprostete. Worüber hatten sie sich eigentlich unterhalten? Er wusste es nicht mehr genau.

Er fuhr sich mit der Zunge über die oberen Schneidezähne. Sie fühlten sich trocken und pelzig an. Der üble Nachgeschmack von Alkohol hing in seinem Mund wie Spinnweben in einem uralten Spukschloss.

Wenn er ihr weiterhin gefallen wollte, durfte er sie jetzt keinesfalls aus der Nähe ansprechen.

Doch würde sie ihm eigentlich noch gefallen? Jetzt, wo er wieder nüchtern war? Ein, zwei Mal hatte er schon böse Überraschungen erlebt und sich im Nachhinein eingestehen müssen, dass er sich die Herzdamen quasi schön gesoffen hatte. Er setzte sich im Bett auf, hielt die Luft an und spähte vorsichtig über ihre Schulter, um das Gesicht erkennen zu können. Sie war wirklich hübsch! Selbst ungeschminkt am frühen Morgen. Sie mochte Mitte dreißig sein und schlief friedlich wie ein Baby. Wie hieß sie doch gleich? Karin? Katrin? Kerstin? Verdammt, es fiel ihm nicht mehr ein!

Ein plötzliches Brummen riss ihn aus seinen Gedanken. Erschrocken ließ er sich zurück auf sein Kissen sinken, als sie sich zu ihm umdrehte und sich an ihn kuschelte. Sie war so warm. Es fühlte sich gut an. Wie lange hatte in diesem Bett keine Frau mehr gelegen?

Unbeholfen legte er den Arm um ihren Kopf, studierte ihr schlafendes Gesicht und streichelte nachdenklich ihre Schulter, die das kleine Tattoo einer Rose zierte. One Night Stands waren eigentlich überhaupt nicht sein Ding. Aber vielleicht musste es ja nicht bei dieser einen Nacht bleiben. Sie hatte ihm wirklich gefallen. Alles hatte sich ganz von selbst ergeben. Keine Anmachsprüche. Kein Schlachtplan. Keine Hintergedanken. Irgendwann waren sie einfach in seiner Wohnung gelandet. Warum nur konnte er sich so wenig an das Gespräch mit ihr erinnern! Selbst den späteren Ringkampf in seinem Bett vermochte er nicht mehr genau abzurufen. Dieser verdammte Alkohol.

Behutsam zog er seine Brust unter ihrem Kopf weg, nahm zärtlich ihren Arm von seinem Bauch und legte ihn langsam aufs Bettlaken. Sie war nicht aufgewacht.

Als er aus dem Bett stieg, trat sein nackter Fuß auf etwas Kaltes aus Plastik. Er sah nach unten. Ein leeres Kondomtütchen. Seine karierten Boxershorts fand er ebenfalls auf dem Boden. Gut gelaunt streifte er sie über und erhob sich. Ein böser Fehler! Der dröhnende Schmerz ließ seinen Kopf fast platzen. Wimmernd zog er die Schultern hoch und rieb sich mit den Handballen die Schläfen. Als er auf Zehenspitzen aus dem Schlafzimmer schleichen wollte, stieß er sich am Pfosten des französischen Betts den großen Zeh.

»Fuck!«, zischte er, zog das Bein hoch und hielt sich den Fuß.

Für ein paar Sekunden hüpfte er auf dem anderen Bein wackelig durchs Zimmer. Eine achtlos auf den Boden geworfene Socke beendete den merkwürdigen Tanz. Er glitt auf ihr aus, um schließlich mit einem dumpfen Poltern seitlich aufs Parkett zu schlagen. Er wälzte sich kurz wie ein Fußballer, den man gefoult hatte. Stöhnend rappelte er sich wieder hoch und spähte zum Bett. Glück gehabt. Sie schlief noch. Hinkend verließ er das Zimmer.

Den Gang hinunter ging's ins Bad. Das rotäugige Monster, das ihn aus dem Spiegel anschaute, überraschte ihn nicht sonderlich. Er wusch sich das Gesicht, trank Wasser aus der Leitung und gurgelte ausgiebig mit Mundspülung. Neben der Badewanne erkannte er seine blauen Plastik-Flipflops und schlüpfte hinein.

»Das kriegen wir schon«, brabbelte er vor sich hin, als er in die Küche schlurfte.

Er ließ eine Aspirin in ein Glas fallen. Ungeduldig an der Unterlippe nagend, beobachtete er, wie die Tablette sich zischend in kleine Bläschen auflöste. Nachdem er das Glas in einem Zug hinuntergestürzt hatte, lehnte er sich an den Küchentisch und überlegte: Sie war nett und gefiel ihm. Also sollte er sie am besten mit einem guten Frühstück wecken.

Was war das für ein Geräusch? Er ging von der Küche durch den Fitnessraum und schaute in den Flur. Sie stand voll angekleidet an der Wohnungstür und sah ihn ertappt an.

»Oh, hallo«, brachte sie mit einem verlegenen Lächeln hervor, nervös an ihrem schwarzen Handtäschchen herumspielend.

Schreiber zog seinen leichten Bauchansatz ein, verschränkte die Arme und versuchte sich möglichst lässig an den Türrahmen zu lehnen.

»Morgen«, sagte er überrascht und bemühte sich um ein neckisches Lächeln. Es schlug vollkommen fehl. Er fühlte sich plötzlich seltsam nackt, obwohl er immerhin Boxershorts und die Flipflops trug.

»Tja, ääh … Du gehst schon?«

Sie nickte.

»Ich muss meinen Sohn bei meiner Mutter abholen.«

»Ach so. Ja klar.«

Schweigen. Schreiber räusperte sich.

»Tja. War echt schön gestern Abend. Was meinst du, wollen wir später zusammen Kaffee trinken? Du kannst mir deinen Sohn ja mal vorstellen.«

Sie hängte sich das Täschchen um.

»Sorry«, sagte sie. »Aber mein Mann kommt heute Mittag zurück.«

»Oh«, brachte er nur heraus.

Schnell sprach sie weiter: »Also, ich hoffe, du bist jetzt nicht sauer. Ich meine, ich finde dich echt nett und so. Aber ich dachte, es war von Anfang an klar …«

»Quatsch«, unterbrach er sie und winkte ab. »Ist schon gut.«

Er ging zu ihr und legte seine Hand sanft auf ihren Oberarm.

»Machen wir uns nicht gegenseitig verlegen«, sagte er. »Sagen wir einfach Tschüss. Vielleicht sieht man sich ja mal wieder in der *Blues Bar* oder so.«

Sie lächelte ihn dankbar an.

»Also, Tschüss Katrin«, flüsterte er zärtlich.

»Kerstin.«

Er lief rot an.

»Kerstin! Ja klar!«

Sie küsste ihn auf die Wange.

»Tschüss Daniel. Bist echt 'n süßer Kerl.«

Sprach's und verschwand durch die Wohnungstür, die sie sachte hinter sich zuzog. Schreiber stand mit herabhängenden Armen vor der geschlossenen Tür und überlegte, ob er sauer war.

»David«, flüsterte er.

Nein, er war nicht sauer. Aber warum nur sagten die Frauen immer, dass er ein echt süßer Kerl sei? Er war vierzig und eins neunzig! Konnte so einer überhaupt süß sein?

Das Klingeln des Telefons erinnerte ihn unsanft an seinen Kater. Er stand genau neben dem Apparat. Mit schmerzverzerrtem Gesicht zog er den Kopf zwischen die Schultern, um sofort nach dem Hörer zu greifen. Fast wäre er ihm heruntergefallen.

»Jau?«

»David«, hörte er Thiele sagen. »Warum ist denn dein Anrufbeantworter nicht an?«

»Wie? Was? Oh sorry«, stammelte er.

»Ist ja auch egal«, fuhr sie ungeduldig fort. »Hör' mal. Schlechte Neuigkeiten: Es ist wieder passiert.«

Er wusste sofort, was sie meinte.

»Scheiße.«

»Warum nur kommt mir diese Situation irgendwie vertraut vor?«, murmelte Schreiber ironisch, als er um 8 Uhr 30 auf Thiele zurollte. Nach ihrer Hiobsbotschaft war er hektisch aufgebrochen und auf seinem Fahrrad zum Parkplatz am Ende der Hainstraße gerast, um seinen Kreislauf in Schwung zu bringen und im Fahrtwind wieder nüchtern zu werden. Kaum drei Stunden Schlaf waren definitiv zu wenig. Im Vorbeifahren nickte er zwei Streifenbeamten zu, die gerade die geparkten Autos überprüften. Die Hände in den Taschen ihrer schwarzen Lederjacke, wartete Thiele neben ihrem Auto und sah ihm ernst entgegen.

»Morgen«, sagte sie, lahm ein Lächeln andeutend.

Von ihrem üblichen Elan, der ihm, dem Morgenmuffel, schon so oft in den Tag geholfen hatte, war nichts zu spüren. »Morgen«, hatte sie nur gesagt. Nicht »Morgen, Tiger«. Das bedeutete schlechte Laune.

»Morgen, Morgen«, brummte er, als er vor ihr hielt. »Bist wohl auch noch verkatert von gestern?«

»Nö. Mir geht's gut. Gehen wir?«

»Hm.« Er nickte irritiert.

Ohne es abzusperren, stellte er sein Fahrrad beim Treppchen am Ende des Parkplatzes ab und lief mit ihr in den Luisenhain, unter dem Münchner Ring hindurch und entlang der großen Wiese. Alles war wie vor dreieinhalb Wochen – bis auf Thieles Laune. Die machte Schreiber nervös.

»Hast echt wieder super gesungen gestern«, sagte er, verkrampft um einen kumpelhaften Plauderton bemüht. »War überhaupt ein klasse Abend.«

»Hm.«

»Und dann so ein Erwachen! Beim ersten Mal nach der Geburtstagsfeier von Fritz. Und jetzt nach unserem Auftritt. Der schlägt wohl immer zu, wenn wir am Abend vorher einen drauf gemacht haben.«

»Wenn es derselbe Täter war«, sagte sie kühl.

»Hm.« Was war nur los mit ihr? Hatte er sie irgendwie beleidigt? Vielleicht war ihm ja in der *Blues-Bar* etwas Dummes herausgerutscht, an das er sich jetzt nicht mehr erinnern konnte. Angebaggert hatte er sie jedenfalls nicht wieder. Und selbst wenn – sie war ihm deswegen ohnehin nie richtig böse. Schweigend liefen sie weiter.

»Und? Gestern noch gut nach Hause gekommen?«, fragte sie plötzlich betont beiläufig.

»Jaja. Danke«, antwortete er verdutzt. Irgendwas war hier oberfaul.

»… mit Blondie«, murmelte sie spöttisch.

»Was war das eben?«

»Ach nichts. Gar nichts.«

Schreiber verstand die Welt nicht mehr. Konnte das sein? War sie eifersüchtig? Sie hatte in der *Blues-Bar* beobachten können, wie er und Kerstin sich nähergekommen waren – auch, wie sie nach Sams Rausschmiss Arm in Arm in Richtung Untere Brücke verschwunden waren. Wieder legten sie stumm einige Meter zurück. Ihre Schritte knirschten auf dem trockenen Parkweg. Thiele schien eisige Kälte auszustrahlen. Schreiber schlug den Kragen seiner Lederjacke hoch und rammte die Hände in die Seitentaschen.

Nach einer Weile, die unendlich lang schien, zischte sie etwas, das klang wie: »Männer! Hauptsache blond und große Titten.«

Schreiber war als Polizist auf so ziemlich jede Krisensituation vorbereitet. Doch jetzt fühlte er sich vollkommen überfordert. Was sollte er nur tun? Auf ihre Bemerkung etwas erwidern? Und wenn ja, was? Er begriff nicht, was in ihr vorging. Karin, Katrin, Kerstin oder wie sie hieß, hatte doch gar nicht so große Brüste, jedenfalls nicht größere als Thiele. Und überhaupt spielte das keine Rolle. Es konnte Thiele egal sein. Es sei denn … sie war tatsächlich eifersüchtig! Aber warum? Sie war doch glücklich verheiratet mit Pete.

›Versteh' einer die Frauen‹, dachte Schreiber. Wie oft hatten er und Aurich diesen Satz schon an der Theke der *Blues-Bar* gesagt.

Grübelnd lief er neben dem weiblichen Eiszapfen her. Obwohl er eigentlich keinen Anlass dazu hatte, fühlte er sich irgendwie schuldig. Das ärgerte ihn. Andererseits konnte er es nicht ertragen, dass seine Schnegge böse auf ihn war. Ob nun zu Unrecht oder nicht. Irgendwann nahm er sich ein Herz und räusperte sich unbeholfen.

»Sag mal, Schnegge. Kann das sein, dass du ein bisschen eifersüchtig bist?«, fragte er vorsichtig.

Wie vom Blitz getroffen hielt sie und starrte ihn mit offenem Mund an.

»Wie bitte?« Ihre Stimme überschlug sich.

Er hielt ebenfalls und sah unsicher an ihr vorbei. Wie ein Knirps, den man beim Kirschen stehlen erwischt hatte, fuhr er kleinlaut fort: »Na ja. Ich mein' ja nur. Schließlich hast du ja deinen Pete und wir sind nur befreundet. Also wär's doch Quatsch …«

Mit dem strengen Blick einer Grundschullehrerin hob sie die rechte Hand, woraufhin er schlagartig verstummte.

»Stopstopstop! Moment mal. Ich glaub' du hast da was vollkommen falsch verstanden«, sagte sie.

Pause.

»Natürlich bin ich nicht eifersüchtig.« Sie lief rot an wie eine Tomate. »Aber als deine Freundin tut es mir einfach weh, wenn ich mitkriege, wie du dich von irgendwelchen Frauen abschleppen lässt, die schlicht und ergreifend unter deinem Niveau sind. Okay?«

›Sie liebt mich‹, dachte er. ›Obwohl sie auch Pete liebt. Sie liebt mich!‹

»Unter meinem Niveau?«, fragte er.

»Ja klar«, antwortete sie mit gespielter Fassungslosigkeit. »Ich meine, das war doch eine richtige Tussi! Ich kenne die vom Sehen. Die ist doch so richtig billig. Würde mich nicht einmal wundern, wenn sie verheiratet wäre. Ich finde einfach, du hast was Besseres verdient.«

Er verbiss sich ein Lächeln.

»Klar«, sagte er nur.

Thieles Gesicht war jetzt fast lila. Sie atmete tief ein, stieß die Luft hörbar wieder aus und räusperte sich.

»Na, dann ist's ja gut«, stellte sie fest. »Also, Tiger. Gehen wir jetzt weiter, oder was?«

Erhobenen Hauptes schritt sie voran. Sie verließen den Weg nahe dem Tennis-Club und kürzten quer über die große Wiese ab. Aus den Augenwinkeln bemerkte Thiele, wie Schreiber ein Grinsen unterdrückte, sagte aber nichts, um sich keine weitere Blöße zu geben. Schreiber spürte ihre Blicke.

»Weißt du«, sagte er, als sie das Ende der Wiese erreichten, »du hättest dich gar nicht so aufregen brauchen. Ich denk' sowieso nicht, dass ich die Frau wiedertreffen werde.«

»Hm«, machte sie. »Glaub' mir, ist bestimmt besser so. Wenn du mich nur immer gleich fragen würdest …«

»So weit kommt's noch!«

Ohne anzuhalten rempelte er sie mit der Schulter an. Sie schmunzelte und schubste zurück.

Befreit lachten beide kurz auf. Als sie am Ufer des linken Regnitzarms in den Wald Richtung Buger Spitze kamen, war Schreibers Kater wie weggeblasen. Er schwebte im siebten Himmel. Die Stimmung zwischen ihm und Thiele war wieder gut. Und was noch besser war: Sie liebte ihn! Seine Freude währte allerdings nur kurz.

Der Anblick des Leichenfundorts aus der Ferne erinnerte beide an den eigentlichen Grund ihres Kommens. Das Bild war ähnlich wie beim ersten Mal. Laut stand bei der Toten. Seinen Trenchcoat hatte er wegen der hohen Temperaturen im Auto liegen lassen. Hans Schindler und Mohammed Karaca knieten in ihren weißen Overalls auf der Erde. Nur der Notarzt war diesmal schon wieder gegangen.

»Das gibt's doch gar nicht«, sagte Schreiber ungläubig. »So ein dreistes Schwein. Wie weit ist das hier vom anderen Fundort weg? Zwanzig Meter? Dreißig?«, rief er.

Als er mit Thiele näher trat und die anderen begrüßte, zog er die Jacke aus und warf sie sich über die Schulter. Thiele tat es ihm gleich. Es war viel zu heiß für die Jahreszeit. Ohne aufzustehen, sahen Schindler und Mohammed nur kurz von ihrer Arbeit hoch, um sich sogleich wieder dem toten Mädchen zu widmen.

Die Hände in den Taschen seiner grauen Anzughose, stand Laut da und fixierte stumm das Opfer. Sie lag vor ihm auf der Erde zwischen Weg und Flussufer, genau wie Laura vor dreieinhalb Wochen. Die Ähnlichkeit war gespenstisch. Von den Füßen, die zum Wasser zeigten, über die fehlenden Hosen und Schuhe, das hochgeschobene Oberteil bis hin zu den nach oben ausgestreckten Armen mit den roten Fesselungsmalen an den Handgelenken. Auch war sie etwa im gleichen Alter wie Laura und ebenfalls bildhübsch. Selbst das Hämatom an der linken Schläfe fehlte nicht.

Mit zusammengepressten Lippen nickte Laut vor sich hin.

»Kollegen«, begann er schließlich. »Die SoKo Laura hat nichts nach außen dringen lassen. Wir können also einen Trittbrettfahrer ausschließen. Und an solche Zufälle glaube ich nicht.«

Schreiber nickte.

»Er hat wieder versucht, sie in den Fluss zu werfen«, fuhr Laut fort. »Aber die gute Nachricht ist, diesmal hat er's nicht geschafft. Er wurde gestört. Demnach haben wir bessere Chancen, verwertbare Spuren zu finden. Also atmet bloß nicht zu stark aus.«

Karaca sah von der Toten hoch und unterstrich Lauts letzte Worte mit einem Nicken.

»Wissen wir schon, wer sie ist?«, fragte Schreiber.

»Nein. Wahrscheinlich hat der Täter, wie schon beim ersten Mal, ihre Sachen in die Regnitz ...«

»Maria«, unterbrach ihn Thiele.

Erst jetzt bemerkten Laut und Schreiber, dass sie kreidebleich geworden war und die Arme um ihre Hüften geschlungen hatte, als ob sie friere. Überrascht musterten die Beamten ihre Kollegin.

»Das ist Maria«, sagte Thiele. »Maria Schmidt«. Wohnt in der Concordiastraße. Ich war ein, zwei Mal bei ihr zu Hause.«

Fassungslos starrten Laut und Schreiber sie an. Auch Karaca und Schindler unterbrachen ihre Arbeit und sahen verdutzt zu ihr hoch.

»Um Gottes Willen, Sophie«, sagte Schreiber mitfühlend. »Du kennst sie? Sie ist doch nicht eine Verwandte?«

Kopfschütteln.

»Nein. Das nicht. Sie geht mit mir ins Karate-Training. Und sie war Louisas Babysitterin – früher, als sie noch ganz klein war. Louisa meine ich.« Sie lächelte nervös und strich mit zitternder Hand eine Locke aus dem Gesicht, die sich aus ihrem Pferdeschwanz gelöst hatte. Laut musterte sie besorgt, sagte aber nichts.

»Auch jetzt hat sie noch manchmal auf Louisa aufgepasst«, erzählte Thiele weiter. »Wenn Pete und ich zu viel um die Ohren hatten. Ich bin auch ein paar Mal mit ihr im *Café Müller* in der Austraße gewesen. Wir waren fast so was wie Freundinnen. Sie war echt ein nettes …«

Sie konnte nicht weitersprechen und unterdrückte ein Schluchzen, indem sie sich die Faust vor den Mund drückte und die Augen zusammen kniff. Schreiber legte behutsam den Arm um sie und tätschelte etwas unbeholfen ihre Schulter. Thiele nahm ihre Hand vom Mund und atmete tief durch.

»Danke. Es geht schon wieder.«

»Das tut mir sehr leid, Kollegin Thiele«, sagte Laut.

Sie nickte, noch immer um Fassung ringend.

»Kommst du zurecht?«, fragte er.

»Doch. Es geht schon. Ehrlich.«

Sie sah ihrem Chef, der sie prüfend musterte, fest in die Augen. Laut gab sich damit vorläufig zufrieden – wenn auch mit gemischten Gefühlen. Einerseits war Thiele als Bekannte des Opfers betroffen. Er würde sie also genau beobachten und gegebenenfalls vom Fall abziehen müssen. Andererseits konnte sie vielleicht wertvolle Informationen beisteuern und helfen, bei den Ermittlungen Zeit zu sparen, wie sie es schon jetzt, durch die schnelle Identifizierung der Toten, getan hatte.

»Also gut, Kollegin«, sagte er. »Maria Schmidt. Wer war sie?«

Thiele hielt den Blick auf ihn gerichtet.

»Sie hat sich vor etwa sechs Jahren bei uns gemeldet, auf eine Zeitungsanzeige hin. Sie war damals neunzehn. Hat gerade angefangen, in Bamberg Lehramt für Gymnasien zu studieren. Mit dem Babysitten hat sie sich was dazuverdient. Sie konnte wirklich super mit Louisa umgehen. Als die Kleine dann in den Hort kam, haben wir sie nicht mehr so oft gebraucht. Zwischendurch war sie ein Jahr in England. Der Kontakt ist aber nie so ganz abgerissen.«

Schreiber bewunderte, wie schnell sich Thiele gefasst hatte. War sie wirklich so tough?

Mit erstaunlicher Ruhe erzählte sie weiter: »Als sie wieder nach Deutschland kam, hat sie, wie gesagt, noch manchmal auf Louisa aufgepasst. Und ich hab sie ja auch regelmäßig beim Karate gesehen. Sie war übrigens echt gut. Trainierte schon seit ihrer Schulzeit und hatte den schwarzen Gürtel.«

Sie sah kurz zur Leiche, um ihren Chef sogleich wieder in die Augen zu blicken.

»Er muss sie vollkommen überrascht haben«, fuhr sie fort. »Na ja. Zurzeit war sie jedenfalls Referendarin an einem Gymnasium in Erlangen. Sie konnte also ihre alte Studentenbude in der Concordiastraße behalten und jeden Tag pendeln.«

Sie atmete tief durch und überlegte. Für einige Sekunden war nur das Gezwitscher der Vögel zu vernehmen.

»Gut. Kollegin Thiele. Gut«, sagte Laut. »Ihre Familie?«

»Hab' ich nie kennen gelernt. Aber sie stammt aus Münster. Dort leben ihre Eltern und ihr jüngerer Bruder. Von dem schwärmte sie immer.«

Laut nickte. »Maria Schmidt. Gibt es irgendwelche Parallelen zu Laura?«

»Allerdings«, antwortete Thiele. »Die hätte ich gleich noch angesprochen.« Sie gab sich Mühe ihren Chef spüren zu lassen, dass sie trotz ihrer Betroffenheit klar denken konnte und nichts vergaß. »Sie verkehrte regelmäßig in zwei von Lauras Stammkneipen: *Il Centro* und *Stilbruch*. Ins *Calimeros* ging sie auch manchmal, aber eher selten. Sie hat mir davon erzählt. Am besten gefiel es ihr im *Stilbruch*. Außerdem hatte sie auch einen Hund. So einen Mischling – er hieß Lucky.«

Sie stockte kurz, als ihr auffiel, dass sie schon in der Vergangenheitsform von Lucky sprach.

»Gut, Kollegin Thiele«, wiederholte Laut. »Nicht schlecht für den Anfang. Hatte sie einen Freund?«

Die Polizistin schüttelte den Kopf.

»Nicht, als ich mich zum letzten Mal länger mit ihr unterhalten habe. Aber das ist schon einige Wochen her.«

Thiele war insgeheim stolz, wie gut sie ihre Emotionen im Griff hatte. Ihr war klar, dass der Chef sie kritisch im Auge behalten würde. Doch sie durfte den Fall nicht verlieren. Sie musste diesen Verbrecher um jeden Preis finden, denn durch den Mord an Louisas Babysitterin war er plötzlich in bedrohliche Nähe zu ihrer eigenen Familie gerückt.

Nachdenklich sahen Laut und seine beiden Kommissare auf die Schleifspur, die von der Toten in den Wald führte.

»Ich wette, er hat's diesmal auch nicht geschafft, den Hund zu entsorgen«, sagte Schreiber.

»Die Wette gewinnst du hoffentlich, Kollege Schreiber.«

»Wenn er gestört wurde – gibt's dann brauchbare

Zeugenaussagen?«, fragte Thiele hoffnungsvoll.

»Jein«, kam es von Laut. »Die zwei Studentinnen, die sie fanden, sahen aus der Ferne eine große Gestalt in dunkler Kleidung im Wald verschwinden. Sie dachten sich nichts weiter dabei, weil sie die Leiche noch nicht sehen konnten. Sie vermuteten, dass irgendwer nur dringend pinkeln musste. Als sie die Leiche entdeckten, war der Typ natürlich schon über alle Berge. Vielleicht sogar besser für die beiden Mädchen.«

»Eine große Gestalt in dunkler Kleidung«, wiederholte Schreiber. »Das ist wirklich keine brauchbare Beschreibung.«

»Leider«, stimmte Laut zu. »Ansonsten: gleiche Vorgehensweise wie bei Laura. Die Nürnberger sind schon unterwegs – samt Mantrailer-Hund. Gründliche Durchsuchung des Geländes, Abtauchen der Regnitz und so weiter. Die Kollegen haben den Luisenhain bereits komplett gesperrt. Die SoKo Laura beziehungsweise Maria trifft sich heute Mittag. Ihr fahrt zunächst mal zu Marias Wohnung in die Concordiastraße. Wir kriegen das Schwein.«

Etwas überrascht nickten Thiele und Schreiber. Die letzte Bemerkung war sehr ungewöhnlich für ihren Chef, der dafür bekannt war, die Ermittlungen auch bei sehr brutalen Verbrechen mit der nötigen Sachlichkeit zu leiten. Doch die extrem dreiste Vorgehensweise des Täters wurmte selbst ihn. Der Mann hatte fast an der gleichen Stelle und nur kurze Zeit später erneut zugeschlagen. Eine schallende Ohrfeige für jeden Ermittler. Und was viel schlimmer war: Die Befürchtung, in Bamberg gehe ein Serientäter um, hatte sich aufs Grausamste bestätigt.

»Okay, Leute. Luft anhalten!«, kam es von Karaca.

Die drei Kommissare sahen neugierig zu ihm hinunter. Auch Kriminalhauptmeister Hans Schindler verharrte gespannt in seiner kauernden Position. Karaca, der in seinem weißen Overall neben der Hüfte des Opfers kniete, zückte eine Pinzette und beugte sich über Marias Scham, bis sein Gesicht nur wenige Zentimeter davon entfernt war. Er hielt die Luft an. Thiele ließ sich nicht anmerken, dass sie diesen Anblick irritierend fand. Schließlich machte Karaca nur seine Arbeit.

Unendlich behutsam griff er mit der Pinzette nach etwas in Marias Schambehaarung. Er ließ es sogleich in ein Plastiktütchen fallen. Zufrieden atmete er aus, schloss das Tütchen mit Daumen und Zeigefinger, hielt es hoch und blickte zu Laut.

»Ich glaube, wir haben was.«

»Gut. Kollege Karaca, gut. Was ist es?«

Wütend feuerte er die Sporttasche in die Ecke, wo sie einige in Reih und Glied stehende Sneaker durcheinanderbrachte. Normalerweise hätte er sie sofort wieder sorgfältig angeordnet, doch nicht jetzt. Seine ohnmächtige Wut, die er auf dem ganzen Nachhauseweg unterdrückt hatte, ließ ihn fast platzen. Er musste Dampf ablassen, brauchte ein Ventil. Jetzt.

Schnaubend lief er den Gang hinunter und bog in den Fitnessraum, wo er sogleich anfing, den Sandsack mit einem wilden Trommelfeuer an Schlägen zu bearbeiten. Schon bald schmerzten ihm die Knöchel. Gut! Weiter! Bumm! Bumm! Bumm!

Wie hatte er nur so dumm sein können? Es wäre doch so einfach gewesen: Zuerst den Köter in den Fluss. Zuerst den verdammten Köter! Der war leichter als die Frau. Er hätte den Kadaver ohne Weiteres schnell genug in den Wald zurückziehen können, als er die Joggerinnen bemerkte. Versteckt hätte er dann warten können, bis sie vorbei gewesen wären, um in aller Ruhe Köter und Frau in die Regnitz zu werfen. Das Flusswasser hätte alle Spuren …

»Hätte! Hätte! Hätte!«, brüllte er.

Er trommelte weiter, bis seine Knöchel blau anliefen und er vor Erschöpfung anfing, zu keuchen. Taumelnd trat er zwei Schritte zurück und feuerte noch zahlreiche Kicks ab. Als er sich vollkommen verausgabt hatte, verpasste er dem Sandsack noch einen finalen reckten Haken und schlurfte schwer atmend mit schlaff herabhängenden Armen nach vorne ins Wohnzimmer. Er ließ sich aufs Sofa sacken und starrte mit offenem Mund auf die Fernbedienungen von Fernseher, Stereoanlage und DVD-Player auf dem Wohnzimmertisch. Sie waren fein säuberlich parallel platziert und lagen griffbereit neben seinem Lieblingssessel.

»Denk nach. Denk nach. Und bleib cool, verdammt noch mal!«, zischte er vor sich hin.

Er hatte einen Fehler gemacht – okay. Für einen wie ihn schwer zu verdauen. Aber es hatte keinen Sinn mehr, sich weiter darüber aufzuregen. Was geschehen war, war geschehen. Viel wichtiger war es jetzt, die Situation neu einzuschätzen: Mädchen und Hund waren dieses Mal also nicht vom Flusswasser gereinigt worden. Aber was würden die Bullen finden? Was konnten sie überhaupt finden? Er dachte an die Krimis im Fernsehen.

Wahrscheinlich würden sie darauf kommen, wie er den Hund kalt gemacht hatte. Dadurch könnten sie den Kreis der Verdächtigen eingrenzen. Aber würde sie das zu ihm führen? Theoretisch möglich, aber er konnte es sich nur schwer vorstellen. Er war zu vorsichtig.

Er ging in die Küche, nahm eine Flasche Mineralwasser aus dem Kühlschrank und trank. Am Küchentisch sitzend, überlegte er weiter. Das Mädchen. Konnten sie an ihr etwas Brauchbares entdecken? Er dachte an all die Vorsichtsmaßnahmen, die er ergriffen hatte. Nein. Unmöglich, auch wenn sie diesmal nicht im Wasser gelegen hatte. Wenn er es sich recht überlegte, war die Entsorgung im Fluss ohnehin nur ein Weg, um 150-prozentig sicher zu gehen. Aber auch so war sein Plan noch hundertprozentig gut – zu gut für die Bullen. Was konnten die ihm schon, diese kleinen Beamten?

»Nichts. Gar nichts!«, sagte er laut, leerte die Flasche, knallte sie auf den Tisch und erhob sich. Entspannt tigerte er zurück ins Wohnzimmer, öffnete die Balkontür und trat hinaus. Wie schon so oft, sah er hinunter auf die Straße, auf der der Samstagmorgen schon längst zum Leben erwacht war. Er musste lächeln.

Ganz hinten in seinem Kopf nagte noch ein letzter Zweifel. Doch er unterdrückte ihn. Selbst wenn sie doch etwas fänden, so müssten sie es immer noch mit ihm in Verbindung bringen. Und es müsste ausreichen, um ihm die Tat zweifelsfrei vor Gericht nachzuweisen. Das war verdammt schwer – schon oft hatte er es in Krimis verfolgen können. Aber es würde ja sowieso nicht so weit kommen.

Hämisch grinsend blickte er über die Dächer der Stadt. Sein altes Selbstbewusstsein war zurückgekehrt, so als ob es nie fort gewesen wäre. Niemals würden sie ihn kriegen. Niemals! Er war einfach zu clever für sie. Und er würde weiter machen. Denn es war wieder gut gewesen heute Morgen – richtig gut. Ein fantastisches Spiel nach seinen Regeln, ein Spiel, das ihm den ultimativen Kick gab. Töte den Hund, dann schnapp dir die Frau!

Natürlich würde er den Hainpark erst einmal meiden. Aber es gab ja noch so viele Möglichkeiten. Bruderwald, Hauptsmoorwald ... scharfe Bräute mit Hunden joggten überall. Er würde sie schon finden. Und dabei würde er der Polizei immer zwei Schritte voraus sein.

»Bullen!«, zischte er verächtlich und stützte sich auf die Balustrade.

Sie taten ihm fast leid. Die mickrigen Wichte spielten doch noch nicht einmal in seiner Liga. Auch wenn eine von ihnen zugegebenermaßen ziemlich heiß war.

»Ein Schamhaar«, sagte Karaca, trat an Laut heran und hielt ihm das Tütchen unter die Nase.

Laut kniff die Augen zusammen und spähte durch die Plastikfolie. Auch Schreiber und Thiele streckten ihre Köpfe nach vorne.

»Ich sehe nichts«, sagte Schreiber.

»Doch da.« Thiele deutete mit dem Zeigefinger auf eine Ecke des Tütchens.

»Das soll ein Schamhaar sein?«, wunderte sich Schreiber. »Das ist doch höchstens vier Millimeter lang.«

Karaca nickte.

»So ist es. Sieht so aus, als würde sich unser Mann den Intimbereich rasieren. Eine Vorsichtsmaßnahme, um keine Spuren zu hinterlassen. Die kurzen Haare sind natürlich schwerer zu finden, wenn sie sich überhaupt vom Körper lösen. Sie fallen nicht so leicht aus wie lange.«

Nachdenklich musterte er das Tütchen.

»Aber das hier ist trotzdem ausgefallen – obwohl es noch einigermaßen gesund aussieht. Vielleicht durch die … na ja, ihr wisst schon.« Er blickte entschuldigend zu Thiele. »Durch die Reibung beim Akt.« Er zuckte mit den Schultern. »Oder irgendeinen anderen dummen Zufall – herausgerissen beim hektischen Öffnen eines Reißverschlusses, oder so.«

Lauts Blick fixierte noch immer das Tütchen: »Reicht das für ein DNA-Profil?«

Karaca schob die Unterlippe vor und nickte. »So wie die Wurzel aussieht – ziemlich sicher.«

»Gut«, sagte Laut. »Sehr gute Arbeit, Kollege Karaca.«

Thiele und Schreiber nickten Karaca anerkennend zu und blickten wieder zu Laut.

Ihr Chef, der vor einigen Minuten noch zerknirscht und wütend gewesen war, wirkte jetzt wie ein Bullterrier, der Blut geleckt hatte. Entschlossen sah er sie an.

»Das ist zumindest ein Anfang, Kollegen. Zumindest ein Anfang.«

Als er weitersprechen wollte, unterbrach ihn sein Handy. Es war Staatsanwalt Hans Müller, der sich, wie schon bei Laura, ein Bild vor Ort verschaffen wollte. Laut machte Thiele und Schreiber ein Zeichen, dass sie gehen konnten. Mit einem Nicken verabschiedeten sie sich und liefen zum Parkplatz. Schreiber spürte, dass Thiele trotz der Sachlichkeit, mit der sie berichtet hatte, noch immer unter Schock stand. Er fragte sich, ob sie sich tatsächlich schon an die Arbeit machen konnte.

»Geht's?«, fragte er nur, als sie an der großen Wiese vorbeiliefen.

»Geht schon.«

Stumm legten sie den Rest des Weges zurück. Schreiber zog seine Jacke wieder an – trotz der hohen Temperaturen. Die Menschen in der Stadt sollten sich nicht vor seiner Dienstwaffe im Schulterhalfter erschrecken oder ständig darauf starren. Die Pistole der Marke Heckler & Koch hatte er bisher nur auf dem Schießstand abgefeuert und im Dienst lediglich ein paar Mal ziehen müssen.

Als sie bei seinem Fahrrad waren, fiel Thiele ihm plötzlich in die Arme. Für einige Sekunden hielt sie ihn fest umklammert und presste ihre heiße Wange gegen seine Brust. Etwas linkisch drückte er seine Kollegin und Freundin fest an sich und streichelte ihren Hinterkopf.

»Wir kriegen das Schwein, Schnegge. Hundertprozentig.«

Sie ließ ihn los und atmete tief durch.

»Alles klar, Tiger«, sagte sie, ein Lächeln andeutend. »Auf geht's.«

Sie stieg in ihr Auto, während er sich auf sein Fahrrad schwang.

Seine Gedanken kreisten um Thiele, als er vorbei an den prächtigen Villen der Hainstraße stadteinwärts fuhr. Er war sich zwar ihrer Stärke sicher, doch blieb ein letzter Zweifel, ob sie mit der ungewöhnlichen Situation umgehen konnte. »Wir waren fast so etwas wie Freundinnen«, hallten Thieles Worte in seinem Kopf wieder.

»Wir kriegen das Schwein«, hatte er gesagt. Würde er dieses Versprechen, das er schon der toten Laura gegeben hatte, halten können? Düster grübelnd bog er nach links in den Hollergraben. Als er auf dem geteerten Weg neben dem Maschendrahtzaun an der Hainschule fuhr, nickte er mit grimmiger Entschlossenheit vor sich hin.

Er kam vor Thiele in der Concordiastraße an. In Bamberg war man mit dem Fahrrad schneller. Er kettete seinen Drahtesel an das Verkehrsschild vor der Molitorgasse und begutachtete das schmale, malerische Häuschen aus dem späten 19. Jahrhundert. Die Tür war von Efeu und Kletterrosen umwuchert, die Fassade Bordeauxrot gestrichen, die Fenster, vor denen Geranienkästen standen, blau umrahmt. Niedlich und heimelig lag das Haus in der ruhigen Straße, in der die Zeit stehengeblieben zu sein schien – wie an so vielen Orten in der Domstadt.

Schnellen Schrittes kam Thiele aus der Judenstraße und lief über das Kopfsteinpflaster zielstrebig auf ihn zu. Ihr üblicher Elan schien zurückgekehrt.

»Dann wollen wir mal«, sagte sie entschlossen.

Klingeln.

Marias Vermieterin, eine zierliche alte Dame im geblümten Hauskleid, starrte die Dienstausweise fassungslos an. Als Thiele ihr eröffnete, dass Frau Schmidt nicht zurückkommen würde und sie ihre Wohnung sehen müssten, erschrak sie so sehr, dass sie lautstark zu jammern begann, bis ihr Mann hinter ihr auftauchte und sie zurück in die Wohnung führte.

»Och Goddäla!«, wiederholte sie dabei immer wieder, sich ständig mit zitternder Hand bekreuzigend. Ihr Gatte, ein bierbäuchiger Endsechziger, dessen altmodische Hosenträger seine braunen Beinkleider bis zum Nabel hochzogen, kam nach einigen Minuten mit dem Zweitschlüssel zu Marias Wohnung zurück.

»Underm Doch«, sagte er, als er sie Thiele überreichte. »Wos isn überhabd bassierd?«

»Frau Schmitt ist leider einem Verbrechen zum Opfer gefallen«, antwortete Schreiber.

Thiele war schon vorausgegangen.

»Warten Sie bitte hier unten«, sagte er noch zu dem Mann, ehe er ihr folgte.

Sein übliches Gemotze beim Treppensteigen verkniff er sich. Stattdessen musterte er nachdenklich Thieles Pferdeschwanz, als er hinter ihr die enge Holztreppe erklomm. Sie trug das Haar so mädchenhaft, weil sie entweder zu faul war, oder es zu eilig hatte, sich morgens richtig zu frisieren. Eine untypische Frisur für eine Frau ihres Alters. Doch zu ihr passte es irgendwie. Wie würde sie auf die Wohnung reagieren? »Ich war ein, zwei Mal bei ihr zu Hause«, hatte sie gesagt. Er überlegte, ob sie sich jetzt nicht zu viel zumutete.

Mit versteinerter Mine sperrte sie auf und betrat die winzige Diele. Links und rechts ging es in Küche und Bad. Schreiber folgte seiner Kollegin durch einen türlosen Durchgang in einen Raum zur Straßenseite – Marias Arbeits- und Wohnzimmer. Es war ordentlich und geschmackvoll eingerichtet, wie die gesamte Wohnung. Obwohl die Räume klein und die Decken niedrig waren, fühlte man sich nicht beengt, weil Maria im vorderen Teil die Türen ausgehängt hatte. Im Schlafzimmer stand ein französisches Bett, über dem ein Kunstdruck von Marc Chagall hing. Überall roch es angenehm nach Holz.

Schreiber trat in eine der Dachgauben und spähte über zwei Kakteen mit roten Blüten durchs Fenster. Sein Blick schweifte über die Molitorgasse hinüber zum Studentenwohnheim *Obere Mühlbrücke*. Beim Gedanken, dass Maria nie wieder diese Aussicht genießen würde, ergriff ihn die Wut, die er schon aus Lauras Wohnung kannte. Die Wut, die ihm keine Ruhe ließ, die ihn nachts durch Kneipen ziehen ließ, für die er zu alt war und die bewirkte, dass er mit einem Strichmännchen an seinem Kühlschrank sprach. Thiele musste diese Wut noch stärker fühlen. Doch sie blieb erstaunlich gelassen, als sie sich umsah und ins Schlafzimmer ging.

Schreiber klappte den Laptop zu, den er auf dem Schreibtisch vor der zweiten Dachgaube entdeckt hatte. Neben dem Computer fand er auch drei Porträtfotos von Maria, die sie wohl für Bewerbungsschreiben hatte machen lassen. Ihr Lächeln war strahlend schön, sie hätte Model oder Filmstar sein können. Schreiber fiel ihre große Ähnlichkeit mit Laura auf, als er die Bilder nahm und auf den Laptop legte.

Thiele war inzwischen zurück in die Diele gegangen, wo sie Marias Telefon überprüfte. Sie drückte die Wahlwiederholung. Eine Nummer mit der Vorwahl für Münster erschien auf dem Display, als sich die Verbindung aufbaute. Die Aufzeichnung einer fröhlichen, jungen Frauenstimme ertönte und bat, eine Nachricht zu hinterlassen.

Thiele legte auf. Als sie mit dem Daumen durch den Kurzwahlspeicher navigierte, trat Schreiber neben sie und spähte ihr über die Schulter. Piepsend wechselten die Namen auf dem Display – meist nur Vornamen.

»Ich glaub's nicht«, sagte Thiele plötzlich. »Ist das unser Freund, das gut aussehende Herzchen?«

›Mike‹ stand neben einer Nummer ohne Vorwahl. Schreiber starrte wie gebannt auf das Display. Sollte das Michael Kaufmann sein, der reizbare Schönling, der Laura zeitweise nachgestellt hatte?

»Hm. Die Nummer fängt mit 'ner Zwei an«, murmelte er. »Das würde passen. Der wohnt ja in der Markusstraße. Moment mal.«

Er schnappte sich das Telefonbuch von dem kleinen Tischchen und blätterte darin.

»Er ist's«, sagte er.

»Dieses Schwein!«, entfuhr es Thiele.

Beschwichtigend hob er die Hand und griff mit der anderen in die Innentasche seiner Jacke.

»Langsam, Schnegge. Jetzt nichts falsch machen!«

Thiele nickte mit zusammengepressten Lippen vor sich hin, als ihr Partner sein Handy herausfischte und wählte.

»Die Tat liegt gerade mal zwei Stunden zurück«, hatte Laut am Telefon gesagt. »Also fahrt gleich hin und fühlt ihm auf den Zahn. Falls er's tatsächlich war, wird er ja vielleicht nervös und macht einen Fehler.«

Schreiber saß neben Thiele auf dem Beifahrersitz und trommelte ungeduldig mit den Fingern auf dem Armaturenbrett herum. Sie hatten Kaufmann nicht angetroffen und beschlossen, auf ihn zu warten. Jetzt saßen sie in Thieles Auto vor der Haustür in der Markusstraße. Sein Magen meldete sich lautstark. Er musste an das Frühstück mit Kerstin denken, das ins Wasser gefallen war. Er sah Thiele an. Sie blickte in den Rückspiegel, um zu sehen, ob Kaufmann hinter ihnen schon die Straße entlangkäme.

»Frühstück?«, fragte er.

»Du hast noch 'ne Fahne«, sagte sie, ohne seinen Blick zu erwidern.

»Was ist das denn für 'ne Antwort?«, brummte er, hauchte aber gleich prüfend in seine vorgehaltene Hand.

»Vergiss es. Er kommt.«

Kaufmann bog aus der Kapuzinerstraße ums Eck und überquerte schwungvoll die Markusstraße – die rote Ampel ignorierend. Die perfekt sitzende Jeans und das enge gelbe T-Shirt betonten seine sportliche Figur. Das blau schimmernde schwarze Haar hatte er diesmal zu einem Pferdeschwanz zusammengebunden. Er schien gut gelaunt und trug die Papiertüte einer Bäkkerei bei sich. Sein geschmeidiger Gang kam Schreiber übertrieben und unnatürlich vor. Auch Thiele hatte das Gefühl, dass er sich absichtlich so bewegte, um mit jedem Schritt Erotik auszustrahlen.

Die Kommissare stiegen aus.

Kaufmann trug ihnen offensichtlich noch nach, dass sie ernsthaft glaubten, Laura habe mit ihm Schluss gemacht. Sie hatten ihn sogar noch damit provoziert – in seinem eigenen Wohnzimmer! Er wollte an ihnen vorbeigehen, ohne sie eines Blickes zu würdigen.

Mit einem freundlichen »Morgen!« verstellten die Beamten ihm den Gehweg. Ein demonstrativ genervtes Verdrehen der Augen war seine einzige Antwort, als er vor ihnen stehenblieb. Die Kommissare ließen einige Sekunden verstreichen.

»Na, Herr Kaufmann? Lecker Frühstück?«, fragte Schreiber grinsend und deutete auf die Bäckereitüte.

Kaufmanns Augen funkelten ihn an.

»Was wollen Sie?«, fragte er knapp.

»Ah! Ein Mann, der schnell zur Sache kommt! Das gefällt mir!«, trällerte Schreiber. »Na, dann wollen wir mal nicht lange drum herum reden. Herr Kaufmann, wir hätten da noch ein paar Fragen.«

»Ich muss nicht mit Ihnen reden«, erwiderte er trocken.

»Wir können Sie vorladen, wenn Ihnen das lieber ist«, mischte sich Thiele in sachlichem Ton ein. Sie ließ sein Gesicht keine Sekunde aus den Augen, entschlossen, selbst die kleinste Regung zu registrieren. Er lächelte verächtlich und sah kurz auf seine Füße, die in braunen Ledersandalen steckten.

»Also meinetwegen. Schießen Sie los«, sagte er betont gedehnt, als er den Kopf hob und Schreiber ansah.

»Wo waren Sie vor etwa zwei Stunden?«, fragte der ohne Umschweife.

»Samstagmorgen um sieben? Im Bett. Stellen Sie sich vor!«, erwiderte Kaufmann ironisch. »Wenn ich auch nicht wüsste, was Sie das angeht«, fügte er trokken hinzu.

»Das lassen Sie mal unsere Sorge sein.« Schreiber blieb gelassen. »Alleine?«

»Ja, alleine. Hören Sie, was soll das? Brauche ich ein Alibi, oder was? Oder wollen Sie mich hier nur terrorisieren?«

Statt zu antworten, zückte Schreiber eines von Marias Porträtfotos und hielt es hoch.

»Kennen Sie diese Frau?«

»Nein«, kam es schnell zurück.

»Sind Sie sich da sicher? Sehen Sie sich das Bild doch mal genau an.«

Schreiber hielt es ihm hin. Zögernd nahm Kaufmann das Foto und studierte es für einige Sekunden.

»Das ... das ist Maria«, sagte er tonlos. Die Lust am Spotten und Schimpfen schien ihm schlagartig vergangen zu sein. »Jetzt sagen Sie nicht, dass Maria auch ...«

»Warum geben Sie nicht gleich zu, dass Sie sie kennen?«, unterbrach ihn Schreiber.

»Ich hab' nicht richtig hingesehen, weil Sie mich nerven und ich dachte, dass dann alles schneller ginge und ich endlich frühstücken könnte, okay?« Gereizt gab er Schreiber das Bild zurück, hielt die Brötchentüte hoch und wedelte damit.

»Wie war Ihre Beziehung zu Maria?«, fragte Schreiber ungerührt weiter.

»Nein, nein. So nicht«, wiegelte Kaufmann ab. »Wenn Sie noch irgendetwas von mir wissen wollen, sagen Sie mir erst einmal, was überhaupt los ist.«

Schreiber durchbohrte ihn regelrecht mit seinem Blick, ehe er antwortete.

»Zwei junge Frauen wurden brutal ermordet. Sie kannten beide. Eine davon haben Sie regelmäßig belästigt. Sie haben für keine der Tatzeiten ein Alibi. Das ist los, Herr Kaufmann. Das ist los.«

Gebannt wartete Thiele auf seine Reaktion.

Kaufmanns Antwort kam erstaunlich schnell.

»Ach so ist das! Ich habe beide gekannt, also habe ich auch beide umgebracht?« Spöttisch lächelte er die Kommissare an. Seine Angriffslust schien zurückgekehrt. »Was ist das denn für eine Logik? Fragen Sie mich lieber einmal, welche schöne junge Frau ich in Bamberg nicht kenne. Oder umgekehrt, welche von denen nicht auch mich kennt!«

»Nein«, bohrte Schreiber mit fester Stimme weiter. »Ich frage Sie noch einmal, wie Ihre Beziehung zu Maria Schmitt war.«

»Ich war vor einem dreiviertel Jahr für ein paar Wochen mit ihr zusammen, wenn Sie's genau wissen wollen«, sagte er. »Früher oder später finden Sie's ja sowieso raus. Wir hatten tollen Sex. Wollen Sie mich jetzt verhaften? Vielleicht, weil ich alle Frauen umbringe, mit denen ich in der Kiste war?« Er lächelte Thiele süffisant an. »Da hätte ich ja noch 'ne ganze Menge zu tun.«

Als er ihr provozierend zuzwinkerte, schien es Schreiber für den Bruchteil einer Sekunde, als wollte Thiele dem Schönling einen ihrer Karateschläge versetzen. Doch sie beherrschte sich. Stattdessen trat sie einen Schritt auf ihn zu und blickte ihm fest in die Augen.

»Beide waren mit Ihnen zusammen. Beide sind jetzt tot«, sagte sie sachlich. »Wie war das eigentlich mit

Maria? Hat die auch mit Ihnen Schluss gemacht, so wie Laura?«

Sie zwinkerte zurück. Jetzt war es an Kaufmann, sich zu beherrschen. Sie hatte ihn erneut an seinem schwächsten Punkt angegriffen, seiner krankhaften Eitelkeit. Wieder schienen seine dunklen Augen fast Funken zu sprühen. Doch es gelang ihm, sich einen Ausbruch zu verkneifen.

»Also gut«, sagte er nur. »Ab hier nur noch mit Anwalt. Und jetzt werde ich frühstücken. Ich habe nämlich Hunger und gehe nicht davon aus, dass Sie irgendetwas gegen mich in der Hand haben, oder?«

»Werden wir noch sehen«, sagte Schreiber. »Sie hören von uns.«

Damit trat er zur Seite. Ohne ein weiteres Wort ging Kaufmann weiter und verschwand im Haus.

Die Kommissare lehnten sich rücklings an Thieles Auto und blickten nachdenklich auf die geschlossene Haustür.

»Tja. Eins zu Null für unser Herzchen«, begann Thiele.

»Hm«, machte Schreiber. »Der Sack war tatsächlich mit beiden Mädchen zusammen. Ein bisschen viel Zufall für meinen Geschmack. Das schreit regelrecht zum Himmel. Trotzdem muss das nicht zwingend etwas bedeuten. Insofern hatte er nicht einmal so unrecht. Wie fandest du seine Reaktion?«

Thiele atmete tief durch und überlegte.

»Ich weiß nicht«, antwortete sie schließlich. »Viel hat unsere Psycho-Tour nicht gebracht. Er ist ein arroganter Arsch, und er hat sie nicht mehr alle, wenn du mich fragst. Aber ist er ein Doppelmörder, der noch vor zweieinhalb Stunden sein letztes Opfer getötet hat? Ich weiß es einfach nicht. Meine innere Stimme schweigt. Was meinst du?«

»Meine innere Stimme schweigt auch«, stellte Schreiber fest. »Aber vor Gericht zählen innere Stimmen sowieso nichts. Also machen wir uns auf die Suche nach hieb- und stichfesten Beweisen, so wie richtige Polizisten. Immerhin haben wir schon ein paar von seinen Fingerabdrücken.«

»Daumen, Zeigefinger und Mittelfinger auf Marias Foto«, sagte Thiele.

»Exakt, Sherlock«, erwiderte Schreiber trocken, rempelte sie mit der Schulter an und zwinkerte ihr zu. Er entlockte ihr damit das erste Lächeln, seit sie die tote Maria gefunden hatten.

Bayer balancierte vorsichtig eine große blaue Kaffeetasse, als er den Besprechungsraum betrat. ›Fritz‹ stand in geschwungenen weißen Buchstaben darauf und sie war bis zum Rand gefüllt. Der Beamte trug ein knallbuntes Hawaiihemd, dessen Farben regelrecht in den Augen schmerzten.

»Hast du eine Sonnenbrille dabei?«, flüsterte Thiele Schreiber zu, der auf dem Stuhl neben ihr saß.

Er musste grinsen. Ihr Humor war zurückgekehrt.

Bayer kam gerade von der Gerichtsmedizin.

»Servus, Kollegen«, grüßte er die Runde und nahm neben Tanja Schmoll Platz. Sie sah kurz von ihrem Laptop hoch und schenkte ihm ein Lächeln. Fast die gesamte SoKo Laura saß schon bereit. Nur Peter Aurich und Julia Steinfels fehlten. Sie waren unterwegs zu Marias Eltern nach Münster.

Thiele und Schreiber waren nach einer kurzen Frühstückspause im *Hofcafé* in der Austraße in die Kriminalpolizeiinspektion gefahren, wo sie Tanja Schmoll dabei zugesehen hatten, wie sie Marias Laptop durchforstete. Michael Kaufmann tauchte als Eintrag im

E-Mail-Adressbuch auf, erstellt vor etwa einem dreiviertel Jahr. Das passte zu seiner Aussage. Auch, dass die beiden sich in den letzten Monaten keine Mails geschickt hatten, stützte seine Geschichte, wie Thiele und Schreiber sich eingestehen mussten.

Hans Schindler und Mohammed Karaca trafen später aus dem Park ein mit der Nachricht, dass man Marias Hund Lucky tot aufgefunden hatte. Er war nicht weit von ihr im Wald entdeckt worden. Man hatte ihn ebenfalls in die Gerichtsmedizin gebracht.

Inzwischen war es 12 Uhr 30. Gespannt erwartete jeder den Beginn der Sitzung. Alle Augen waren auf Laut gerichtet, der wie gewohnt am Kopfende der zwei aneinander geschobenen Tische saß – die Arme vor sich verschränkt, sein Blick ernst.

»Kollegen«, begann er. »Wir haben es aller Wahrscheinlichkeit nach mit demselben Täter wie bei Laura Rehmann zu tun. Unsere SoKo ist also ab jetzt für beide Fälle zuständig. Nennen wir sie schlicht und ergreifend SoKo Hainpark. Ich brauche wohl kaum zu erwähnen, wie stark der Druck auf unsere Ermittlungen gestiegen ist. Dieser junge Staatsanwalt Müller hüpft im Dreieck. Ich kann's ihm noch nicht einmal verdenken. So ein dreister Mörder ist mir weiß Gott noch nicht untergekommen. Also: Jede Spur ist doppelt akribisch abzuarbeiten. Besonders zu beachten sind Gemeinsamkeiten der beiden Fälle. Die Stammkneipen der Mädchen könnten zum Beispiel interessant sein. Aber Vorsicht! In einer Stadt von Bambergs Größe muss das nicht viel heißen. Wir dürfen nicht den Blick fürs Wesentliche verlieren. Der Täter muss seine Opfer vor allem im Hainpark ausspioniert haben, um die Überfälle vorzubereiten. Er musste sie also nicht zwingend aus den Kneipen kennen.«

»Aber er könnte«, sagte Schreiber.

»Aber er könnte«, wiederholte Laut und atmete tief durch. »Also, was haben wir bis jetzt?«

Er beugte sich vor und sah erwartungsvoll zu Karaca.

»Zum Glück schon etwas mehr als beim ersten Mal«, begann dieser zuversichtlich. »Da wäre zunächst einmal das Schamhaar, das wir auf der Leiche gefunden haben. Ist schon unterwegs ins Labor. Ich bin mir, wie gesagt, ziemlich sicher, dass es für 'ne DNA-Probe reichen wird. Dann haben wir wieder einen Schuhabdruck, diesmal einen ganzen. Gleiche Schuhgröße wie bei dem neben Laura – vierundvierzig. Aber ein anderes Modell. Die Marke steht noch nicht fest. Doch ich gehe jede Wette ein, dass es sich wieder um irgendwelche billigen Dinger handelt, die man so ziemlich überall kaufen kann. Wahrscheinlich entsorgt er die Schuhe nach jeder Tat. Das würde zu seiner gut geplanten Vorgehensweise passen.«

Er sah zu seinem Kollegen Schindler.

»Tja, und dann wäre da noch der Fingerabdruck«, begann dieser.

Erstaunte Blicke.

»Freut euch nicht zu früh«, sprach Schindler schnell weiter. »Den können wir als Beweismittel offiziell nicht verwenden, weil er nicht groß genug ist. Für Vergleiche gibt der vielleicht sieben Minutien her. Und wie ihr wisst, werden vor Gericht nur Abdrücke mit mindestens zwölf individuellen Merkmalen akzeptiert. Es lebe die deutsche Gründlichkeit! Aber was soll's. Inoffiziell kann er uns vielleicht nützlich sein.«

Alle wussten, was er meinte. Jedem Ermittler war klar, dass sieben Übereinstimmungen zwischen Fingerabdrücken im Grunde reichten, um sie einem Verdächtigen zuzuordnen. Der Abdruck konnte sie also durchaus zum Täter führen, obwohl er in einem Verfahren nicht als Beweis verwendbar wäre. Auch war es mit seiner Hilfe möglich, Verdächtige auszuschließen, was für die Ermittlungen bedeuten konnte, dass man keine Zeit mit falschen Fährten verlor.

Laut schaute skeptisch. »Wo habt ihr den Abdruck gefunden?«

»Auf ihrem Daumennagel. Sie hatte recht große Hände«, sagte Schindler. »Sieht aus wie ein Daumenabdruck.«

»Hm«, überlegte Laut. »Sein Daumenabdruck auf ihrem Daumennagel. Wieso trägt er keine Handschuhe? Der ist doch sonst so gründlich.«

»Ich halte es für möglich«, sagte Schreiber, beugte sich vor und gestikulierte mit einem grünen Plastikkugelschreiber. »Immerhin hantiert er auch mit dem Kondom. Da würden Handschuhe stören. Und ...«, er sah kurz zu Thiele, »...sorry, aber bestimmt gibt's ihm ohne Handschuhe auch den größeren Kick, wenn er sich an ihnen vergeht.«

Sie nickte ernst.

»Sehe ich auch so«, sagte sie. »Außerdem rechnen wohl selbst die cleversten Täter kaum damit, einen Fingerabdruck auf einem Fingernagel zu hinterlassen. Wahrscheinlich ist es ihm passiert, als er ihr die Arme hochhielt, oder als er das Klebeband von ihren Handgelenken entfernte.«

Allgemein zustimmendes Stimmengemurmel.

Thiele und Schreiber berichteten von Kaufmanns Telefonnummer in Marias Kurzwahlspeicher und von ihrem anschließenden Besuch in der Markusstraße. Am Ende reichte Schreiber Marias Porträtfoto zum Vergleich der Fingerabdrücke an Schindler weiter.

»Kaufmann ist natürlich ein brandheißer Kandidat«, sagte Laut. »Ich gehe mal davon aus, dass der Mann groß ist? Denkt an die Beschreibung unserer beiden Joggerinnen, die eine große Gestalt verschwinden sahen.«

Schreiber nickte.

»So um die eins neunzig, würde ich sagen.«

Laut sah in die Runde.

»Gut. Damit steht er schon mal ganz oben auf unserer Liste. Wir dürfen jedoch nicht vergessen, dass wir offiziell nicht das Geringste gegen ihn in der Hand haben. Wenn einer der drei Abdrücke auf dem Foto mit dem auf Marias Daumennagel übereinstimmt, können wir das nicht verwenden. Und dass Kaufmann mit beiden Frauen zusammen war, muss tatsächlich nicht allzu viel heißen. Vor allem, wenn er ein so großer Casanova ist, wie er tut. Nach der derzeitigen Lage der Dinge können wir keinen Durchsuchungsbeschluss für seine Wohnung erwirken, geschweige denn einen Haftbefehl. Auch zur Abgabe einer DNA-Probe, um sie mit der DNA des Schamhaars zu vergleichen, kann man ihn nicht zwingen.«

Unmut machte sich auf den Gesichtern der Runde breit.

»Schaut nicht so, Kollegen«, fuhr Laut fort. »Ihr wisst doch, wie's läuft. Ich habe die Regeln nicht gemacht. Umso wichtiger ist es, dass wir gründlich sind.« Er sah hinüber zu Bayer. »Hören wir doch erst mal, was es sonst noch zu berichten gibt.«

Bayer setzte die Tasse ab, aus der er gerade getrunken hatte, und erzählte: »Wir haben es wahrscheinlich wirklich mit demselben Täter wie bei Laura zu tun. Der Mantrailer-Hund hat wieder die Spur bis über die Brücke an der Buger Spitze verfolgt. Also wie schon beim ersten Mal, hat er vermutlich dort geparkt. Auch hat Marias Obduktion das Gleiche ergeben, wie bei Laura. Tod durch Erwürgen – entsprechende Hämatome, gebrochenes Zungenbein. Das Hämatom samt Platzwunde an der Schläfe, verursacht durch einen stumpfen, aber nicht zu allzu harten Gegenstand. Keine weiteren Kampfspuren. Vergewaltigung ja, Sperma nein. Wie gesagt: Alles wie bei Laura. Was Neues hat nur die Untersuchung des Hundes ergeben. Der war ja zum Glück in einem besseren Zustand als damals Lauras Schäferhund.«

Alle erinnerten sich daran, wie Rex erst vier Tage nach der Tat teilweise verwest und stark von Ratten zerfressen aufgetaucht war. Gespannt warteten sie auf weitere Details.

»Dem Hund ist etwas Spitzes ins Herz eingedrungen«, fuhr Bayer fort. »Daran ist er gestorben – schnell und wahrscheinlich so gut wie lautlos. Da ist ein runder Eintrittskanal in der Brust des Tieres, so ähnlich wie bei einer Schusswunde, nur, dass es weder eine Austrittswunde noch ein Projektil im Körper gibt. Dafür gehen vom Eintrittskanal sternförmig noch drei hauchdünne Schnitte durchs Gewebe, je einen Zentimeter lang.«

Bayer beugte sich nach vorne und unterstrich die nächsten Worte mit dem Teelöffel, mit dem er die ganze Zeit gestikulierte. »Um es auf den Punkt zu bringen: Der Wiegand ist sich sicher, dass der Hund mit Pfeil und Bogen erschossen wurde. Er meint, es wurde wohl eine Art Jagdpfeil verwendet, mit drei Klingen an der Spitze. Daher die zusätzlichen Schnittwunden entlang des Eintrittskanals. Den Pfeil selbst haben wir nicht. Wurde wieder herausgezogen, leider, ohne dabei abzubrechen.«

Bayer genoss insgeheim das erstaunte Raunen seiner Kollegen, als er sich zufrieden zurücklehnte. Auch er selbst war überrascht gewesen, als Wiegand von der Gerichtsmedizin ihm die Todesursache des Hundes erörtert hatte. Die Vorgehensweise des Täters schien abenteuerlich, wenn nicht gar aberwitzig.

Laut nickte Bayer dankend zu, ehe er wieder das Wort ergriff: »Also gut, Kollegen. Wir haben es also mit einem Bogenschützen zu tun und zwar einem wirklich guten. Denn eins dürfte wohl klar sein: So sorgfältig, wie der alles plant, muss er sich ziemlich sicher sein, dass sein erster Pfeil tödlich trifft. Alles andere wäre fatal für ihn. Würde er die Tiere verfehlen oder nur verletzen, könnten sie die Frauen warnen oder ihn sogar angreifen.«

»Wahnsinn«, staunte Karaca.

»Sehe ich genauso, Kollege Karaca«, entgegnete Laut und sah zu Schreiber und Thiele. »Ihr habt nicht zufällig einen Bogen in Kaufmanns Wohnung gesehen, als ihr ihn zum ersten Mal aufgesucht habt?«

»Leider nicht«, sagte Thiele.

»Wäre auch zu schön gewesen«, ergänzte Schreiber.

»Nicht weiter schlimm«, sagte Laut. »Wir werden herausfinden, ob er schießt. Genauso wie wir herausfinden werden, wer noch alles Bogenschütze ist in Bamberg und Umgebung.«

»Ich habe schon mal angefangen«, mischte sich Schmoll ein, ohne von ihrem Laptop hochzusehen. Sie war ins Internet gegangen und hatte eine Seite mit dem Verzeichnis der Bamberger Sportvereine geöffnet.

Breitbeinig stand er in etwa fünfundzwanzig Metern Entfernung seitlich zur Scheibe, den Kopf nach unten gesenkt. Er atmete tief ein und hob gleichzeitig den Bogen, wobei sein rechter Arm die Sehne spannte. Seine Augen fanden den gelben Punkt und fixierten ihn, bis nichts anderes mehr in seinem Kopf zu existieren schien. Die Sehne mit dem Pfeilende kitzelte seine Wange, als er losließ. Mit einem kurzen, dumpfen Geräusch bohrte sich der Pfeil am äußeren Rand des gelben Zentrums tief in die Scheibe.

Unzufriedenem ließ er den Bogen sinken. Er hatte schon beim Loslassen gemerkt, dass es kein Volltreffer werden würde. Überhaupt wusste er immer schon beim Abschuss, wie gut er treffen würde. Das war es, was ihn am Bogenschießen faszinierte. Es war alles eine Frage der Konzentration. Das Gefühl der Macht, dass ihn bei Volltreffern durchflutete, war mit nichts zu vergleichen. Wie eine Droge, die ihm das Gefühl gab, unbesiegbar zu sein.

Grinsend dachte er an das kurze Winseln des Hundes. Es hatte höchstens eine Sekunde gedauert, gepaart mit einer heftigen Zuckung des Tieres. Dann war der Köter tot auf die Seite gesackt, ohne begreifen zu können, wie ihm überhaupt geschah. Der Pfeil hatte nur noch halb aus der Brust herausgeragt. Mit einem Jagdbogen mit sechzig Pfund Zuggewicht konnte man so ziemlich alles erlegen.

Feierlich hob er mit beiden Händen die Waffe vor sein Gesicht und roch am Holz. Mit geschlossenen Augen sog er den Duft seines Lieblingsbogens ein. Ein sündhaft teurer, fein verarbeiteter One-Piece-Jagdbogen. Bögen, die aus einem Stück Holz bestanden, waren seiner Meinung nach die einzig wahren: Waffen, wie sie schon seit Urzeiten von Naturvölkern bei der Jagd oder im Krieg eingesetzt wurden. Mächtige Waffen, für die man mentale und physische Stärke brauchte.

Am Morgen hatte er natürlich seinen Zweitbogen benutzt. Den Jagd-Recurve-Bogen konnte er auseinandernehmen und bequem und unauffällig in einer Sporttasche transportieren.

Noch ein letzter Pfeil für heute. Er zog ihn aus dem Köcher, der rechts an seinem Hosenbund hing, und legte ihn langsam ein. Den Bogen nach unten gerichtet, blickte er zum gelben Punkt. Er sah wieder geradeaus, neigte den Kopf und schloss die Augen. Als er sie wieder öffnete, war er wie in Trance. Tiefes Einatmen, Heben des Bogens, Spannen der Sehne – alles war eine einzige, geschmeidige, zügige Bewegung. Dann ein kurzes Verharren, jeder Muskel seines Körpers war angespannt. Erst als er die Sehne schnellen ließ, blitzte wieder Leben in seinen Augen auf. Sein Mund zog sich zu einem kleinen, trotzigen Schlitz zusammen.

Befreit ausatmend ließ er den Bogen sinken. Ohne hinzusehen wusste er, dass er ins Zentrum getroffen hatte – auf den Millimeter genau. Es wäre nicht nötig gewesen, den exakt mittigen Sitz des Pfeils zu überprüfen. Er tat es dennoch. Schließlich musste er ihn ja auch wieder herausziehen. Der Augenblick war wie eine zusätzliche, grimmige Bestätigung seiner Macht.

›Schützenhaus Kunigundenruh‹ stand in schwarzen Buchstaben auf dem großen grünen Schild sowie ›Hotel, Restaurant, Biergarten‹. Thiele bog von der Straße Richtung Pödeldorf nach rechts auf den Kiesweg in den Hauptsmoorwald ab. Schreiber hängte den Arm aus dem Fenster und genoss den Fahrtwind, der die erfrischende Waldluft hereinwehte. Er bekam Appetit auf Pilze.

Nach etwa 150 Metern rollten sie knirschend auf

den Parkplatz der Schützengesellschaft. Zu ihrer Linken das Vereinslokal, ein gelbes Fachwerkhaus, zu dem ein weitläufiger, umzäunter Biergarten mit einem Kinderspielplatz gehörte. In der Mitte gab es auch einen großen Pavillon, in dem im Sommer manchmal Tanzveranstaltungen stattfanden. Thiele war schon mit Pete bei einigen Salsa-Abenden gewesen. Es gab keinen Tanz, den sie nicht beherrschte.

Sie stiegen aus und sahen sich um. Links neben dem Vereinslokal stand ein Torhäuschen mit der Aufschrift ›Schießanlage Eingang‹. Man konnte das Krachen vereinzelter Schüsse dahinter hören. Im Biergarten saßen einige Gäste bei Radler und Brotzeiten. Kinder tollten auf dem Spielplatz herum.

Ein Kellner mit einem Kännchen Kaffee kam aus der Tür des Vereinslokals.

»Tschuldigung!« Schreiber winkte ihm zu. »Wo geht's denn hier zu den Bogenschützen?«

»Da hinten!« Der Mann zeigte mit dem Kopf zu einem Weg, der vom Parkplatz rechts am Vereinslokal vorbei in den Wald führte. »Ihr seht's dann schon.«

»Danke!«, rief ihm Schreiber noch nach, als der Kellner schon seine Gäste ansteuerte.

Sie liefen vorbei an einer geöffneten Holzschranke den Weg entlang. Nach einer Minute kamen sie an eine Lichtung mit einer großen Wiese, an deren Rand ein Häuschen stand. Um den langen, wuchtigen Holztisch davor saß eine Gruppe Sportschützen plaudernd bei Kaffee, Bier und Limonade. Zwei Frauen um die dreißig, drei Teenager und zwei bärtige Männer. Alle trugen ausschließlich Braun- und Grüntöne, als ob sie sich im Wald tarnen wollten. Die beiden Männer, die Anglerwesten mit vielen Taschen trugen, kamen Schreiber vor, als seien sie frisch aus einem Robin Hood-Film entsprungen. Am Tisch und an der Wand des Häuschens lehnten verschiedene Bögen.

»Hallo«, grüßten die Kommissare, als sie an die Runde herantraten.

Freundlich wurde der Gruß erwidert, doch die Schützen wandten sich sogleich wieder ihren Gesprächen zu. Man schien Besucher gewohnt zu sein.

Für ein paar Sekunden ließen Thiele und Schreiber den Ort auf sich wirken. Sie beobachteten zwei Herren um die sechzig, die auf der Wiese schossen. Mit dumpfen Geräuschen drangen die Pfeile in die Scheiben, die an dicken Strohballen angebracht waren. Keiner hier schien es eilig zu haben. Der Ort inmitten der Natur hatte etwas Friedliches und Gelassenes. Bogenschießen war für viele wohl auch ein Weg, abzuschalten und zu entspannen. Schreiber nahm sich vor, es bald einmal zu versuchen.

»Hallo! Kann ich euch helfen?«

Aus dem Häuschen kam ein großer Mann auf sie zu. Schreiber schätze ihn auf fünfunddreißig. Er hatte einen kleinen, gepflegten Schnurrbart und trug das lange, schwarze Haar zu einem Pferdeschwanz. Sein drahtiger Körper steckte in einem braunen Muskelshirt, das großzügig den Blick auf seine tätowierte linke Schulter freigab – dort fletschte ein Tigerkopf die Zähne.

Die Kommissare zückten die Ausweise und stellten sich vor.

»Polizei?«, fragte der Mann erstaunt.

Einige am Tisch drehten sich überrascht um.

»Also, ich hab' keinen erschossen!«, rief einer der bärtigen Männer lachend. Die anderen lachten ebenfalls.

Thiele sah zu ihnen hinüber. Obwohl alle saßen, fiel

ihr auf, dass der Mann, der den Witz gemacht hatte, recht klein war.

»Das behauptet ja auch niemand!«, rief sie zurück.

»Und Sie sind …?«, fragte Schreiber mit gesenkter Stimme sein Gegenüber.

»Steinert, Gunter Steinert. Ich bin hier für alles zuständig. Nennt mich ruhig Gunter.«

»Wir hätten da ein paar Fragen. Können wir reinkommen?«

Schreiber deutete zum Häuschen.

»Klar«, sagte Steinert und ging voraus.

Die Kommissare folgten ihm in den kleinen Raum, in dem drei rustikale Holztische und dazu passende Stühle um einen alten, grünen Kachelofen standen. In einer Kochecke gluckerte eine Kaffeemaschine. Am anderen Ende gab es einen Tresen mit Schreibtisch und Computer dahinter. Es erinnerte an die Rezeption eines einfachen Landhotels, nur, dass an der Wand nicht Zimmerschlüssel, sondern etwa zwei Dutzend Bögen hingen.

»Mal im Ernst«, sagte Steinert und lehnte sich mit verschränkten Armen rücklings gegen den Tresen. »Ich hoffe, aus unserem Verein hat niemand etwas angestellt.«

»Das hoffen wir auch«, erwiderte Schreiber.

»Was ist denn passiert?«

»Das können wir Ihnen leider nicht sagen. Wir bräuchten bitte eine Liste Ihrer Vereinsmitglieder.«

Enttäuscht, dass man ihm nicht sagte worum es ging, kühlte Steinerts Freundlichkeit etwas ab.

»Nun ja«, überlegte er laut. »Ob das unseren Mitgliedern recht wäre? Streng genommen dürfte ich Ihnen keine Liste geben. Bräuchen Sie dafür nicht so eine Art Vollmacht?«

»Können wir schnell besorgen«, log Schreiber. »Aber wenn wir in Mordfällen ermitteln, freuen wir uns natürlich immer über rasche, unkomplizierte Kooperation von Seiten der ehrlichen Bevölkerung.«

Steinert fühlte sich geschmeichelt – immerhin hatten sie ihn jetzt eingeweiht, dass es um Mord ging. Er ging um den Tresen und setzte sich an den Computer, wo er mit der Maus herumzuklicken begann.

»Warum haben Sie sich nicht vorne im Vereinsheim erkundigt?«, fragte er, ohne vom Bildschirm aufzusehen.

Die Kommissare stützten sich mit den Ellenbogen auf den Tresen.

»Wir wollten zu den Bogenschützen«, antwortete Thiele.

»Sie interessieren sich nur für Bogenschützen?«

»Ja.«

»Dann haben Sie ein kleines Problem. Ich habe hier eine Liste mit den Namen der Vereinsmitglieder. Daraus geht aber nicht hervor, was die genau machen – Pistolen-, Gewehr- oder Bogenschießen.«

»Wie viele Mitglieder haben Sie denn?«, fragte Schreiber.

»Um die vierhundert. Gastschützen nicht eingerechnet.«

»Sie meinen Leute, die hier schießen, ohne Vereinsmitglieder zu sein.«

»Genau. Zu uns kann im Grunde jeder kommen. Man zahlt eine Gebühr und unterschreibt eine Versicherung für den Tag – das ist alles. Wer keinen Bogen mitbringt, kann sich einen ausleihen.«

»Haben Sie die Gastschützen auch im Computer?«

»Ja, wegen der Versicherung. Aber wie gesagt: Eigentlich darf ich Ihnen die Liste ja gar nicht geben.«

Er runzelte bedauernd die Stirn, lehnte sich zurück und verschränkte die Arme. Thiele lächelte ihn listig an und zog eine Augenbraue hoch – ein Gesichtsausdruck, den Schreiber schon oft an ihr bewundert hatte. Er verfehlte auch jetzt nicht seine Wirkung. Es dauerte keine drei Sekunden, und Steinert war ihr ergebener Diener. Er grinste nicht weniger listig zurück, stand auf und ging um den Tresen nach vorne.

»Wenn Sie mich für ein paar Minuten entschuldigen«, sagte er zu Thiele. »Ich muss bei den Gastschützen mal kurz nach dem Rechten sehen. Habe heute Aufsicht.«

Damit verschwand er nach draußen. Er war noch nicht durch die Tür, als Schreiber zum Computer huschte und sich setzte. Thiele blickte ihm über die Schulter. Eine Tabelle mit alphabetisch geordneten Namen war geöffnet. Schreiber scrollte nach unten zu ›K‹. Gebannt starrten die Ermittler auf den Bildschirm.

›Kaufmann, Michael‹ erschien als einer der ersten Namen. Schreiber zog einen Speicher-Stick aus seiner Hosentasche, den er für solche Zwecke fast immer bei sich trug, steckte ihn an den Computer und kopierte darauf die Tabelle, die er anschließend schloss. Er fand noch eine weitere Liste, mit der Bezeichnung ›Gastschützen‹, die er ebenfalls sicherte.

Als Steinert zurückkam, lehnten die beiden Kommissare wieder gut gelaunt am Tresen.

»Alles klar?«, fragte er beiläufig, als er durch die Tür trat.

»Jaja«, antwortete Thiele im gleichen Ton. »Sagen Sie mal, Gunter. Kennen Sie einen Michael Kaufmann?«

»Hochnäsiger Typ. Schießt manchmal hier.«

»Hier? Also auf dem Bogenplatz?«

»Ja klar.«

»Ihr fahrt nicht hin«, sagte Laut. »Wir haben nach wie vor nichts Zwingendes in der Hand. Und wenn wir ihn jetzt mit dem Bogenschießen konfrontieren, wird er wieder so mauern wie heute Morgen. Nein, nein. Lassen wir ihn ruhig erst mal im Unklaren über unsere Erkenntnisse.«

Thiele und Schreiber standen vor dem Schreibtisch ihres Chefs, die Hände in den Hüften. Mit zusammengepressten Lippen ließen sie die Köpfe hängen. Sie mussten sich eingestehen, dass Laut recht hatte. Ein erneuter Besuch bei Kaufmann hätte zu diesem Zeitpunkt nichts gebracht. Besonders für Thiele war diese Pille schwer zu schlucken. Nicht zum ersten Mal ertappte sie sich bei dem Gedanken, einfach zu Kaufmann zu fahren und die Wahrheit aus ihm herauszuprügeln.

»Fragt lieber mal in seiner Nachbarschaft herum«, schlug Laut vor. »Vielleicht ist ja irgendwem etwas aufgefallen, zum Beispiel, dass er heute Morgen das Haus verlassen hat und nicht im Bett lag, so wie er behauptet.«

»Geht klar«, sagte Schreiber.

Sie wollten gehen, als sie in der Tür beinahe mit Schmoll zusammenstießen.

»Kleinen Moment noch«, sagte sie. Sie gab Schreiber seinen Speicherstick zurück. »Das könnte interessant sein.«

Sie folgten ihr zu Lauts Schreibtisch.

»Kollegin Schmoll?«, sagte der.

»Beim Durchsehen der Namen bin ich auf einen alten Bekannten gestoßen: Roman Schuster, der ›Spider‹!«, berichtete sie.

Roman Schuster trug die Tätowierung einer Kreuzspinne am Hals, daher der Spitzname. Er hatte vor acht

Jahren, als 25-Jähriger, eine 30-jährige Frau vergewaltigt. Bei der Sandkerwa, Bambergs größtem Volksfest, das die Innenstadt rund um die Sandstraße für fünf Tage in einen Ausnahmezustand versetzt. Schuster hatte seine Haftstrafe inzwischen abgesessen und sich seit seiner Entlassung in verschiedenen Jobs durchgeschlagen. Er war jedoch nirgends länger geblieben, da er sich überall als versoffen und streitsüchtig entpuppt hatte.

»Spider?«, wunderte sich Laut. »Der ist doch nie im Leben in einem Bogenschützen-Verein!«

»Ist er auch nicht. Ich hab' ihn auf der Liste mit den Gastschützen gefunden«, erwiderte Schmoll.

Der Chef nickte. »Das traue ich ihm schon eher zu. Wann hat er das letzte Mal geschossen?«

»Vor einer Woche. Und – bevor du fragst – das vorletzte Mal vor vier Wochen.«

»Immer kurz vor den Morden«, stellte Laut fest. »Der hat womöglich geübt. Haben wir Spider nach dem Mord an Laura nicht überprüft?«

»Klar«, antwortete Schmoll. »Das haben Julia und Peter gemacht. Spiders Freundin hat ihm damals ein Alibi gegeben. Sie haben angeblich zusammen den Hund ausgeführt.«

»Zusammen? Früh um sechs?« wunderte sich Thiele. »Also, bei uns führt morgens immer nur einer den Hund aus. Manchmal schlagen Pete und ich uns regelrecht darum, wer noch im warmen Bett bleiben darf.«

Laut nickte nachdenklich.

»Hast recht, Kollegin Thiele«, stimmte er ihr zu. »Das Alibi stinkt – Gott bewahre, dass wir da zu nachlässig waren. Die Spurensicherung soll unseren inoffiziellen Fingerabdruck mit den gespeicherten von

Schuster vergleichen. Aber unabhängig davon werden wir ihm noch mal auf den Zahn fühlen, denn selbst wenn der Abdruck nicht von ihm ist, besteht immer noch die Möglichkeit, dass es sich um mehrere Täter handelt, die die Frauen gemeinsam überfallen.«

»Mach ich sofort«, bot sich Schreiber an. »Sophie braucht mich ja nicht bei der Befragung von Kaufmanns Nachbarn.«

»Geht besser zu zweit. Das ist mir lieber. Du weißt doch noch, wie jähzornig unser lieber Spider ist, oder? Wo ist Fritz?«

»Der klappert noch die anderen Bogenschützen-Vereine ab«, sagte Schmoll.

»Er soll nachher Kaufmanns Nachbarn befragen«, beschloss Laut.

Thiele und Schreiber nickten knapp und liefen los.

»Nürnberger Straße!«, rief Schmoll ihnen noch nach.

Als Schreiber sich am Automaten auf dem Gang einen Kaffee für unterwegs zog, trafen sie Schindler.

»Ich wollte gerade zu euch«, sagte er. »Wegen des Abgleichs der Fingerabdrücke. Also: Keiner der Abdrücke auf dem Foto stimmt mit dem auf dem Nagel des Opfers überein.«

Schreiber verzog das Gesicht und nippte vorsichtig am heißen Becher. Jetzt, um 15 Uhr 30, begann er den Schlafmangel der letzten Nacht am ganzen Körper zu spüren. Er fühlte sich schlapp, wie nach einem halben Marathon. Beim Chef hatte er sich natürlich nichts anmerken lassen.

»Das muss nicht viel heißen«, sagte Thiele. »Kaufmann hat ja noch sieben Finger.«

»Nun ja«, entgegnete Schindler. »Unser Abdruck ist, wie ich schätze, der eines Daumens. Und von denen hat er nur noch einen anderen.«

»Aber der könnte passen«, hoffte sie. Die Enttäuschung war ihr anzusehen.

»Braucht ihn mir nur zu bringen – stets zu Diensten«, sagte Schindler freundlich und wandte sich zum Gehen.

»Vergleich' den Abdruck mal mit denen von Roman Schuster. Du weißt doch noch: der Spider«, hielt Schreiber ihn zurück.

»Bitte«, fügte Schindler hinzu.

»Bitte«, wiederholte Schreiber brav.

»Aber gerne«, sagte Schindler, nickte augenzwinkernd und lief den Gang zurück zum Kommissariat 3 für Spurensicherungen und erkennungsdienstliche Maßnahmen.

Nachdenklich sahen die Kommissare ihm nach, bis er durch die Tür verschwunden war.

»Braucht ihn mir nur zu bringen«, imitierte Thiele sarkastisch die Worte ihres Kollegen. »Wenn das nur so einfach wäre.«

»Bleib locker. Der Hans hat's doch nur nett gemeint«, versuchte Schreiber sie zu beruhigen.

»Verdammt!« fluchte sie, schlug mit der flachen Hand auf den Kaffeeautomaten und tigerte nervös auf und ab. »Wir dürfen von dem doch nie und nimmer die Fingerabdrücke nehmen – bei dem bisschen, was wir haben! Blöder Dienstweg! Ich meine, der war mit beiden Frauen zusammen und ist Bogenschütze! Wie viel Zufall soll's denn noch geben? Scheiße!«

»Jetzt beruhig dich«, zischte Schreiber und sah sich um, ob jemand ihren Ausbruch gesehen hatte. Er schaute sie an und überlegte, ob sie emotional vielleicht doch zu involviert war, um sachlich ermitteln zu können. Andererseits – wer im Kommissariat hatte nicht schon einmal über den manchmal umständlichen

Dienstweg geschimpft? Und nicht zuletzt war sie ebenso übernächtigt wie er, auch wenn man es ihr nicht anmerkte.

»Glaubst du vielleicht, mir gefällt das?«, fragte er. »Aber was soll's? Wenn er's war, dann kriegen wir ihn. So oder so.«

Sie hob den Kopf und schenkte ihm ein kleines, versöhnliches Lächeln. »Hast ja recht«, sagte sie ruhig.

Für wenige Sekunden musterte er sie skeptisch.

»Hm«, brummte er schließlich zufrieden und nahm einen weiteren Schluck Kaffee. »Gehen wir zu unserem Freund Spider. Du fährst!«

Schwer atmend erreichte Schreiber hinter Thiele den dritten Stock des Mietshauses in der Nürnberger Straße. Die Wohnungstür hinter dem Treppenabsatz stand schon offen. Eine übergewichtige, blonde Frau in knallengen Jeans und ausgewaschenem grünen T-Shirt lehnte im Türrahmen. Sie wirkte wie Mitte vierzig. Schreiber überlegte, ob der 33-jährige Spider eine so viel ältere Freundin hatte, oder ob die Dame in Wirklichkeit jünger war. Thiele griff in die Jacke nach ihrem Ausweis.

»Scho guud«, sagte die Frau. »Ich äkenn Bulln auf zehn Kilomedä gechän Wind.«

Sie strich sich eine Locke aus dem stark geschminkten Gesicht. Ein verlegenes Lächeln zuckte über ihre Lippen – es passte nicht zu ihrer forschen Begrüßung.

»Aha«, erwiderte Thiele. »Dann wissen Sie wahrscheinlich auch, weshalb wir hier sind? Aber auf Hochdeutsch, bitte!«

»Na ja. Ich kann's mir denken«, entgegnete die Frau und betrachtete ihre Füße. »Aber ich hätte euch sowieso noch angerufen. Ehrlich«, fügte sie eilig hinzu.

Die Kommissare ließen sich ihre Überraschung nicht anmerken.

»Soso«, sagte Schreiber mit bedrohlichem Unterton. »Na dann schießen Sie mal los!«

»Also, damals vor etwa drei Wochen, da hab ich euch nicht so richtig die Wahrheit gesagt«, begann sie zaghaft. »Aber ihr wisst es ja wahrscheinlich eh schon.«

Sie sah auf. »Woher habt ihr's denn? Vom Bäcker, oder?«

»Das spielt keine Rolle«, sagte Schreiber streng und spielte weiter mit. »Es ist also richtig, dass Sie und Spider nicht mit dem Hund draußen waren, wie sie behaupteten?«

Kopfschütteln. Schweigen. Thiele wurde ungeduldig.

»Ja, sagen Sie doch schon, wie's wirklich war!«

»Aber ihr müsst mir versprechen, dass ich keine Schwierigkeiten deswegen kriege!«, flehte die Blonde. »Der Arsch hat mich gezwungen, das zu erzählen. Der hat gedroht, mich grün und blau zu schlagen, wenn ich's nicht mache!«

Die Kommissare sahen sie nur schweigend an.

»Ehrlich. Der ist ein brutales Schwein!«

Schreiber schaute demonstrativ auf die Uhr.

»Ist ja gut«, gab die Frau klein bei. »Also. An dem Tag bin ich erst gegen Mittag nach Hause gekommen. Der Spider hat gedacht, dass ich über Nacht bei meiner Mutter in Nürnberg war. War ich aber nicht. Ich war bei meinem neuen Freund, dem Georg. Den hat Spider damals noch nicht gekannt.« Sie atmete tief durch. »Jedenfalls haben dann irgendwann eure Kollegen geklingelt. Der Spider hat sie durch den Spion gesehen und mir eingeimpft, dass ich sagen soll, dass wir zusammen mit dem Hund draußen waren, falls sie irgendwelche dummen Fragen stellen. Dann hat er aufgemacht.«

»Hat er Ihnen gesagt, warum Sie lügen sollen?«

»Nicht so richtig. Er hat nur gemeint, dass die Bullen immer nur Stress machen und ihn sowieso auf dem Kieker hätten. Was hätte ich denn machen sollen? Ich hatte echt Angst vor dem.«

Thiele dachte nach. War Spider wirklich der Täter, so träfe diese Frau durch ihre Falschaussage eine Teilschuld an Marias Tod, den man vielleicht hätte verhindern können. Die Polizistin kämpfte gegen einen drohenden Wutausbruch an.

Schreiber musterte die Frau misstrauisch.

»Woher sollen wir wissen, dass Sie uns jetzt die Wahrheit sagen?«, fragte er.

»Weil es so ist. Und weil ich keinen Bock habe, wegen dem Arsch Schwierigkeiten mit euch zu kriegen.«

»Die haben sie vielleicht schon«, zischte Thiele.

Schreiber machte mit der Hand eine beschwichtigende Geste, ohne den Blick von der Frau zu nehmen.

»Und jetzt haben Sie keine Angst mehr vor ihm, oder was?«

»Nein. Den hab' ich vorletzte Woche hochkant rausgeschmissen, mitsamt seinem Scheiß-Köter. Irgendwann hat jeder mal die Schnauze voll.«

»Wie haben Sie das denn gemacht? Ich dachte, Sie hatten solche Angst vor ihm?«

Aus der Wohnung ertönte eine tiefe Männerstimme: »Wo bleibst du denn, Schatz?«

Hinter der Frau tauchte ein riesenhafter Mann in einem weißen ärmellosen Unterhemd auf. Schreiber schätzte ihn auf knapp zwei Meter. Glatzköpfig, unrasiert, bullig, beide Arme komplett tätowiert. Um nichts in der Welt hätte Schreiber mit ihm in den Ring steigen wollen. Der Mann verschränkte die Arme und lehnte sich lässig neben die Frau in den Türrahmen, wobei er den Kopf einziehen musste. Misstrauisch musterte er die Kommissare.

»Alles klar hier, Schatz?«

»Jaja, alles klar, Dicker«, sagte die Frau und schmunzelte die Polizisten wissend an. »Darf ich vorstellen: Georg, mein neuer Freund. Der würde Spiders Köter glatt zum Frühstück verdrücken und Spider als Nachtisch hinterher.« Sie sah zu Schreiber. »Jetzt verstehen Sie, warum ich keine Angst mehr hab', gell?«

»Wo wohnt Spider jetzt?«, fragte der nur.

»In so einem kleinen Hinterhof-Kabuff in der Frauenstraße. Einer seiner feinen Kumpels hat einen Nachmieter gesucht.«

Thiele wollte gerade klingeln, als sich die Haustür öffnete und eine ältere Dame im grauen Mantel herauskam. Sie trug ein rotes Einkaufsnetz, in dem ihre Geldbörse zu sehen war. Leicht gebeugt tippelte sie an den Kommissaren vorüber, ohne sie weiter zu beachten. Sie schüttelte den Kopf und brabbelte irgendetwas vor sich hin. Es klang wie »Sodom und Gomorrha«.

Schreiber fing die Haustür auf, ehe sie hinter ihr zufallen konnte. Gut. Spider würde nicht gewarnt sein.

»Bitte«, lächelte Schreiber Thiele an.

Sie schob sich an ihm vorbei in den düsteren Hausflur, von dem rechts eine Treppe nach oben ging. Am Ende des Flurs führte eine alte Holztür in den Hinterhof. Laute Musik – Rap von Eminem – war dahinter zu hören. Durch eine kleine viereckige Glasscheibe drang ein Lichtstrahl.

»Na, dann wollen wir mal«, sagte Thiele.

Nebeneinander liefen die Kommissare leise auf die Tür zu. Schreiber überkam diebische Vorfreude. Er wusste, dass ein spontaner Besuch bei einem Verdächtigen wahre Wunder bewirken konnte. Er lief im Takt des Liedes, das er kannte.

»... Snap back to reality, oh, there goes gravity ...«

Direkt vor der Tür dröhnte die Musik noch lauter. Gelächter von Männerstimmen mischte sich darunter.

Schreiber klopfte sacht ans Holz und flüsterte: »Hallo?«

Nichts.

»Tja, schätze, die haben uns nicht gehört«, grinste er Thiele an.

Sie atmeten beide tief durch und nickten einander zu. Dann stieß Schreiber die Tür auf und trat zusammen mit seiner Kollegin in einen kleinen, malerischen Innenhof: viele Blumenkästen, hellblauer Putz, der schon von den Wänden bröckelte. Nur roch es überall nach Marihuana. Den Kommissaren blieb keine Zeit, den beschaulichen Ort zu bewundern, da im Augenblick ihres Eintretens ein absurder Tanz begann.

An einem alten Holztisch vor zwei Fenstern einer Parterrewohnung saß Spider im engen, schwarzen T-Shirt. Er trug wie immer ein buntes Piratenkopftuch. Neben ihm auf der Bierbank lümmelte ein junger Mann mit schief sitzender, blauer Baseballmütze und grünem Kapuzenshirt. Beide waren sichtlich zugedröhnt und sahen die Kommissare mit geröteten, glasigen Augen ungläubig an. Mit einem panischen »Scheiße. Scheiße. Scheiße!« sprang Spiders Kumpel hoch und warf dabei den Holztisch um. Der fiel jedoch nicht schnell genug. ›Keule‹, Spiders weißer Bullterrier, hatte noch Zeit, darunter hervorzupreschen und sich mit drohendem Knurren auf die Besucher zu stürzen.

»Mist«, zischte Schreiber, sprang zur Seite und warf sich mit dem Rücken gegen die seitliche Hofwand.

Thiele war trotz ihrer im Karate-Training geschulten Reaktionen nicht schnell genug für den Kampfhund. Er verbiss sich in ihren linken Arm, den sie schützend vors Gesicht heben wollte.

Ihr Herz krampfte sich vor Schreck zusammen, als sie den Arm reflexartig zurückzog und sich Keule hartnäckig daran festhielt.

»Oh Fuck«, brüllte Spider und sprang auf. »Aus, Keule! Aus!«

Verzweifelt drehte sich Thiele mehrmals um die eigene Achse und versuchte, Keule abzuschütteln. Der grub sein Gebiss weiterhin in ihren Arm und ließ sich knurrend wie von einem Kettenkarussell durch die Luft wirbeln.

»… You better lose yourself in the music, the moment
You own it, you better never let it go …«

Schreiber fummelte zitternd seine Dienstwaffe aus dem Schulterhalfter. Sofort hoben die beiden Männer ängstlich die Hände.

»Oh, Fuck, Fuck, Fuck!«, murmelte Spider mit gehetztem Blick.

»Oh, Scheiße, Scheiße, Scheiße!«, jammerte sein Kumpel.

Endlich hatte Schreiber die Pistole entsichert. Krachend löste sich ein Schuss, der in einer Ecke des Hofes ein Stück von einem Blumenkasten aus Terrakotta, der mit Cannabis bepflanzt war, wegsprengte. Die Männer duckten sich vor den umherfliegenden Splittern.

Thiele ging indes zum Angriff über und brach

Keule mit einem gezielten Knie-Kick geräuschvoll drei Rippen. Als der Hund immer noch nicht von ihr abließ, versuchte sie ihn an der Gurgel zu packen.

Schreiber hielt seine Heckler & Koch lehrbuchmäßig ausgestreckt. Er versuchte fieberhaft, auf den Hund zu zielen, ohne Thiele zu gefährden.

»… You only get one shot, do not miss your chance to blow.

This opportunity comes once in a lifetime …«

Endlich ließ Keule von Thiele ab. Doch nur, um sofort erneut zum Sprung anzusetzen. Diesen kurzen Moment aber nutzte Thiele, um ihm einen schwungvollen Tritt zu verpassen. Der Hund segelte zwei Meter durch den Hof und landete zwischen etlichen braunen Bierflaschen, die um den umgeworfenen Holztisch verstreut waren. Keule rappelte sich auf und wollte Thiele erneut attackieren. Da traf ihn Schreibers zweite Kugel. Der Hund winselte und fiel leblos auf die Seite.

»… The soul's escaping through this hole that is gaping …«

Spiders Kreischen stellte allen die Nackenhaare auf.

»Du Arsch! Du hast meinen Hund gekillt!«, brüllte er und wollte sich auf Schreiber stürzen. Dabei fiel er über den riesigen Ghetto-Blaster am Boden, woraufhin die Musik schlagartig verstummte. Als er sich schnaubend hochrappeln wollte, verharrte er einsichtig vor der Mündung von Schreibers Dienstwaffe.

Grabesstille.

»Ihr Schweine!«, ertönte eine sich überschlagende Stimme über ihnen. »Das ist Polizeigewalt! Ich ruf' die Zeitung an!«

Ohne die Waffe von Spider abzuwenden, schaute Schreiber hinauf. Im Rundgang vor der Wohnung im ersten Stock stand wankend ein junger Mann, wohl einer von Spiders Nachbarn, mit schulterlangen Dreadlocks und rotem Ché Guevara-T-Shirt. Seine glasigen Augen glotzten anklagend auf Schreiber herunter.

Schreibers Puls raste. »Ich kauf' die Zeitung, roll' sie zusammen und schieb' sie dir in deinen zugekifften Arsch. Und das, Kumpel, das ist dann Polizeigewalt!«, fauchte er hinauf.

Der Rasta-Mann blinzelte ungläubig und Hilfe suchend zu Thiele, die, ihren Arm haltend, den toten Kampfhund betrachtete. Jetzt sah sie zu dem Mann hoch, zwinkerte ihm zu und warf ein Küsschen hinauf.

»Höhö«, machte der schließlich. »Coole Bullen.«

Er zeigte mit dem Finger auf Schreiber. »Ich mag dich, Alter!«, rief er hinunter und schlappte mit herabhängenden Armen zufrieden zurück in seine Bude.

Schreiber blickte ihm kopfschüttelnd nach, um dann zu Thiele zu sehen, die besorgt ihren Arm untersuchte.

»Das Biest hat nur die Jacke erwischt«, beruhigte sie ihn. »Aber die kann ich vergessen. So ein Mist!«

Sie wollte weiter fluchen, als ihr Blick auf etwas fiel, das neben dem umgeworfenen Tisch auf dem Boden lag. Aus einem braunen Couvert waren weiße Pillen auf den Hof gekullert.

Sie fischte ihr Handy heraus. »Sodom und Gomorrha«, murmelte sie beim Wählen.

Spider saß bei einem Becher Kaffee vor dem Schreibtisch und wartete auf seinen Anwalt. Die Mitarbeiter vom Kommissariat 4 für Rauschgiftkriminalität gingen derweil ihrer Arbeit nach.

Thiele und Tanja Schmoll saßen ihm auf der anderen Seite des Schreibtisches gegenüber. Thiele malte beiläufig mit einem Kugelschreiber auf einer Schreibunterlage herum und schielte ab und zu am Flachbildschirm des Computers vorbei zu Spider. Schmoll, die eines ihrer grauen Kostüme trug, hielt sich zurückgelehnt im Hintergrund. Die Beine bequem übereinander geschlagen, musterte sie Spider ausdruckslos durch ihre schwarze Brille.

Schreiber hatte sich zurückgezogen, weil Spider nach dem finalen Todesschuss auf Keule nicht so gut auf ihn zu sprechen war. Auch den schönen Kommissarinnen gegenüber zeigte er sich nicht sonderlich aufgeschlossen. Zwar trank er den Kaffee, den Thiele ihm als Friedensangebot gebracht hatte, doch schaute er nur stur an ihnen vorbei, die Arme trotzig verschränkt. Thiele hörte auf zu zeichnen und sah ihn an.

»Tut mir leid wegen Ihres Hundes, Spider«, sagte sie. »Aber wir hatten keine Wahl.«

Er schenkte ihr einen kurzen, böse funkelnden Blick, um sofort wieder wegzusehen.

»Warum haben Sie vor drei Wochen ihre Freundin zum Lügen angestiftet?«, fragte Thiele direkt.

Spider stutzte. Er hatte geglaubt, dass man wegen der Drogen zu ihm gekommen war und nicht wegen des Mordes an diesem Mädchen. Was sollte das jetzt?

»Sie waren wohl ein wenig unterwegs – im Hainpark?«, bohrte Thiele weiter.

In die Enge getrieben, vergaß er, dass er sich vorgenommen hatte zu schweigen.

»Hör mal, Mädchen! Mit Mord hab' ich nix zu tun, okay?« Seine immer noch leicht geröteten Augen fixierten Thiele.

»Warum haben Sie gelogen?« Sie ignorierte das ›Mädchen‹.

Die Muskeln seiner verschränkten Arme spannten sich.

»Weil ich als Vorbestrafter sowieso schlechte Karten bei euch hab'. Ich wollte keinen Stress, das war alles.«

»Dann sagen Sie uns doch jetzt die Wahrheit. Also: Wo waren Sie am 25. April, morgens um sechs?«

»Wisst ihr was? Solange ihr nix gegen mich in der Hand habt, brauch' ich euch gar nix zu sagen! Ich kenn' mich da aus.«

Siegessicher sah er zwischen den beiden Frauen hin und her. Nach ein paar Sekunden verzog sich sein Mund zu einem gönnerhaften Grinsen. Er beugte sich vor und blinzelte Schmoll zu, die keinerlei Regung zeigte.

»Aber ich will mal nicht so sein bei euch zwei Hübschen. Ich war zu Hause im Bett und hab' meinen Rausch ausgeschlafen, leider alleine. Mit dem Mord hab' ich nix zu tun. Vielleicht kann mich ja eine von euch vor dem nächsten Mord besuchen – dann hätte ich ein besseres Alibi und wir könnten uns bestimmt super die Zeit vertreiben.« Er leckte sich provokant die Lippen.

»Wieso reden Sie von einem nächsten Mord?«, fragte Thiele.

Spider stutzte.

»Was meinten Sie mit einem nächsten Mord?«, wiederholte sie.

»Scheiße. Moment mal …«

»Wo waren Sie denn heute Morgen, so um Viertel vor sieben?«

»Hey, was soll das? Ist wieder Eine umgebracht worden, oder was?«

»Wieso Eine? Wieso nicht Einer?«, hakte Thiele sofort nach.

Spider sprang auf und warf dabei seinen Stuhl um.

»Sagt mal, spinnt ihr? Ich lass mir von euch doch

nichts anhängen! Ich bin kein beschissener Mörder! Klar?«

»Setzen Sie sich wieder hin«, sagte die Polizistin ruhig. Doch Spider tigerte hektisch vor dem Schreibtisch auf und ab, wild mit den Armen herumfuchtelnd.

»Na klar! Ich kill' Eine nach der Anderen. In meinem Keller liegen noch zwanzig …«

»Setzen Sie sich wieder hin!«

Er verstummte und wandte sich Thiele zu, die Hände auf den Schreibtisch gestützt.

»Das glaubt ihr aber nicht wirklich, oder?«

Gelassen blickte sie zu ihm hinauf und wies mit der Hand auf den am Boden liegenden Stuhl. Zögernd hob er ihn auf und ließ sich betont genervt darauf nieder.

»Also. Ich warte jetzt auf meinen Anwalt«, erklärte er.

»Ich glaube nicht, dass er's war«, sagte Schmoll, als sie den Gang hinunter zum Kommissariat 1 zurückliefen. »Seine Überraschung über den zweiten Mord war echt. Wenn du mich fragst, ist er auch gar nicht der Typ, der so was durchziehen würde. Die sorgfältige Planung, früh aufstehen und zum Park fahren. Wahrscheinlich wurden die Mädchen auch ausspioniert. Und so einer wie der wäre doch überall aufgefallen. Ständig auf Drogen, das speckige, muffige Kopftuch, das billige Kreuzspinnen-Tattoo am Hals.«

»Seh' ich genauso«, pflichtete Thiele ihr bei. »Auch sonst passt es nicht. Die Pfeile, die wir in seiner Wohnung gesehen haben, hatten ganz normale Spitzen. Keine mit drei Klingen. Und der Bogen war so einer aus einem Stück, verstehst du? Ich meine, das ist doch viel zu auffällig. Der Täter benutzt doch garantiert einen, den man zerlegen und unauffällig transportieren kann, oder?«

Schreiber kam ihnen entgegen.

»Ich wollte gerade zu euch.« Er blieb stehen. »Der Hans hat jetzt unseren Teilabdruck mit denen in Spiders Kartei verglichen.«

»Passt nicht«, sagte Thiele trocken.

»Präzise, Schlaumeier«, erwiderte Schreiber ebenso trocken.

»Na ja«, sagte Schmoll. »Bestimmt tauchen noch weitere Verdächtige auf. Die Überprüfung der Bogenschützen läuft ja gerade erst an. Und über die Jagdpfeile kommen wir vielleicht auch weiter. Die werden eher selten gekauft. Ich hab' vorhin im Internet schon ein wenig recherchiert, wo man die bekommt.«

»Gut, Kollegin Schmoll, gut«, machte Schreiber den Chef nach, als sie zu dritt zurück ins Kommissariat 1 gingen. »Ich setz' mich dann erst mal an den Bericht über meinen ersten Schusswaffengebrauch im Dienst.« Zu Thiele gewandt fuhr er fort: »Liest du ihn noch mal durch, wenn ich fertig bin?«

»Klar. Gehen wir später noch einen trinken?«

Schreiber schaute auf die Uhr: Kurz nach 18 Uhr. Er überlegte, wie erschöpft er nach dem Schreiben des lästigen Berichts sein würde. Andererseits konnte er sich nur zu gut vorstellen, wie sehr Thiele ein Bier und einen Freund brauchen konnte. Nach einem langen Tag wie diesem, an dem sie sogar mit einem Bullterrier gekämpft hatte – ganz zu schweigen vom Schock über Marias Tod.

»Geht in Ordnung«, sagte er. »Darauf kommt's dann auch nicht mehr an. Und immerhin ist ja Samstag.«

Gegen 19 Uhr 30 fuhren Thiele und Schreiber nach Hause, um sich noch etwas frisch zu machen. Thiele brauchte eine neue Jacke. Es störte Pete nicht, dass seine Frau nach einer kurzen Dusche gleich wieder gehen wollte. Er wusste, dass Sophie ihre Freiheiten brauchte und er ihr vertrauen konnte – auch wenn David Schreiber durchaus ihr Typ war. Pete selbst war eher ein häuslicher Mensch, der gerne daheim blieb und auf die kleine Louisa aufpasste. Oft musste er auch am Wochenende Klassenarbeiten korrigieren. Und wenn nicht, so konnte ihn ein einfacher Fernsehabend zum glücklichsten Menschen machen, solange Krimis oder Boxkämpfe liefen und noch ein kühles Bier im Kühlschrank war.

So kam es, dass Thiele bereits eine gute Stunde später mit Schreiber bei einem Pils und einer Portion Fleischküchla mit Kartoffelsalat im Hinterhof der Weinstube *Fischerei* saß. Julia Steinfels und Peter Aurich waren auch gekommen, sozusagen zu einem kleinen außerordentlichen Bullenstammtisch. Sie hatten keine Lust, von der Fahrt nach Münster, dem Tag mit Marias Eltern und der Identifizierung ihrer Tochter zu reden. Alle hungerten nach zwangloser Geselligkeit und Entspannung, wofür der kleine Hinterhof genau die richtige Atmosphäre bot. Fernab der großen, quirligen Keller am Stefansberg, saß man hier wie in einem heimeligen Versteck irgendwo in Italien: Ein Zitronenbäumchen in einem wuchtigen Terrakotta-Blumentopf, Heckenrosen und Weinlaub, das sich an den Wänden nach oben rankte.

»Schafkopf?«, fragte Thiele, als sie sich mit der Serviette die Lippen tupfte und den leeren Teller zur Seite schob. Dieses Kartenspiel war überall in Franken sehr beliebt, so auch in Bamberg.

»Bin dabei«, erklärte Aurich und band sich seinen Pferdeschwanz neu.

»Gute Idee, Kollegin Thiele. Gute Idee«, kam es von Steinfels.

Schreiber, zu ungeduldig, um auf die Bedienung zu warten, war schon aufgestanden, um in der Kneipe die Karten zu holen. Sie spielten und tranken.

»Du Depp! Den musst du doch stechen!«, herrschte Schreiber Aurich irgendwann an.

»Quatsch! Waren doch viel zu wenig Punkte drin!«, verteidigte der sich lautstark.

Einige Gäste drehten sich nach ihnen um.

»Locker bleiben, Jungs«, beschwichtigte Steinfels, die die strafenden Blicke des bulligen Wirtes bemerkt hatte. »Polizanten sind Vorbilder«, erklärte sie mit ernster Miene. »Prost.«

Sie hielt ihr Pils in die Mitte des runden Tisches. Verdutzt blickten sich Schreiber und Aurich an, schoben schließlich anerkennend nickend ihre Unterlippen vor und stießen mit ihr und Thiele an.

»*Blues-Bar*«, schlug Schreiber gegen 23 Uhr vor und leerte sein Glas.

»Gebongt«, stimmte Aurich zu, auf den zu Hause niemand wartete. Wie Schreiber war er geschieden. Er sah zu Steinfels. »Julia?«

Seine Kollegin setzte ihr Bier ab und nickte.

»Immer.« Sie war Single und zog nachts gerne noch um die Häuser – auf der Suche nach dem Richtigen.

»Ich nicht. Bin jetzt doch schon etwas platt«, kniff Thiele.

Schreiber beugte sich zu ihr, bemüht, nicht zu laut zu sprechen.

»Schon gut, Prinzessin. Geh' du nur nach Hause. Kümmere dich nicht weiter um mich«, begann er ironisch. »Ich komme schon irgendwie klar. Es ist ja nicht so, dass heute gewisse Personen gewisse andere Personen durch einen Meisterschuss vor einer reißenden Bestie gerettet haben«, schloss er, lehnte sich mit verschränkten Armen zurück und spielte den Beleidigten.

»Du Ratte!«, grinste Thiele.

Alle zahlten. Sie liefen durch die Fischerei und bogen nach rechts in die Kapuzinerstraße. Schreiber schob sein Fahrrad. In der Eingangstür zur *M Lounge Bar* lehnten zwei gut aussehende junge Männer. Der eine, in knallengen Jeans und bauchfreiem weißen T-Shirt, hauchte Schreiber ein laszives »Hallo Schnuffi« zu.

»Selber Schnuffi«, erwiderte Schreiber ohne anzuhalten, musste aber geschmeichelt grinsen, als er hinter sich hörte, wie einer der Männer zum anderen »wie süß« sagte.

In der ganzen Stadt wimmelte es von Jugendlichen. Einige saßen am Kranen und tranken Bier oder Alkopops aus der Flasche. Auf der Unteren Brücke kam ihnen eine Gruppe kichernder Mädchen entgegen, die alle dasselbe gelbe T-Shirt trugen. ›Marion traut sich‹ stand in schwarzen Buchstaben darauf, über dem Fotodruck eines Mädchengesichts. Das Original – Marion – lief gut gelaunt neben ihren Freundinnen her. Sie war als Schweinchen verkleidet mit rosa Ohren und einem sackartigen Oberteil mit Ringelschwänzchen. Eine pummelige Blonde, die Schreiber auf Anhieb gefiel, hakte sich bei ihm unter und sah mit großen Augen zu ihm hinauf.

»Magst du einen Kuss?«, fragte sie.

»Was zahlst du?«, konterte er brummig.

Dass er Blondie süß fand, änderte nichts daran, dass er Jungesellinnen-Abschiede nicht mochte. Thiele schubste ihn von hinten weiter, so dass er fast über sein Fahrrad gefallen wäre.

»Hey!«, motzte er.

»Sei nicht so gemein!«, rief Thiele. Sie zog ihre Geldbörse heraus und gab Blondie einen Euro.

Mit einem »Danke, viel Spaß noch« zog das Mädchen mit ihren Freundinnen weiter.

»Du bist echt ein alter Miesepeter!«, schimpfte Thiele, als sie Schreiber eingeholt hatte. »Nur, weil es in deiner Ehe nicht so gut gelaufen ist, gönnst du anderen nicht mal, dass sie's versuchen, oder was?«

»Hey, warte! Ich will einen Kuss!« Aurich wollte der Blonden nachlaufen, wurde aber energisch von Steinfels am Ärmel seiner Lederjacke weitergezerrt.

»Du hast mich geschubst«, brummte Schreiber beleidigt, als die Vier in die Sandstraße einbogen und die *Blues-Bar* ansteuerten. Aus dem *Schlenkerla* wankte ihnen ein Nachtwächter entgegen.

Mit erhobenen Armen schwangen Steinfels und Aurich vor der fünfköpfigen Salsa-Band im hinteren Raum das Tanzbein. Es kümmerte sie nicht weiter, dass es keine Tanzfläche gab. Auch die Bedienung war es gewohnt, die Gäste resolut zur Seite zu schieben, wenn sie mit Getränken aus dem vorderen der drei Räume kam.

Thiele und Schreiber nickten mit den Köpfen im Takt der Musik und beobachteten, wie Lucy sich mit einem Tablett voller Biere ihren Weg durch die zahlreichen Gäste bahnte. Mühsam erreichte sie die hintere Ecke, wo die beiden Kommissare an einem runden Tisch sitzend das rege Treiben verfolgten.

»Zum Wohl, Freunde und Helfer«, sagte Lucy, als sie vier Glaskrüge vor ihnen platzierte, um gleich anschließend am Nebentisch Bestellungen aufzunehmen.

Sie tranken und beobachteten belustigt, wie Aurich

unter den eifersüchtigen Blicken des glatzköpfigen Bassisten mit der rothaarigen Sängerin flirtete, während Steinfels einem blondgelockten jungen Mann am Tisch vor der Band schöne Augen machte. Er mochte vielleicht zehn Jahre jünger sein als sie.

»Ist echt gut drauf für ihr Alter!«, rief Schreiber.

»Na erlaube mal! Die Julia ist fei nur ein Jahr jünger als ich!«, beklagte sich Thiele und boxte ihm auf den Oberschenkel. Dass sie das fränkische ›fei‹ benutzte, mit dem man die Aussage eines Satzes betonte, zeigte, dass sie schon recht betrunken war. Wie ihr Kollege Schreiber, der verstohlen das linke Ohr seiner Kollegin studierte, während diese weiter das Geschehen verfolgte. Was für eine faszinierende Form dieses Ohr doch hatte! Wie es wohl roch? Frühlingsgefühle durchfluteten Schreiber, als er seine Nase langsam dem Ohr näherte.

»Lass das!«, wies sie ihn zurecht, musste sich aber ein Lachen verkneifen.

Schreiber grinste sie kurz an, um schlagartig ernst zu werden. Er drehte sich zum Nebentisch, vergewisserte sich, dass man nicht mithörte, und sah ihr schließlich fest in ihre schwarzbraunen Augen.

»Schnegge«, begann er schon leicht lallend und hielt inne. Dann fragte er unvermittelt: »Was meinst du zu unserem Fall?«

Sie atmete durch und hielt ihm als Antwort ihr Bier entgegen. Sie stießen an und tranken.

»Ich sag' dir was, Tiger«, sagte sie, wischte sich mit dem Handrücken den Schaum vom Mund und stützte sich matt mit den Unterarmen auf die Tischplatte. »Unser Freund Spider war's wohl nicht. Und ich sehe auch nicht, dass er da irgendwie mit drinhängt. Das war einer alleine, jede Wette.«

»Hm.« Zustimmendes Nicken.

»Tja. Und unser ganz spezieller Freund Kaufmann? Unter uns: Der würde mir als Täter natürlich gut passen. Das ist so ein richtiger Kotzbrocken, den man einmal seinen arroganten Arsch versohlen müsste. Aber war er's tatsächlich? Die Sache mit dem Fingerabdruck – mein Bauch sagt mir, dass sein anderer Daumen auch nicht passt.«

»Ich sag dir eins, Schnegge«, Schreiber starrte entschlossen in sein Bierglas. »Der Kaufmann war's nicht. Aber wir werden den Täter schon finden. Wir müssen auf unsere Instinkte hören. Übers Bogenschießen kommen wir garantiert weiter. Vielleicht auch über Lauras und Marias Stammkneipen. Ich werd' die jedenfalls noch öfter abgrasen. Das Schwein ist fällig. Ich schwör's dir.«

Er blickte zu ihr hoch. In ihrem sanften Lächeln lag Verbitterung, aber auch Dankbarkeit und Zuversicht. Sie kniff ihm in die Wange und stieß erneut mit ihm an.

»Prost.«

Schweigend genossen sie die karibischen Klänge und beobachteten ihre Kollegen. Als die Band eine Pause machte, kamen Steinfels und Aurich nach Bier dürstend zum Tisch.

»Geile Band!«, lobte Aurich enthusiastisch. »Super Sängerin!«, schwärmte er und leerte in einem Zug das halbe Glas.

»Jaja, echt super Sängerin«, wiederholte Steinfels vielsagend und blinzelte Thiele zu.

»Du hast es nötig«, neckte diese und wies mit der Nase zu dem blondgelockten Jüngling, der zu ihnen herüber sah. Lachend hoben die vier Polizisten ihre Biergläser und stießen an.

Irgendwann wollte niemand mehr nach Hause gehen. Aurich tanzte vor der Band, Steinfels knutschte tatsächlich mit Lockenköpfchen, und Thiele und Schreiber beobachteten das Ganze, ihre Köpfe auf die Hände gestützt. Sie saßen jetzt Schulter an Schulter, damit sie sich nicht mehr so anbrüllen mussten.

»Wahnsinn«, sagte Schreiber, ohne den Blick von seiner knutschenden Kollegin zu nehmen. »Erschießt mit dem Bogen Hunde und überfällt ihre Frauchen. Bei uns! Im Hainpark! Ich kann mir gar nicht vorstellen, wie das gehen soll. Das ist doch so was von durchgeknallt.«

Er schüttelte den Kopf und trank.

»So was von durchgeknallt«, kam ein lallendes Echo von Thiele.

Auf dem Wohnzimmertisch standen eine Holzschale mit gesalzenem Popcorn, ein Tulpenglas mit frisch eingeschenktem Pils, und die Fernbedienungen lagen fein säuberlich in einer Reihe. Das Licht im Zimmer war heruntergedreht. Der Fernsehabend konnte beginnen.

So wollte er in Zukunft jeden seiner geglückten Ausflüge feiern. Ganz für sich alleine, mit der Erinnerung an den frühen Morgen und einem seiner Lieblingsfilme. Er platzierte das Popcorn auf seinem Schoß, lehnte sich bequem im Fernsehsessel zurück und startete mit einer großen Geste den Film ›Beim Sterben ist jeder der Erste‹ von John Boorman, gedreht 1971. Die amerikanische Produktion hatte eine denkbar einfache Story, die ihn dennoch immer wieder fesselte: Vier Großstädter machten einen Ausflug in die Wildnis. Skurrile Waldbewohner überfielen die Männer und bedrohten sie mit dem Gewehr. Einer der Abenteurer wurde sogar vergewaltigt.

Diese Szene zog ihn so in ihren Bann, dass er selbst das Bier und das Popcorn vergaß. Fasziniert beobachtete er, wie der schmutzige Waldbewohner sein Opfer zwang, wie ein Schwein zu quieken.

Als der Abspann lief, schaltete er die Geräte ab, nahm einen großen Schluck Bier und lehnte den Kopf mit geschlossenen Augen zurück. Wie jedes Mal, wenn er einen seiner Lieblingsfilme gesehen hatte, dachte er hinterher über den Inhalt nach.

Der Film sei Zivilisationskritik, so eine offizielle Interpretation. Doch für ihn war die Geschichte viel mehr als das. Man konnte die wichtigsten Dinge des Lebens aus ihr lernen. Zum Beispiel, dass man sich wehren und durchsetzen musste, weil nur die Stärksten überlebten. Die Hauptfigur machte eine entscheidende Entwicklung durch: Am Anfang des Films konnte der Protagonist noch nicht einmal mit dem Bogen auf ein Reh schießen, später tötete er damit sogar einen Menschen.

Überhaupt war der Bogen ein zentrales Element der Geschichte. Die Augen noch immer geschlossen, erinnerte er sich an die Kameraeinstellungen, die den Bogenschützen im Wald mit ausgezogener Sehne zeigten und den Zuschauer gespannt den Schuss erwarten ließen. Jene Szenen hatten ihn vor einigen Jahren zum Kauf seines ersten Bogens inspiriert.

Er öffnete die Augen und nahm nachdenklich einen weiteren Schluck. Im Grunde war der Film nichts anderes als ein Spiegelbild seiner eigenen Lebensphilosophie: »Sei stark und spiele deine Macht aus. Du kannst dabei tun, was immer du willst.« Nur ging es bei ihm nicht ums Überleben, so wie im Film.

Nein – ihm ging es um den Kick.

Matt saß Schreiber am Küchentisch und umklammerte die Flasche Mineralwasser, die neben einem Glas stand, in das er bereits eine Kopfschmerztablette geworfen hatte. Den Rücken gegen die Wand gelehnt, den Po an der vorderen Kante des wackeligen Holzstuhls, streckte er die Beine von sich und versuchte, das Glas zu fixieren. Er atmete tief durch, nahm einen großen Schluck aus der seltsam schweren Flasche, um sogleich etwas Wasser über die Tablette zu gießen. Ein Teil landete neben dem Glas.

Kraftlos ließ er die Hand zurück auf die nasse Tischplatte sinken, rülpste und sah sich um. Der Raum drehte sich. Außerdem war alles unscharf, wie in einem Dampfbad. Er hatte seine Kontaktlinsen gleich herausgenommen, als er nach Hause gekommen war. Ein Blick auf die Armbanduhr. Halb eins? Quatsch, die Batterie war leer. Mit zusammengekniffenen Augen spähte er zur Bahnhofsuhr neben dem Gewürzregal an der Wand: 3 Uhr 50. Er war seit fast neunzehn Stunden auf den Beinen und fühlte sich etwa so lebendig wie ein ausgespuckter Kaugummi. Nur, dass trotz des Rausches sein Gehörsinn seltsam geschärft schien. Das Blubbern der Aspirintablette klang wie ein kleines Feuerwerk, das Klacken der Wanduhr wie ein Vorschlaghammer.

Schreiber beobachtete den Tanz der sich auflösenden Tablette und ließ die Bilder des vergangenen Tages an sich vorüberziehen. Das Aufwachen neben Karin, Katrin, Kerstin, oder wie sie hieß, kam ihm Jahrzehnte entfernt vor. Marias Leiche im Park, ihre kleine Wohnung in der Concordia, dieser unsympathische Michael Kaufmann, Bogenschützen im Hauptsmoorwald, später dann Thieles Kampf mit Spiders Terrier. Und dann noch die Kneipentour mit den Kollegen. Es kam selten vor, dass sie samstags zu viert unterwegs waren. Zum Glück hatte er seine Schnegge nicht wieder angebaggert – wenn man den Versuch, an ihrem Ohr zu riechen, nicht mitzählte. Er musste grinsen, als er daran dachte, wie Julia mit Lockenköpfchen herumgeknutscht hatte. Hätte er vielleicht doch das Mädchen auf der Unteren Brücke küssen sollen? Egal.

Im Nachhinein schien es ihm einer der verrücktesten und skurrilsten Tage, die er je erlebt hatte. Vor allem einer der längsten. Doch jetzt war Schluss, Zeit fürs Bett! Oder doch nicht? Er schaute zum Strichmännchen am Kühlschrank. Wie fies sein Grinsen wieder war. Es schien alle abscheuliche Grausamkeit der Welt widerzuspiegeln.

Schreiber nahm einen Schluck aus dem Glas, setzte es wieder auf die Tischplatte und beugte sich vor. Mit den Ellenbogen auf den Knien fixierte er das Männchen. Irgendwann wurde dessen Grinsen wieder so breit, dass die Mundwinkel die Ohren berührten – wie schon vor einigen Wochen. Nur jetzt schienen auch seine Haare zu vibrieren. Am Ende zwinkerte es Schreiber sogar zu und machte »Hihi!«.

»Hm. Wir scheinen ja heute besonders gut drauf zu sein, was?«, sagte der. »Kleiner Test. Bist du Spider?«

»Quatsch«, wiegelte das Männchen ab.

»Gut. Test bestanden. Kaufmann?«

»Möglich.«

»Hm.«

Schreiber nahm das Faltblatt des *Calimeros* vom Küchentisch, hielt es dem Männchen hin und deutete auf das Bild mit dem Mann, der Laura ansah.

Das kleine Monster zuckte die Schultern.

»Auch möglich«, sagte es. »Aber das musst du nun wirklich selbst rausfinden.«

»Werd' ich auch, kleines Arschloch«, zischte Schreiber und warf das Faltblatt zurück auf den Tisch. »Wir wissen jetzt, wie du die Hunde tötest.«

»Respekt. Mit dem Töten von Hunden kennst du dich ja aus.«

»Tsh!«, machte Schreiber abfällig. »Glaubst du kleiner Wicht ernsthaft, dass du mich provozieren kannst?«

»Ja.«

»Denk doch, was du willst.«

Schreiber ließ sich mit den Schultern zurück an die Wand fallen und musterte das Männchen. Das Bild flimmerte wie eine Fata Morgana. Erst jetzt fiel ihm auf, dass die Haare des kleinen Fieslings im dröhnenden Takt der Bahnhofsuhr vibrierten.

»Hey, Arschloch«, sagte Schreiber schließlich und beugte sich wieder vor. »Sag' mir nur noch eins. Warum? Warum mussten diese Mädchen sterben?«

Er war überrascht, als das Männchen tatsächlich antwortete.

4 Ausflüge

23. Mai bis 2. Juni

Schreiber schaltete mit der Fernbedienung den Fernseher aus, erhob sich vom Sofa und ging zum geöffneten Fenster. Er genoss die frische Abendluft und schaute nachdenklich über den Main-Donau-Kanal auf die Stadt, in der er aufgewachsen war. Es war Mittwoch, 18 Uhr. Er hatte gerade eine Boulevardsendung mit einem Bericht über die Mordfälle im Hainpark angeschaut. Der Beitrag war nicht besonders gut gewesen. Objektivität vorgaukelnd, zielte er im Grunde auf die Ängste des Zuschauers. Was brachte schon ein Interview mit einer jungen Studentin, die sagte, dass sie sich nicht mehr zum Joggen in den Hainpark traute? Doch was sollte man machen? Die Medien standen nun mal auf Gewalt. Morde waren immer gut – Serienmorde sogar der absolute Hit.

Schreiber steckte die Hände in die Taschen seiner grauen Freizeithose, lehnte sich an den Fensterrahmen und sah zu seinem alten, hölzernen Wohnzimmertisch. Eine Tageszeitung, die in ganz Deutschland erschien, lag dort. Sie war vom Tag zuvor. »Der Hainparkkiller tötet Maria!«, schrie die Schlagzeile auf der Titelseite ihn an.

Der Hainparkkiller. Jetzt hatte er also schon einen Namen. Das war immer schlecht, ebenso wie der ganze Artikel. Schreiber fragte sich, warum er ihn gleich zwei Mal gelesen hatte. »Für das erzkatholische Bamberg ist es, als wolle der Killer mit seinem zweiten Mord allen ins Gesicht spucken: Das Opfer trägt den Namen der Gottesmutter …«

»Bla, bla, bla«, murmelte Schreiber und schaute wieder aus dem Fenster. Ein schöner, lauer Frühlingsabend in Bamberg, überschattet von den Verbrechen im Park. Seit Tagen waren sie Thema Nummer eins. Emotionen kochten hoch, die Angst ging um, und die Medien gossen noch Öl ins Feuer. Hier und da behaupteten böse Zungen schon, dass die Polizei schliefe. Bamberg war im Ausnahmezustand.

Mit dem ganzen Rummel war der Druck auf die SoKo immens gestiegen. Schreiber hatte beinahe Mitleid, als er an den Chef denken musste, der buchstäblich im Dreieck hüpfte. Laut investierte einen erheblichen Teil seiner Arbeitszeit in die Kommunikation mit Reportern. Trotzdem hingen manche noch wie Geier vor der Kriminalpolizeiinspektion herum und mussten von den kommenden und gehenden Beamten regelrecht abgewimmelt werden. Der Bürgermeister hatte ebenfalls schon mit Laut gesprochen. Selbst der Innenminister war hellhörig geworden und hatte beim Polizeipräsidenten in Bayreuth nachgefragt, ob es in Bamberg auch genügend kompetente Leute für einen derartigen Fall gäbe. Laut hatte beim BLKA in München einen Profiler angefordert und Staatsanwalt Müller und dem Bürgermeister versprechen müssen, zur Ergreifung des Täters ›besondere Maßnahmen‹ in die Wege zu leiten.

Schreiber warf einen letzten verächtlichen Blick auf das Käseblatt. Er ging in die Küche, wo er zwei Tassen Kaffee aufsetzte und sich ein großes Brot mit Schinken und Käse belegte. Dazu eine frische Tomate, geviertelt mit etwas Salz. Als er sein Abendessen am Küchentisch verdrückte, lauschte er der Popmusik aus dem kleinen Radio auf dem Fensterbrett. Manchmal schielte er zum Strichmännchen am Kühlschrank hinüber. Er hatte keine Lust, mit dem kleinen Monster zu sprechen. Überhaupt fing es an, ihn zu nerven. Was hatte er sich nur dabei gedacht? Er setzte sich mit diesem Bildchen doch nur unnötig unter Druck. Es war allzeit präsent – wie ein Damoklesschwert, das bedrohlich über ihm hing.

Er stand auf, schob den Marienkäfer-Magneten zur Seite und nahm den Zettel ab. Noch ein letzter Blick auf den Giftzwerg. Dann würde er das Bild zerknüllen und in den Abfall werfen. Mit beiden Händen hielt er das Papier und begutachtete das Männchen. Es war nichts als eine dahingekritzelte, hässliche Zeichnung ohne jedes Leben. Sie konnte nicht atmen, sich bewegen oder gar sprechen.

Nach ein paar Sekunden hängte er sie wieder zurück an den Kühlschrank. Im Stehen stopfte er sich das restliche Schinkenbrot in den Mund, schenkte sich die zweite Tasse Kaffee ein und ging damit zurück ins Wohnzimmer. Das Faltblatt vom *Calimeros* nahm er mit.

Unter dem Schreibtisch vor dem Fenster stand sein Computer. Als der Rechner hochfuhr, schaute er auf die grüne Anzeige der Digitaluhr neben dem Flachbildschirm: 18 Uhr 23. Um 21 Uhr war er mit Thiele im *Il Centro* verabredet.

Die Begrüßungsmelodie ertönte. Schreiber klickte sich ins Internet. Auf der Website einer Suchmaschine aktivierte er die Option ›Bilder‹ und gab als Begriff ›Calimeros Bamberg‹ ein. Er dachte dabei an die Worte des Chefs vor genau vier Wochen bei der ersten Sitzung der SoKo Laura: »Und wenn er ihr nur in der Fußgängerzone auf den Po geschielt hat – ich will seinen Namen kennen!«

Sie hatten bis jetzt mit über 150 Menschen gesprochen, diejenigen, die Thiele und er nebenbei in den Kneipen befragt hatten, gar nicht mitgerechnet. Doch waren sie wirklich gründlich genug gewesen? Wohl kaum, denn der Mörder lief noch immer frei herum und Maria war tot.

Enter. 196 Treffer nach 0,4 Sekunden. Er klickte auf private Seiten von Gästen des *Calimeros* und auf Seiten diverser Stadtmagazine. Überall gab es zahllose Bilder aus der Gaststätte. Auf allen waren junge Leute beim Feiern zu sehen. Das *Calimeros* war die einzige von Lauras und Marias Stammkneipen, die Türsteher hatte – mindestens zwei an den Party-Abenden. Als Schreiber sich durch die Bilder klickte, fiel ihm auf, wie jung das Publikum war. Er schätzte das Durchschnittsalter auf 19. Ihm, der im Januar 41 werden würde, kamen die Gäste wie Kinder vor. Er wunderte sich ein bisschen, dass Laura und Maria überhaupt dort verkehrt hatten. Vor allem Maria, die ja immerhin schon Referendarin an einer Schule gewesen war. Doch auch sie hatte es wohl hin und wieder mal krachen lassen wollen.

Beim Ansehen der Bilder vergaß er die Zeit. Sein Kaffee wurde kalt. Irgendwann trank er ihn dennoch. Unermüdlich starrte Schreiber auf den Monitor: Laura? Maria? Der große Unbekannte, der eine von ihnen anstierte? Leicht bekleidete Mädchen, Menschengewühl, verschwitzte Körper, Gesichter, die mit geröteten Augen in die Kamera grinsten, knutschende Pärchen, die sich unbeobachtet fühlten …

Da! Diese Bilder sahen aus, als wären sie am selben Abend entstanden wie das auf dem Faltblatt. Schnell entdeckte er auf einigen Aufnahmen Laura und Carmen. Und da war auch das Foto vom Faltblatt. Er speicherte es ab, wofür er einen neuen Ordner anlegte. Er nannte ihn ›Laura-Maria‹. Fieberhaft suchte er weiter.

Vielleicht würde er ein besseres Bild von dem Mann finden, der nur klein und im Profil zu sehen war. Er versuchte es. Und tatsächlich: Da war er wieder! Etwas größer und im Halbprofil. Hinter vier Mädchen, die Küsschen in die Kamera warfen – zufällig mit im Bild, aber deutlich zu erkennen. Abspeichern. Er graste die restlichen Bilder der Seite ab, die einem Stadtmagazin gehörte. Er fügte die Startseite seinen Favoriten hinzu und nahm sich vor, mit der Redaktion Kontakt aufzunehmen.

Er wollte noch nach Fotos aus Lauras und Marias anderen Stammkneipen suchen und fing mit dem *Stilbruch* an. Die Bilder einer Rosenmontagsparty zeigten eine Band und wild tanzende Gäste in der brechend vollen Kneipe, doch leider keine der beiden Frauen. Schreiber ertappte sich dabei, wie er sich nicht mehr wirklich aufs Suchen konzentrierte, da seine Gedanken ständig um den Mann auf dem Faltblatt kreisten. Er verließ das Internet, öffnete die beiden gespeicherten Bilder nebeneinander und studierte sie eindringlich. Schon bald wurde ihm klar, weshalb ihm der Mann nicht aus dem Kopf ging. Er passte nicht ins Geschehen, auch wenn er mit seinem modischen blauen Hemd und den kurzen, schwarzen Locken gut aussah. Schreiber schätzte ihn auf etwa dreißig, und nur wenige Männer in diesem Alter feierten im *Calimeros*. Auch schien er zu niemandem zu gehören – ins *Calimeros* ging man an den Partytagen aber in Grüppchen oder zumindest mit einem Freund, weil man sich so ungezwungener ins Geschehen einfügen und besser an die Mädchen herankommen konnte.

Schreiber schloss das Fenster mit dem Bild vom Faltblatt, maximierte das andere und zoomte den Mann heran. Wie er so dastand, lässig an einen Holzpfeiler gelehnt. Ein Fläschchen mexikanisches Bier in der Hand, beobachtete er selbstsicher und berechnend die Lage. Wo er wohl gerade hinsah? Der Bildausschnitt verriet es nicht. Doch wenn die Aufnahme zeitnah zu dem anderen Bild entstanden war, konnte er auch hier zu Laura schauen.

Bei genauerem Hinsehen stellten sich Schreiber die Nackenhaare auf.

»Ein Haifisch in einem gottverdammten Goldfischbecken«, murmelte er.

Er sprang auf und lief in den Flur, wo er im Telefonbuch Carmens Nummer heraussuchte, sich den Hörer schnappte und wählte.

»Richter?«

»Hey, Carmen. David hier, ich meine Schreiber, der Bulle.«

»Hey Schreiber! Cool, dass du dich mal meldest«, sagte sie freudig, wurde jedoch schlagartig ernst, weil sie sich denken konnte, worum es ging. »Das ist ja schrecklich mit dieser Maria. Deine Kollegen haben mich gestern schon gefragt, ob Laura und ich sie kannten.«

»Und? Habt ihr nicht, oder?« Er hätte davon erfahren. Den Hörer am Ohr lief er zurück ins Wohnzimmer.

»Nicht wirklich«, bestätigte sie. »Vom Sehen natürlich schon. Aber die war ja einige Semester über uns. Stimmt's?«

»Schon fertig mit dem Studium«, sagte er, als er sich wieder auf dem grauen Bürostuhl vor dem Schreibtisch niederließ. »Carmen, du musst mir einen Gefallen tun. Inoffiziell, verstehst du?«

»Soso. Muss ich also. Na, dann schieß mal los.«

»Kannst du deinen Computer einschalten?«

»Ist schon an. Ich suche gerade im Internet was zum Anziehen.«

»Gut. Sehr gut.«

Schreiber bat Carmen, auf die Startseite des Stadtmagazins zu gehen, von wo aus er sie zum richtigen Bild lotste.

»Hast du ihn?«, fragte Schreiber gespannt.

»Der Typ im blauen Hemd?«

»Ja. Und? Kennst du den?«

»Leider nur vom Sehen. Aber ich kann mich an den Abend erinnern.«

»Okay, erzähl!«

»Na ja. Richtig viel gibt's da nicht zu erzählen. Wir haben ein bisschen Party gemacht. Irgendwann hat der Typ Laura angequatscht und wohl versucht, sie anzumachen. Ich weiß nicht, was er gesagt hat, weil ich mich gerade mit einer Freundin unterhalten habe. Laura hat ein paar Sätze mit ihm gesprochen, wohl um ein wenig zu flirten. Gut ausgesehen hat er ja. Aber sie ist nicht so richtig warm geworden mit ihm. Außerdem war sie damals noch mit Tom zusammen. Als der Typ sich umdrehte, um was zu bestellen, hat sie mich mit ihrem Hol-mich-da-raus-Blick angesehen. Na ja. Das war dann aber nicht mehr nötig, weil Tom und Sven gekommen sind.«

Pause.

»Ja und?«, drängte Schreiber. »Weiter! Was ist dann passiert?«

»Da war nichts weiter. Der Typ war ja auch nicht blöd. Als Laura dem Tom um den Hals gefallen ist, hat er natürlich gleich gemerkt, wie der Hase lief und sich dezent zurückgezogen. Begeistert war er wohl nicht, aber richtig schlimm kann's auch nicht für ihn gewesen sein. Ich hab noch mitgekriegt, wie er sich später eine andere gekrallt hat. Mit der ist er dann abgezogen.« Sie schwieg ein paar Sekunden. »Das war's dann aber wirklich. Also, wenn du den suchst, ich hab' ihn auch schon im *Il Centro* gesehen. Baggert immer rum.«

»Gut, Carmen. Danke. Aber warum hast du mir das nicht früher erzählt?«

»Na, du bist lustig, Schreiber. Ich bräuchte wahrscheinlich ein Jahr, um dir von allen Männern zu berichten, die Laura angesprochen haben. Ich meine, das war nichts Außergewöhnliches.«

Das Bild anstarrend, nickte er.

»Schreiber?«, kam es aus der Leitung.

»Verstehe. Weißt du noch, wie lange die Geschichte her ist?«

»Ungefähr ein dreiviertel Jahr, würde ich sagen.«

»Gut, Carmen, echt gut. Kannst du mir sagen, ob du im Internet andere Typen erkennst, die Laura angesprochen haben? Natürlich nur, wenn du Zeit hast.«

»Klar kann ich mich ein bisschen umsehen. Laura war meine beste Freundin, schon vergessen?«

»Natürlich nicht. Sorry.«

Sie verabschiedeten sich, und Schreiber legte den Hörer neben die Tastatur. Mit einem Bildbearbeitungsprogramm schnitt er die vier Mädchen aus der Aufnahme heraus. Dann druckte er das neu entstandene Bild mit dem Mann im Mittelpunkt zwei Mal in Postkartengröße auf Fotopapier aus – Schreibers häuslicher Arbeitsplatz war technisch gut ausgerüstet.

Er kam gerade noch pünktlich ins *Il Centro* zur Verabredung mit Thiele.

»Nicht schlecht«, sagte sie, als er ihr an der Bar eines der Bilder gab. »Könnte interessant sein, auch wenn's erst mal nur ein Typ ist, der Laura angemacht hat.«

Sie arbeiteten sich Mineralwasser trinkend vom *Il Centro* über das *Calimeros* zum *Stilbruch* vor. Den Mann auf dem Foto entdeckten sie nirgends.

»Der läuft uns sicher irgendwann über den Weg«, sagte Schreiber, nachdem er gegen 23 Uhr 30 im *Stilbruch* sein Glas geleert hatte. »Jede Wette. Bamberg ist doch auch nur ein Dorf.«

»Klar«, pflichtete Thiele ihm bei.

Einhellig beschlossen sie, dass sie sich jetzt ein Bier verdient hatten. Sie tranken es oben in der *Blues-Bar*, wo sie mit wenigen anderen Gästen schweigend den Klängen von Dady Eggerts akustischer Gitarre lauschten. Dady war einer von Bambergs bekanntesten Musikern, ein so genanntes ›Urgestein‹. Schreiber wusste nicht mehr, vor wie vielen Jahren oder Jahrzehnten er ihn zum ersten Mal gehört hatte.

Kurz nach Mitternacht gingen sie entspannt wie nach einer gründlichen Massage nach Hause. Sie trennten sich an der Ringleinsgasse.

Es war eine wolkenlose, sternenklare Nacht.

Der Frühling kam manchen Bambergern vor wie ein vorgezogener Sommer. Der Samstag war, wie viele der vorherigen Tage, verwöhnt von Sonnenschein und hohen Temperaturen. Familie Thiele hatte beschlossen, ins Hainbad zu gehen, dem beliebten Flussbad am linken Regnitzarm. Für das Schwimmen im Fluss war das Wasser noch etwas kalt – abgesehen davon, dass es offiziell verboten war – aber Sophie und Pete würden sich auf der Wiese sonnen, und für die kleine Louisa gab es das Kinderbecken und den Spielplatz mit jeder Menge Sand.

»Wann kommt denn die Mama?«, wollte das Mädchen wissen.

»Dauert nicht mehr lange«, antwortete Pete, der in Shorts vor ihr auf dem bunten Badetuch kniete, die Träger ihres Badeanzugs richtete und ihr die Arme mit Sonnencreme einrieb. »Sie bringt den David mit.«

»Au ja! Onkel David!«, jubelte Louisa, klatschte in die Hände und hopste vor Freude.

Pete verdrehte nur die Augen. Er hatte es aufgegeben, seiner Tochter abgewöhnen zu wollen, jeden Bekannten der Familie Onkel zu nennen.

Es war kurz nach neun.

Thiele und Schreiber schoben ihre Fahrräder über die Steinbrücke bei der Buger Spitze zum kleinen Parkplatz neben der Minigolfanlage am Oberen Leintritt. Dem Wetter angepasst, trugen sie T-Shirts, Schildmützen und Sonnenbrillen. Ihre Beine steckten jedoch nicht in Shorts, sondern in Jeans. Sie wollten sich nicht im Unterholz die Waden zerkratzen, wenn sie die Wege des Mörders nachvollzogen.

»Hier stellt er sein Auto ab«, sagte Thiele und hielt bei den ersten Parkmöglichkeiten direkt nach der Brücke, wo der Mantrailer-Hund die Spur verloren hatte. Sie schaute in Richtung Bug, wo Bäume die Sicht verdeckten, und geradeaus zur Minigolfanlage. »Man kann ihn von den ersten Häusern aus schlecht sehen und beim Minigolf ist so früh noch niemand. Was fährt er für ein Auto?«

»Bestimmt was Unauffälliges. Irgendein Mittelklasse-Fahrzeug«, sagte Schreiber. »An einen teuren Sportwagen oder eine rostige Klapperkiste würden sich Passanten eventuell erinnern.«

»Er holt den Bogen aus dem Wagen«, fuhr Thiele fort. »Einen zum Zusammensetzen, den er unauffällig in einer Tasche transportieren kann.«

»Hm.« Schreiber nickte und schob sein Fahrrad zurück auf die Brücke in Richtung Luisenhain. Thiele holte ihn ein und lief neben ihm her.

»In der Tasche hat er auch Pfeile«, sagte Schreiber. »Das Klebeband zum Fesseln und etwas zum Schneiden, damit er es später schnell entfernen kann. Eine Schere oder ein Messer. Ich würde ein Messer nehmen. Was noch?«

»Ein Kondom und etwas zum Zuschlagen. Wie gesagt, einen Freefight-Handschuh vielleicht.«

Sie erreichten die andere Seite, ließen rechts den Tretbootverleih hinter sich und bogen auf den Uferweg stadteinwärts.

»Er plant, die Frauen irgendwo zwischen hier und der großen Liegewiese zu überfallen. Woher weiß er, dass sie hier entlangkommen?«, überlegte Schreiber weiter.

»Er ist morgens öfters selbst den Weg gelaufen und hat sie gesehen – wahrscheinlich als Jogger, um nicht aufzufallen. So früh sind nur Hundebesitzer und Jogger unterwegs.«

»Okay. Er sieht sie also mehrmals und kennt so ihre Gewohnheiten. Jetzt braucht er eine geeignete Stelle, um zuzuschlagen.«

Sie hielten und sahen nach links. Durch das gelbgrün leuchtende Laub der Bäume am Ufer erkannten sie auf der anderen Seite des Flusses die Jugendherberge am Oberen Leintritt.

»Von dort drüben dürfte man in der Morgendämmerung nicht viel vom Weg sehen«, stellte Thiele fest. »Abgesehen davon, dass so früh am Tag noch niemand wach ist.«

Schreiber nickte und schaute nach rechts in den Wald.

»Der Park ist hier ziemlich breit. Die Vegetation recht dicht. Die Stelle wäre gut.«

»Er hat's aber weiter vorne getan. Gehen wir.«

Nach einer Weile passierten sie den steinernen Pavillon, der auf einer kleinen Grünfläche vor dem Wald stand. Ein ungeeigneter Platz für einen Hinterhalt. Irgendwann kamen sie an Lauras und Marias Fundorte. Die beiden Stellen lagen tatsächlich nur fünfzehn Meter auseinander. Die Polizisten lehnten die Räder gegen einen Baum und sahen sich um. Der Blick aufs andere Flussufer war weitgehend durch Bäume, die sich auf der Böschung neben ihnen übers Wasser neigten, verstellt. Auf der anderen Seite befand sich ein bewaldeter steiler Hang, und das nächste Haus war fast schon außer Sichtweite.

Der Park auf der anderen Seite des Weges war auch hier recht uneinsehbar. Zahlreiche junge Bäumchen standen am Waldrand, auch der Bereich dahinter war dicht bewachsen.

»Gute Stelle«, sagte Thiele und verschränkte die Arme. »Aber ich sehe immer noch nicht, wie er's gemacht haben soll. Ich meine: Die Mädchen kommen an. Er schießt ihre Hunde ab, ohne dass sie's merken. Dann überfällt er sie und all das praktisch ohne Zeugen. Ich verstehe es nicht.«

»Beruhig dich, Schnegge«, beschwichtigte Schreiber. »Um das zu begreifen, sind wir ja hier. Gehen wir es mal der Reihe nach durch.«

Sie hörten ein joggendes Pärchen näherkommen und warteten, bis die beiden vorbei waren. Schreiber kratzte sich die Kopfhaut unter seiner braunen Baseballmütze, stemmte die Hände in die Hüften und sah auf seine Füße.

»Also. Wie würde ich an seiner Stelle vorgehen?«,

begann er, hob den Kopf und schaute den Weg hinauf und hinunter. »Jedenfalls würde ich nicht mit meiner Tasche und dem ganzen Krempel hier herumstehen. Ich würde erst mal ein Stück in den Wald gehen, wo ich in Ruhe meinen Bogen zusammensetzen kann.«

Er bog die Zweige junger Ahornbäumchen zur Seite und schritt voran. Thiele folgte ihm geduckt und mit vorgehaltenen Händen, damit ihr die Äste nicht ins Gesicht schnellten. Nachdem sie etwa fünfzehn Meter zurückgelegt hatten, überkam sie ein andächtiges Gefühl. Sie wussten, dass sie sich ganz in der Nähe der Tatorte befanden.

Sie blieben stehen.

»So. Mein Bogen ist bereit«, überlegte Schreiber weiter. »Aber jetzt kann ich nicht einfach warten, bis sie kommen und drauf los schießen. Ich muss erst mal sichergehen, dass keine Zeugen in der Nähe sind. Hm.« Er sah zum Weg hinüber. »Von hier aus kann ich das nicht feststellen. Ich gehe also wieder nach vorne und leg' mich irgendwo auf die Lauer. Den Bogen und die restlichen Sachen kann ich ja hierlassen.«

Er ging zurück zum Weg. Thiele folgte ihm schweigend, um ihn nicht in seiner Konzentration zu stören. Ohne ihre Fahrräder liefen sie stadteinwärts, bis der Wald sich lichtete und die große Liegewiese vor ihnen auftauchte.

»Gut«, sagte Schreiber, als er stehen blieb. »Von hier aus kann ich den ganzen Weg entlang der Wiese bis hin zum Münchner Ring einsehen. Das sind locker dreihundert Meter. Ich muss mich nur hinter einem Baum verstecken und warten, bis mein Opfer unter der großen Hainbrücke aus dem Theresienhain kommt. Wenn sie auftaucht, sehe ich auch, ob der Hund wie gewohnt frei herumläuft. Dann lass ich sie ein gutes Stück zurücklegen. Sie dürfen mir aber nicht zu nahe kommen. Sonst bemerkt mich der Hund. Sagen wir einmal bis kurz vor die Stelle, wo der romantische Dichter E. T. A. Hoffmann den sprechenden Hund Berganza getroffen hat ...«

»Ich bin beeindruckt«, murmelte Thiele.

»... dann schau ich, ob auf den zweihundert Metern hinter ihr jemand ist«, fuhr er ungerührt fort. »Wenn nicht, sprinte ich zurück zu meinem Bogen.«

»Dafür muss er gut in Form sein.« Thiele konnte sich jetzt doch nicht mehr zurückhalten.

»Genau.« Er sah sie an und deutete mit dem Finger auf sie. »Aber so würde es funktionieren. Wenn nicht gerade überraschend ein Fahrradfahrer auftaucht, ist er für einige Zeit vor Zeugen sicher.« Er hielt inne. »Wenn allerdings doch Menschen in der Nähe sind, kann er seinen Plan vergessen. Es ist also wahrscheinlich, dass er öfter auf der Lauer gelegen hat, ehe er zuschlagen konnte. Gehen wir zurück.«

Als sie etwa hundert Meter gelaufen waren, drehten sie sich noch einmal um. Schreiber nahm die Sonnenbrille ab und spähte mit zusammengekniffenen Augen zurück.

»Den Weg neben der großen Wiese kann man auch von hier aus ziemlich weit einsehen«, sagte er. »Er kann sich noch einmal vergewissern, dass inzwischen niemand hinter den Mädchen aufgetaucht ist.«

Er setzte die Brille auf das Schild seiner Mütze, bevor sie zu den Fundorten beim Flussufer liefen.

»So weit, so gut«, begann jetzt Thiele. »Hier kommen sie also vorbei. Aber der Täter kann unmöglich wissen, ob die Hunde weit genug vorauslaufen, damit er sie unbemerkt erschießen kann.«

»Doch davon, dass sie überhaupt vorauslaufen – davon kann er ausgehen«, hakte Schreiber ein. »Das machen alle Hunde im Park. Er muss nur dafür sorgen, dass sie sich noch etwas weiter als üblich von ihren Frauchen entfernen.«

»So ist es«, bestätigte Thiele. »Er lockt sie also irgendwie an. Am besten würde es mit einer Hundepfeife gehen. Die meisten Hunde rennen einfach drauf los, wenn irgendwo eine ertönt. Das menschliche Ohr kann den Pfiff zwar auch ein bisschen hören, aber selbst wenn die Mädchen was bemerken: Es ist nichts Außergewöhnliches, dass hier jemand nach seinem Hund pfeift.«

»Nun gut. Er hat also so ein Ding bei sich. Vielleicht pustet er hier schon mal rein, damit die Hunde etwas Gas geben. Er geht in den Wald und liegt mit dem Bogen auf der Lauer.«

Wieder bahnten sie sich ihren Weg durchs Unterholz in Richtung der Tatorte.

»Er pfeift«, fuhr Schreiber fort, als er raschelnd voranschritt. »Die Hunde verlassen den Weg und kommen auf ihn zu. Er schießt, wenn sie etwa fünf bis zehn Meter von ihm entfernt sind. Der Pfeil nimmt dann genügend Fahrt auf.«

»Wahnsinn«, staunte Thiele. Er muss Nerven wie Drahtseile haben. Wenn er sie verfehlt, bleibt ihm kaum Zeit für einen zweiten Versuch. Denn auch wenn er die Hunde angelockt hat – die Mädchen tauchen in den nächsten Sekunden hier auf. So sportlich wie die beiden waren, sind die ja mit Sicherheit nicht im Schneckentempo gelaufen.«

Sie blieben stehen, blickten zurück und versuchten sich vorzustellen, wie zwischen den Bäumen ein Hund auf sie zugelaufen kam. Thiele nahm ihre Sonnenbrille ab und hängte sie mit dem Bügel in den Ausschnitt ihres T-Shirts.

»Ich finde es auch irre«, stimmte Schreiber ihr zu. »Aber er trifft sofort tödlich. Und weil es laut Fritz wohl praktisch keinen Todeskampf gab, hat er sogar noch etwas Zeit, die Kadaver ein Stück in den Wald zu ziehen, bevor er sich erneut auf die Lauer legt. Der Bogen ist schnell irgendwo versteckt. Der Freefight-Handschuh – falls er einen hat – ist im Nu übergestreift.«

»Die Mädchen kommen und rufen ihre Hunde, die sie mittlerweile vermissen«, übernahm Thiele wieder. »Sie fangen an zu suchen und laufen ihm direkt in die Arme. Wahrscheinlich schlägt er genau dann zu, wenn sie die Tiere finden, weil sie in diesem Augenblick abgelenkt sind.«

Sie stemmte die Fäuste in die Hüften und sah sich um. »Mal sehen. Er könnte die toten Hunde gleich bei einem der Bäume ablegen, hinter dem er sich dann selbst verbirgt. Das Überraschungsmoment wäre noch größer …«

»Trotzdem nicht so einfach«, warf Schreiber ein. »Laura war ja noch nichts ahnend und betrieb keinen Kampfsport. Aber Maria konnte Karate und wusste außerdem, dass man derzeit im Hainpark auf der Hut sein muss.«

»Stimmt. Aber auch Maria wäre nicht ohne ihren Hund nach Hause gegangen. Und dass jemand regelmäßig Karate trainiert, bedeutet noch lange nicht, dass es unmöglich ist, bei demjenigen einen Schlag anzubringen.«

»Unmöglich vielleicht nicht. Aber schwieriger, als bei anderen. Jemand, der selbst Kampfsport trainiert oder einen Sandsack zu Hause hat, an dem er Schnelligkeit und Schlagkraft steigern kann, wäre deutlich im Vorteil.«

»Klar. Er muss gut in Form sein.«

Plötzlich wurden sie still. Sie waren in ihren Überlegungen an dem Punkt angekommen, wo die Mädchen vergewaltigt wurden.

»Okay«, begann Schreiber irgendwann. »Die Mädchen sind besinnungslos. Er fesselt sie mit Klebeband und hält das Kondom bereit. Was dann kommt, dauert wohl nicht allzu lange, wegen möglicher Zeugen. Man kann zwar vom Weg aus nicht viel sehen, aber hören durchaus. Es könnte jederzeit jemand auftauchen.«

Thiele nickte.

»Na ja«, fuhr er fort. »Wenn alles vorbei ist, hat er es schon etwas leichter. Falls jemand kommt, verhält er sich einfach ruhig. Ansonsten packt er seinen Kram zusammen und wirft danach die Hunde und die Mädchen in den Fluss.«

»Und dabei war er beim zweiten Mal nicht vorsichtig genug.«

Schweigend ordneten sie ihre Gedanken, als sie ihre Räder den Weg entlangschoben – vorbei an der großen Liegewiese über eines der Brückchen unter der Hainbrücke in Richtung Hainbad. Auf halber Strecke zwischen dem Druidentempelchen und dem Bootshaus setzten sie sich in stiller Übereinkunft auf eine der Parkbänke, wo sie einigen Enten bei ihrer Morgentoilette im Flusswasser zusahen.

»David.«

»Hm.«

»Wieso bringt er sie um? Ich meine, er kann sein Gesicht verbergen, zum Beispiel hinter einer Skimaske. Außerdem schlägt er sie besinnungslos.«

Schreiber atmete tief durch.

»Ich denke, er hat seine Gründe«, begann er. »Mohamed hat gesagt, dass Lauras Mund noch leicht klebrig war. Ihr wurden die Lippen mit Klebeband verschlossen. Sie sollte also nicht schreien können, und das heißt, sie war wahrscheinlich bei Bewusstsein, als er sie missbraucht hat. Es ist also sicherer, sie zu töten. Sie könnte ihn womöglich durch irgendein verräterisches Detail identifizieren – falls er überhaupt eine Maske getragen hat.«

»Wie meinst du das?«

»So, wie ich es sage. Vielleicht will er ja, dass sie in sein Gesicht schauen. Er findet es toll, wenn sie ihn ansehen. Es geilt ihn auf. Das ist ein absolut perverses Schwein, verstehst du? Solche Verbrechen haben doch immer etwas mit Macht zu tun. Er ist der Stärkere und zeigt ihnen, wo es lang geht. Es erregt ihn, die Angst in ihren Augen zu sehen, wenn er sich an ihnen vergeht und auch dann, wenn er sie tötet. Vielleicht gerade dann. Töten gibt ihm einen Kick, verstehst du?«

Thiele hatte aufmerksam zugehört. Ihre Augen hatten durch die Enten hindurch gesehen.

»Nein. Das verstehe ich nicht. Wie könnte ich?«, begann sie tonlos, ohne ihren Blick von den Tieren zu nehmen, die sich im Wasser aufrichteten, quakend mit den Flügeln schlugen und dabei feine Tröpfchen umherspritzten, die im morgendlichen Sonnenlicht wie kleine Diamanten glitzerten.

»Aber begreifen tu ich's. Und es ist mit Abstand das Abscheulichste, was mir in all den Jahren untergekommen ist.« Sie atmete tief durch. »Oh Mann. Hast du nicht auch manchmal das Gefühl, dass wir in einen ganz tiefen Abgrund blicken?«

»Ja«, antwortete Schreiber und dachte an sein letztes Gespräch mit dem Kühlschrankmännchen.

Wie ein Fährtensucher kniete er neben dem Sandsack im Fitnessraum, summte eine frei erfundene Melodie vor sich hin und platzierte die Hundepfeife rechts außen. Fertig. Er erhob sich und begutachtete zufrieden sein Werk. Fein säuberlich in Reih und Glied lagen die einzelnen Teile seiner Ausrüstung vor der großen blauen Sporttasche auf dem Parkettboden.

Er betrachtete die Objekte und ging alles noch einmal durch. Der Bogen – zerlegt. Daneben die Sehne, die war noch gut. Drei Jagdpfeile, einer davon neu. Den alten hatte er entsorgt. Es war so gut wie unmöglich, alle Blutspuren restlos zu beseitigen. Das wusste er aus Krimis. Der Freefight-Handschuh. Damit konnte er schnell genug zuschlagen und schützte seine Hand gegen verräterische Blutergüsse. Das Klebeband. Es war nicht notwendig gewesen, ein neues zu kaufen, da er keine Reste hinterlassen hatte, die sie mit diesem hier vergleichen konnten. Kondome – er musste lächeln. Sein altes Springmesser, das Fernglas und die Hundepfeife. Neue Sneaker fehlten noch. Die alten hatte er zusammen mit dem Pfeil verschwinden lassen. Er würde die Schuhe heute kaufen, in einem anderen Geschäft als die letzten und natürlich gegen Barzahlung.

Gut. Bald konnte es wieder losgehen. Kurz vorher wieder die Schamhaare rasieren – aber nicht in der letzten Minute. Würde er sich schneiden, so konnte er eine Blutspur an der Leiche hinterlassen. Er nagte an der Unterlippe und überlegte, ob sie beim letzten Mal vielleicht doch eine Hautschuppe an ihr gefunden hatten – wo er sie doch nicht in den Fluss geworfen hatte.

»Nie im Leben«, murmelte er.

Und selbst wenn. Die Schuppe musste immer noch für ein DNA-Profil ausreichen. Und das war nicht so häufig der Fall. Er hatte erst kürzlich eine Crime-Doku darüber gesehen.

Er verstaute die Gegenstände ordentlich in der Sporttasche und stellte sie in die Ecke.

In der Küche schenkte er sich eine Tasse Kaffee ein und schlenderte gut gelaunt damit ins Wohnzimmer, wo er es sich in seinem Lieblingssessel bequem machte und auf DVD eine amerikanische Krimiserie anschaute. Es ging um die Arbeit von Spurensicherern, die mit modernsten wissenschaftlichen Methoden Mörder überführen. Sehr interessant. Und nicht nur das: Eine der Darstellerinnen hatte verblüffende Ähnlichkeit mit der singenden Polizistin aus dem *Live Club*.

Als sie groß im Bild zu sehen war, drückte er die Pausentaste. Er nahm einen Schluck Kaffee und begutachtete das Standbild. Ja, sie sah ihr wirklich zum Verwechseln ähnlich. Genau sein Typ. Doch es kam nicht in Frage, sich an die Bamberger Polizistin heranzumachen. Er war nicht so dumm, wie die Serientäter in den Krimis, von denen es immer hieß, dass sie im Grunde erwischt werden wollten, weil sie wussten, dass ihre Taten Unrecht waren. Unrecht oder Recht – was war das schon? Begriffe für das, was die Mehrheit für richtig oder falsch hielt. Worte, mit denen man nur den Schutz der Schwachen rechtfertigen wollte. Nur leere Worte, die es in seiner Welt nicht gab. Er wusste, wie die Realität aussah: Es gab Starke und Schwache. Und er war der Stärkste. Es gab Leben und Tod, Überleben und Sterben. Alles dazwischen war doch nur ein großes Spiel, bei dem die Starken ihre eigenen Regeln aufstellten.

Zwischen Geburt und Tod hatte man Zeit für Spaß, und den würde er haben.

Doch selbst der Stärkste konnte es nicht mit einer großen Übermacht aufnehmen.

»Nein Baby, von dir lass ich erst einmal die Finger«, murmelte er dem Standbild zu und ließ den Film weiterlaufen.

»Kannst David zu mir sagen«, sagte Schreiber zu Gunter Steinert, der ihm auf dem Bogenschießplatz gegenüberstand.

Die Hände in die Hüften gestemmt, begutachtete er kritisch Schreibers Körperhaltung. Der Schütze trug wieder ein Muskelshirt, das den Blick auf den Tiger erlaubte. Die SoKo Hainpark hatte ihn überprüft. Am Morgen von Marias Ermordung hatte er um 7 Uhr 30 mit seiner Frau und den beiden Töchtern in seinem Haus in Scheßlitz gefrühstückt, denn die Familie stand immer früh auf.

Da er als Verdächtiger kaum noch in Frage kam, hatte Schreiber keine Bedenken, sich von ihm im Bogenschießen unterweisen zu lassen. Natürlich musste man als Polizist immer darauf bedacht sein, keine Dienstgeheimnisse auszuplaudern.

Es war Samstagnachmittag. Schreiber hatte im Hainbad erst mit Louisa im Sandkasten gespielt und danach mit Pete über die Verrohung und Verdummung der heutigen Jugend gelästert. Dennoch hatte er nicht richtig abschalten können. Irgendwann hatte er sich verabschiedet, um kurz nach Hause und von dort aus weiter zum Schützenhaus zu radeln, wo er gleich zwei Fliegen mit einer Klappe schlagen wollte: Bogenschießen lernen, und sich dabei ein wenig in den Mörder hineinversetzen.

Am großen Holztisch vor dem Häuschen mit den Leihbögen saß dieselbe Gruppe wie vor einer Woche. Die beiden Frauen tratschten, während die zwei Männer und die drei Jungen Schreiber neugierig zusahen. Der Polizist stand breitbeinig in etwa fünfzehn Metern Entfernung zur Scheibe, den Bogen mit eingelegtem Pfeil vor die linke Hüfte gesenkt.

»In Ordnung«, begann Steinert. »Also David, das sieht schon nicht schlecht aus. Jetzt hebst du den Bogen und spannst die Sehne, bis das Ende des Pfeils bei deinem Mundwinkel oder an deiner Wange ist. Dabei atmest du ein.«

Schreiber wollte es tun.

»Langsam. Nicht so hastig. Lass mich noch zu Ende erklären«, unterbrach ihn Steinert. »Du hältst die Luft an und fixierst mit beiden Augen das Ziel. Mit beiden Augen, hörst du? Nicht zu lange warten. Sonst fängst du an, zu zittern. Dann lässt du die Sehne zügig aus den Fingern gleiten. Aufpassen, dass du den Bogen nicht verreißt. Klar?«

»Klar.«

»Na gut. Dann versuch's mal.«

»Dieses Lederding an den Fingern nervt«, quengelte Schreiber, nahm die rechte Hand mit dem Fingerschutz vom Ende des eingelegten Pfeils und hielt sie Steinert hin. »Sitzt das auch wirklich richtig so?«

»Jaja.« Steinert winkte ab. »Mach dich nicht verrückt. An den Finger-Tab hast du dich nach den ersten paar Pfeilen ruckzuck gewöhnt.«

»Na, wenn du meinst.«

Schreiber trat nervös von einem Bein aufs andere und versuchte, sich zu konzentrieren. Er zog die Sehne aus, bis sie an das Schild seiner Kappe stieß. Irritiert setzte er ab, drehte seine Kopfbedeckung nach hinten und probierte es erneut. Als er schließlich das Ziel fixierte, kam er sich vor wie in seiner Kindheit beim Indianer spielen, nur größer und mächtiger. Eine Art Jagdinstinkt packte ihn. Er ließ los.

»Wow«, murmelte er, als der Pfeil eine Sekunde später dumpf ins dicht zusammengepresste Stroh drang. Immerhin schon auf der Scheibe – eine Fünf oder Sechs schätzte er von Weiten.

»Nicht schlecht«, lobte Steinert. »Das war schon ganz ordentlich. Jag' gleich noch ein paar hinterher.«

»Cool.«

Schreiber schoss sogleich sechs weitere Pfeile ab, die neben ihm griffbereit in der Erde steckten. Die anfängliche Unsicherheit fiel von ihm ab. Er dachte nicht mehr an den Finger-Tab, die Zuschauer am Tisch oder die beiden Herren um die sechzig, die links und rechts neben ihm schossen.

Als er die Pfeile zusammen mit Steinert herauszog, freute er sich, dass einer bereits am Rande des gelben Zentrums saß.

»Hast du schon was gespürt?«, fragte Steinert lächelnd.

»Ja. Ist ein tolles Gefühl«, bestätigte Schreiber.

»Gut. Dann lernst du es jetzt richtig.«

Sie gingen zurück und steckten die Pfeile wieder in die Erde. Schreiber nahm den Bogen von dem kleinen Metallgestell, auf dem er ihn zurückgelassen hatte und schaute Steinert erwartungsvoll an.

»Also, die Bewegungsabläufe und die Atmung hast du drauf«, erklärte dieser. »Aber das ist nur der Anfang. Richtig interessant ist eigentlich die mentale Seite, also die Konzentration. Darauf kommt es im Grunde an. Ich sage immer, Bogenschießen ist zu 90 Prozent Kopfarbeit. Du musst versuchen, dich vollkommen zu konzentrieren, alles andere auszublenden, bis es nur noch deinen Pfeil und das Ziel gibt. Vor allem das Ziel. Es muss für dich zum Mittelpunkt des Universums werden.«

»Mittelpunkt des Universums. Verstehe.«

Schreiber faszinierten diese Ausführungen. Er konnte kaum erwarten, es zu versuchen.

»Probier es aus«, erlöste ihn Steinert. »Ich werde ganz ruhig sein.«

Schreiber sah nach unten, atmete drei Mal tief durch, um mit versteinertem Blick den Bogen zu heben und dabei die Sehne zu spannen. Luft anhalten. Loslassen. Und tatsächlich: Der Pfeil kratzte das Gelbe.

»Yeah«, sagte er, als er den Bogen sinken ließ.

»Bist ein Naturtalent«, lobte Steinert wieder.

»Danke. Hast es aber auch gut erklärt«, gab Schreiber das Kompliment zurück.

»Aber du kannst noch besser treffen«, bremste ihn sein Lehrer. »Die Konzentration lässt sich noch steigern. Ich hab's an deinem Gesicht gesehen. Du musst versuchen, an einen Punkt zu kommen, an dem du dich wie in Trance fühlst, an dem das Gelbe für dich wirklich das Zentrum des Universums ist. Du kriegst eine Art Tunnelblick. Dann weißt du schon, dass du triffst, wenn du die Sehne loslässt. Verstehst du?«

»Hm. Glaube schon.« Schreiber nickte.

»Gut. Dann lasse ich dich jetzt ein wenig alleine weiter üben. Okay?«

»Okay. Danke.«

Steinert ging ins Häuschen, wo er sich einen Pott Kaffee holte, mit dem er sich zu seinen Vereinskollegen an den Holztisch setzte.

»Nicht schlecht, der Bulle«, hörte Schreiber einen der Männer sagen. Das restliche Gespräch blendete er aus. Schließlich wollte er beherzigen, was sein Lehrer ihm nahegelegt hatte. Er versuchte, immer höhere Ebenen der Konzentration zu erreichen. Nach und nach stellte sich ein faszinierendes Gefühl ein – eine Mischung aus innerer Ruhe und Machtgefühl. Er traf jetzt öfter ins Zentrum. Das fühlte sich gut an.

Irgendwann wechselte er zu einer Scheibe, die weiter entfernt stand, etwa achtzehn Meter. Auch dort schnitt er, nach etwas Übung, nicht schlecht ab. Als er am Ende einer Serie den siebten Pfeil einlegte und das Gelbe anstarrte, trat Steinert wieder neben ihn.

»Fleißig, fleißig, David«, störte er seine Konzentration.

»Äh, ja, danke. Macht aber auch wirklich Spaß«, entgegnete Schreiber und steckte den letzten Pfeil vor sich in die Erde.

»Und weil du so brav geübt hast, gibt's jetzt eine kleine Belohnung«, witzelte Steinert, zog einen roten Luftballon aus seiner Jeans und blies ihn auf, bis er ein bisschen größer war als das gelbe Ziel. Schreiber, dem diese Idee sofort gefiel, grinste dankbar. Sie gingen gemeinsam zur Scheibe, wo er die Pfeile herauszog und Steinert den Ballon mit einem Stück Draht befestigte.

Zurück am Ausgangspunkt bezog Schreiber Stellung, legte einen Pfeil ein, atmete tief durch und starrte den Ballon an, der aus achtzehn Metern Entfernung plötzlich sehr winzig aussah.

»Stopp!«, unterbrach ihn Steinert, als er den Bogen heben wollte.

Schreiber sah ihn an.

»Nur ein Schuss, David«, sagte Steinert bestimmt. »Dann muss der Ballon verschwunden sein, verstehst du?«

Schreiber nickte. Er starrte zum Ballon und ließ den

Blick zurück auf die Erde sinken. Bogen heben und Sehne zu spannen, Luft anhalten, Loslassen – wie schon so oft heute.

Daneben. Enttäuscht ließ er den Bogen sinken.

»Okay, okay.« Steinert hob beide Hände. »Vergiss es einfach. Tun wir so, als wäre dein nächster Schuss der erste.«

Schreiber grinste ihn müde an und Steinert lächelte zurück.

»Also David«, sagte er. »Ist der Ballon jetzt fällig, oder nicht? Komm schon! Ich weiß, du kannst das! Konzentrier' dich!«, beschwor er seinen Schüler eindringlich.

Schreiber verstand und versuchte es erneut. Sein Blick war so regungslos wie der einer Wachsfigur, als er den Ballon fixierte. Er schien jetzt viel größer zu sein, das im Sonnenlicht leuchtende Rot blendete ihn. Plötzlich spürte Schreiber, dass er ihn hatte.

»Du bist der Größte! Dieser kleine Ballon ist jetzt schon Geschichte!«, glaubte er beinahe eine innere Stimme sagen zu hören.

Schlagartig begriff er, wie sich der Mörder beim Töten der Hunde fühlen musste, wie es ihm Spaß machte, seine Macht mit dem Bogen auszuspielen, wie es ihn regelrecht erregte, die Tiere mit dem Pfeil niederzustrecken. Ja, das war es: Der Mörder sah sich wie einen mächtigen Jäger oder Krieger, dessen Belohnung junge Frauen waren – die eigentliche Beute.

»Hasta la vista, Baby«, zischte Schreiber, als er die Sehne fahren ließ.

»Echt gut fürs erste Mal. Respekt.«

Steinert hielt ihm die Bierflasche hin und sie stießen an. Es war inzwischen 17 Uhr 30.

Sie hatten noch ein wenig zusammen geschossen. Schreiber war vom Können seines Lehrmeisters sehr beeindruckt gewesen. Jetzt saßen sie zu zweit am Holztisch, die anderen Schützen waren inzwischen gegangen. Schreiber genoss die Ruhe des idyllischen Ortes. Leises Vogelgezwitscher aus dem Hauptsmoorwald hinter dem Häuschen war das einzige Geräusch.

»Ich dachte immer, dass man mit Visieren schießt und ein Auge schließt«, sagte er. »Und dass man solche Gewichte am Bogen anbringt.«

»Das gibt's auch«, bestätigte Steinert. »Aber das machen hier nur wenige. Zu viel Technik. Für die meisten ist das kein richtiges, ursprüngliches Bogenschießen mehr. Sie wollen lieber so schießen, wie es viele Naturvölker schon ewig tun. Tja, und das hast du heute gelernt. Man nennt es instinktives Bogenschießen.«

»Gefällt mir«, sagte Schreiber. »Vielleicht bringe ich beim nächsten Mal meine Tochter mit, Nike. Ich wollte schon längst wieder was mit ihr unternehmen.«

»Aha. Wie alt?«

»Fünfzehn.«

Schreiber zog seinen Geldbeutel aus der Jeans und zeigte Steinert ihr Bild, das er ständig bei sich trug. Der begutachtete es wohlwollend und konterte mit dem Foto seiner eigenen Töchter – achtjährigen Zwillingen – indem er Schreiber lässig seinen Geldbeutel entgegenklappte.

»Sehr süß«, schmeichelte dieser und musste nicht einmal lügen.

Als sie weiter plauderten überlegte Schreiber, ob er dem Schützen auch gleich das Bild aus dem *Calimeros* zeigen sollte. Doch er verwarf den Gedanken.

Sie teilten sich noch ein Bier, das sie in zwei kleine Glaskrüge gossen und tranken dazu Mineralwasser.

Beide mussten noch mit dem Rad fahren. Schreiber fragte sich, ob sich Steinert auch so korrekt verhielt, wenn er nicht mit einem Polizisten zusammensaß.

Sie redeten über Töchter, Frauen und einiges mehr. Dabei drängte sich immer wieder das Foto aus dem *Calimeros* in Schreibers Gedanken, wie ein kleiner Kobold, der ihm keine Ruhe ließ. Verlockend griffbereit lag es in der Innentasche seiner Lederjacke. Er haderte mit sich. Im Grunde hatte er schon mit Carmen nicht darüber reden dürfen. Doch ihr vertraute er, obwohl er sie kaum kannte. Sollte er es wagen, auch Steinert das Bild zu zeigen? Es war keine saubere Polizeiarbeit und konnte ihn in ernsthafte Schwierigkeiten bringen. Andererseits war da auch der Zeitdruck, der wie ein schwerer Felsbrocken auf den Ermittlungen lag. Was, wenn der Mörder noch einmal zuschlug? Schreiber konnte sich den Aufschrei in den Medien lebhaft vorstellen und musste an seinen Chef denken, der schon jetzt zwischen Reportern und Politikern ins Schwitzen kam.

Hin- und hergerissen nagte Schreiber an der Unterlippe. Sein kriminalistischer Instinkt schien ihm ins Ohr zu flüstern: »Tu es«. Er meinte ein regelrechtes Jucken in seinen Fingern zu verspüren. Mit einer flinken Bewegung zog er das Foto aus der Jacke, die neben ihm auf der Bierbank lag, klatschte es resolut vor sich auf den Tisch und sah zu Steinert.

»Gunter, mal unter uns: Kennst du den?«

Schreiber drehte das Bild um und schob es ihm hinüber. Steinert musterte es, die Stirn in Falten gelegt. »Glaub schon. Der hat drei oder vier Mal hier geschossen.«

Schreiber traute seinen Ohren nicht. Sollte er mit

dem Schnappschuss tatsächlich einen Volltreffer gelandet haben?

»Hey! Das ist doch nicht etwa euer Hainparkkiller?«, wollte Steinert sofort wissen.

»Quatsch! Der hat wahrscheinlich gar nichts gemacht«, wiegelte Schreiber ab. »Wir überprüfen nur routinemäßig Bogenschützen, das hast du ja schon mitgekriegt. Also erzähl' nur nicht so einen Scheiß herum, das kann böse enden. Ich muss mich auf deine Diskretion verlassen können, verstehst du?«

»Klar.«

Fast bereute Schreiber sein Vorgehen – aber nur fast.

»Der Mann war also Gastschütze. Wann war das?«, fragte er.

»Na ja. So letzten September oder Oktober würde ich sagen. Ich kann noch mal nachsehen. Wir müssten ihn noch im Computer haben. Dann kann ich dir auch sagen, wie er heißt.«

Schreiber beugte sich vor.

»Und du bist dir wirklich sicher, dass er das ist?«

Steinert nahm das Foto und warf einen zweiten kritischen Blick darauf. Schließlich nickte er.

»Doch. Das ist er.«

»Wieso kannst du dich so gut an ihn erinnern? Ihr habt doch bestimmt viele Gastschützen.«

»Na ja. So viele auch nicht. Aber den hab' ich mir gemerkt, weil er einfach fantastisch instinktiv geschossen hat. Bis achtzehn Meter war bei dem gar nicht die Frage, ob der Pfeil im Gelben saß, sondern nur, wie genau er es getroffen hatte. Erst ab zwanzig Meter aufwärts konnte mal ab und zu ein Schuss danebengehen.«

Er nahm einen Schluck Bier und lehnte sich an die Wand des Häuschens.

»War ein ziemlich verschlossener Typ. Ich rede ja gerne mit den Leuten. Aber mit dem konnte ich überhaupt nicht ins Gespräch kommen. Der sagte nur das Allernötigste. Tja, was soll's. Bogenschießen konnte er.«

Nachdenklich sah er über die abendliche Wiese, wo die Strohballen mit den Scheiben lange Schatten warfen.

»Also, wenn ich's mir so recht überlege, war der Typ eigentlich der beste Bogenschütze, den ich je gesehen habe.«

»Das kannst du nicht bringen, verdammt noch mal!«

Laut schlug mit der flachen Hand so fest auf die Schreibtischplatte, dass der goldfarbene Kugelschreiber neben einem Stapel Unterlagen auf und ab hüpfte. Die Hand brannte sofort wie Feuer, doch der Erste Kriminalhauptkommissar ließ sich nichts anmerken. Stattdessen beugte er sich nach vorne und fixierte Schreiber, der auf dem Stuhl gegenüber leicht zusammengesunken war, den Blick reumütig gesenkt, die Hände im Schoß gefaltet. Er hatte dem Chef soeben die Gespräche mit Carmen und Steinert gebeichtet.

»David. Du bist seit über zwanzig Jahren Polizist«, mahnte Laut ihn eindringlich. »Du müsstest es besser wissen! Menschenskind!«

Dass er nicht ›Kollege Schreiber‹ gesagt hatte, zeigte, wie groß seine Wut war. Zu Recht, wie Schreiber wusste. Es wäre falsch gewesen, sich noch irgendwie rechtfertigen, geschweige denn herausreden zu wollen.

»Es wird bestimmt nicht wieder vorkommen«, begann er, um die Wogen zu glätten. »Falls es wegen der Geschichte noch Probleme geben sollte, werde ich natürlich für den Fehler geradestehen.«

»Du machst es dir verdammt leicht! Verdammt leicht!«, schnaubte Laut. »Unsaubere Methoden fallen auf die ganze Abteilung zurück. Und sie gefährden die Ermittlungsergebnisse ordentlicher Polizeiarbeit. Schon mal daran gedacht?«

Schreiber atmete tief durch und hob entschuldigend die Hände. »Wie gesagt: sorry.« Geschlagen blickte er zur Seite.

»Tsh!«, machte Laut fassungslos, drehte sich kopfschüttelnd in seinem Schreibtischstuhl zum Fenster und sah hinaus. In Gedanken zählte er bis zehn. Dann überlegte er. Nach einer Weile, die Schreiber wie eine Ewigkeit vorkam, drehte er sich wieder zurück, nahm den Kugelschreiber von der Tischplatte und begann damit herumzuspielen.

»Wollen wir hoffen, dass sich keiner der beiden verplappert. Vor allem nicht dieser Steinert«, begann er. »Im Übrigen muss dir klar sein, dass ich ein Vorgehen dieser Art nicht noch einmal tolerieren kann.«

»Hm«, kam es einsichtig zurück.

»David, haben wir uns verstanden?«, hakte Laut nach und hob drohend den Kugelschreiber.

»Klar, Chef. Ich bleibe sauber.«

Dass er Chef und nicht Konrad sagte, zeigte, dass es ihm ernst war – zumindest damit, es zu versuchen.

»Gut«, sagte Laut jetzt etwas ruhiger. Noch einmal atmete er tief durch. Er setzte seine Lesebrille wieder auf und betrachtete nachdenklich eine Kopie des Bildes aus dem *Calimeros*, die zuoberst auf dem Stapel Unterlagen lag. Schreiber hatte sie ihm hingelegt. »Intern können wir die Informationen natürlich gebrauchen. Falls der Mann tatsächlich etwas mit den Morden zu tun hat, wird es uns bestimmt gelingen, das herauszufinden. Wenn uns jemand fragen sollte, wie wir auf ihn gekommen sind, können wir dieses Bild aus dem Internet angeben. Intern dürfen wir es ja verwenden, und die Aufnahme kann als Anlass, den Mann routinemäßig zu überprüfen, herhalten. Schließlich könnte er Laura gekannt haben. Wie hieß der Mann gleich? Sven Reuther, oder?«

»Ja. Sven Reuther.«

»Sag Tanja, sie soll ihn sich bei der Überprüfung der Bogenschützen als Nächstes vornehmen.«

»Geht klar«, sagte Schreiber und verschwieg, dass er das bereits getan hatte.

Thiele fragte sich, wo Fritz Bayer seine Kleidung kaufte, verkniff sich aber eine erneute Bemerkung über dessen knallbuntes Hawaiihemd. Stattdessen genoss sie schweigend ihren Kaffee und beobachtete die Kollegen, die mit ihr zusammen im Besprechungsraum saßen. Bayer platzierte gerade zwei Pötte Kaffee auf dem Tisch und nahm Platz. Eine Tasse schob er zu Tanja Schmoll hinüber, die nebenan gerade ihren Laptop aufklappte.

»Bitte schön, Liebes«, säuselte er und zwinkerte ihr zu.

»Danke dir, Fritz.« Sie blinzelte freundlich mit beiden Augen zurück, um sich sogleich wieder dem Bildschirm zuzuwenden. Mit dem hochgesteckten Haar, dem dunklen Kostüm und ihrer schwarzen Brille wirkte sie wie so oft auf eine strenge Art sexy. Thiele und Schreiber mussten schmunzeln. Sie glaubten, dass der verheiratete Bayer ein wenig verliebt in seine Kollegin war. Dic wiederum hatte seit zwei Jahren einen festen Freund. Julia Steinfels und Peter Aurich, die zwischen Thiele und Bayer saßen, bekamen von dem kleinen Schauspiel nichts mit, da sie angestrengt über

Schafkopf fachsimpelten. Die SoKo Hainpark wartete auf den Beginn der Sitzung.

Laut saß am Kopfende der beiden Tische und blätterte noch in seinen Unterlagen. Irgendwann nahm er seine Lesebrille ab und legte sie vor sich auf den Stapel – das Zeichen, dass es losging. Alle sahen ihn an. Der Stress der letzten Tage war ihm deutlich anzusehen. Er wirkte grau und übermüdet.

»Der Profiler aus München kommt morgen Nachmittag«, begann er. »Holt sich alle Unterlagen und möchte den Tatort begehen. Ich werde selbst mit ihm hinfahren. Kollegin Schmoll«, er sah zu ihr hinüber. »Würdest du den Stand der Ermittlungen zusammenfassen?«

Sie nickte, rückte ihre Brille zurecht und räusperte sich.

»Als offiziell verwertbare Spuren haben wir den Schuhabdruck, die Eintrittswunde des Pfeils und das Schamhaar. Letzteres hat für ein DNA-Profil gereicht, passt aber zu keiner Person in der Datenbank. Leider gibt es auch noch keine konkreten Hinweise auf Verdächtige, bei denen wir eine DNA-Probe nehmen könnten. Weder am Tatort noch im Umfeld von Kaufmann oder Spider fanden wir brauchbare Zeugen. Die einzigen Aussagen, die uns vorliegen, entlasten die Beiden eher.« Sie räusperte sich wieder, dann fuhr sie fort: »Spider hat in der Nacht vor Marias Ermordung bis früh um vier durchgezecht. Seine Nachbarin, eine Frau Annemarie Fuchs, 76 Jahre alt, hat ihn nach Hause kommen hören. Sie ist aufgewacht, weil er so laut war. Er hat eine Art Selbstgespräch geführt und dabei im Haus herumgepoltert. Extrem unwahrscheinlich, dass er drei Stunden später durch den Luisenhain geschlichen sein soll. Zu Kaufmann: Von Lauras und Marias Ex-Freunden ist er der einzige, der Bogen schießt.

Er hat sich am Tag, als Maria überfallen wurde, für etwa zwanzig Minuten mit einer Kommilitonin, einer gewissen Anais Klug, vor dem Kapuzinerbeck unterhalten. Sie sind sich zufällig beim Einkaufen begegnet. Das war etwa um 8 Uhr 30, kurz bevor Sophie und David ihn vor seiner Wohnung abgefangen haben.«

Die Beamtin machte eine kurze Pause und trank einen Schluck aus ihrem Kaffeebecher.

»Dann wäre da noch dieser Fotograf, ein Marcel Müller. Er hat Kaufmann auf dem Festnetz angerufen und ihn an einen Termin für ein Shooting erinnert. Das Gespräch fand um 8 Uhr statt, also gerade mal eine Stunde nach der Tat. Weder ihm noch dieser Klug ist aufgefallen, dass Kaufmann irgendwie nervös gewesen wäre. Na ja. Und unser inoffizieller Fingerabdruck passt weder zu Spider noch zu Kaufmann, bei Letzterem zumindest nicht zum rechten Daumen. Zu den anderen Bogenschützen: Bei der Überprüfung haben wir mit Studenten angefangen, die an der Uni schießen. Das haben Peter und Julia gemacht.«

Sie sah zu ihnen hinüber.

»War nur eine Hand voll«, sagte Steinfels. »Zwei, ein Klaus Werther und ein Julian Kohl, kannten Laura und Maria vom Sehen. Die beiden Frauen waren nun mal Hingucker. Die Herren haben aber für zumindest eine der Tatzeiten Alibis. Werther war mit einer Gruppe von Freunden beim Mountainbiken in der Fränkischen Schweiz, als Maria starb. Kohl war zu Besuch bei seinen Eltern in Kronach, wo sie etwa eine halbe Stunde nach der Tatzeit zusammen frühstückten. Auch die restlichen Bogenschützen konnten Alibis vorweisen. Einige müssen wir noch überprüfen. Bis jetzt gab's leider noch nichts Auffälliges.«

Sie blickte zurück zu Schmoll, die ihre Kaffeetasse absetzte, ehe sie fortfuhr.

»Von denen, die bei den Vereinen schießen, konnten wir bisher noch keinen dem Umfeld der beiden Opfer zuordnen. Vier Männer aus dem Großraum Bamberg kauften im letzten Jahr übers Internet Jagdpfeile mit entsprechenden Spitzen. Die müssen wir noch überprüfen. Ansonsten kann man solche Pfeile natürlich auch im Fachgeschäft kaufen und bar bezahlen. Tja. Und jetzt könnte es interessant werden.«

Neben dem Laptop lagen drei Kopien von Schreibers Foto aus dem *Calimeros.* Sie schob sie Fritz Bayer hinüber. Der nahm sich eine und reichte die anderen beiden zu Aurich und Steinfels weiter. Thiele, Schreiber und Laut hatten ihre Bilder schon vor sich auf den Tisch gelegt.

»Durch einen …«, Schmoll machte eine künstlerische Pause, »… sagen wir einmal Zufall wissen wir, dass dieser Mann Laura Rehmann im *Calimeros* angesprochen hat.«

Unter Lauts strafenden Blicken verbiss sich Aurich mühsam ein Grinsen. Steinfels knuffte ihn mit dem Ellenbogen in die Seite. Jeder in der SoKo wusste bereits von Schreibers inoffiziellen Ermittlungen.

»Er macht gerne Frauen an«, fuhr Schmoll ungerührt fort. »Vor allem im *Il Centro*. Außerdem war er einige Male zum Bogenschießen im Schützenhaus Kunigundenruh als Gastschütze. Er hat bei der Anmeldung den Namen Sven Reuther angegeben. Aber einen Sven Reuther gibt es nirgends. Er hat also offensichtlich gelogen.«

Sie lehnte sich zurück und sah abwartend zu Laut hinüber.

»Danke, Kollegin Schmoll«, übernahm dieser das

Wort. »Zunächst mal eines vorweg. Das Bild dieses Mannes wird nur intern verwendet und nirgends herumgezeigt.« Er blickte mahnend in die Runde. »Dass er Bogen schießt und mit einem der Opfer gesprochen hat, wissen wir ja nur inoffiziell, wenn ich daran erinnern darf.«

Aurich nickte Schreiber anerkennend zu. Der spielte weiterhin den Reumütigen.

»Kollege Aurich, du nervst«, sagte Laut müde.

»Tschuldigung«, kam es kleinlaut zurück.

»Offiziell können wir nur geltend machen, dass er Laura auf einem Foto anschaut«, nahm Laut den Faden wieder auf. »Und das ist praktisch nichts. Damit brauche ich dem Müller gar nicht erst kommen. Der lacht sich kaputt. Jedenfalls stellt sich die Frage, warum der Mann einen falschen Namen angegeben hat. Und dafür kann es wohl nur eine Antwort geben: Er hat etwas zu verbergen. Was ist das?«

»Vielleicht will er nicht, dass sein echter Name in Verbindung mit Bogenschießen auftaucht«, schlug Thiele vor. »Wenn er tatsächlich unser Mann wäre, würde das Sinn ergeben. Um die Verbrechen vorzubereiten, müsste er in jedem Fall üben. Aber wo? Man darf nicht irgendwo im Freien schießen. Er würde eine Anzeige riskieren und auffallen. Warum also nicht einfach zu einem Verein gehen und einen falschen Namen angeben?«

»Einleuchtend«, pflichtete Laut bei. »Aber er war schon im September und Oktober letzten Jahres im Schützenhaus. Was ist mit der Zeit kurz vor den Morden? Hat er da nicht mehr geübt? Kollegin Schmoll.« Er sah zu ihr hinüber. »Ist dieser falsche Name bei einem der anderen Vereine aufgetaucht?«

»Nein.«

»Andere Phantomnamen?«

»Bis jetzt noch nicht.«

»Hm«, machte Schreiber. »Vielleicht hat er irgendeinen Platz gefunden, wo er schwarz schießen kann. Einen Ort, der so abgelegen ist, dass nur ein geringes Risiko besteht, erwischt zu werden.«

Allgemeines Nicken.

»Jedenfalls müssen wir herausfinden, wer der Mann ist«, sagte Laut. »Die Kollegen von der Zivilfahndung sollen das *Il Centro* und das *Calimeros* im Auge behalten.«

»Da wäre noch was«, fuhr Schreiber fort. »Der Kerl muss nicht nur das Gelbe einer Scheibe treffen können. Ich hab das zusammen mit Sophie neulich im Park mal durchgespielt. Jeder Schritt muss auf die Sekunde genau geplant sein, nichts darf schiefgehen. Das kann er nur schaffen, wenn er jeden seiner Handgriffe richtig übt. Wie kann er sich aber sicher sein, einen großen Hund mit nur einem Pfeil sofort tödlich zu treffen?«

Er lehnte sich zurück und blickte in die Runde. Ihm war klar, dass er nicht weiterzureden brauchte. Alle hatten begriffen. Laut sprach es aus.

»Aber natürlich. Er muss es an echten Tieren ausprobiert haben. Wie hat er das gemacht?«

»Bestimmt hat er kein Wild im Wald erlegt«, sagte Steinfels. »In Deutschland ist die Bogenjagd verboten. Er würde zu viel riskieren.«

»Wir sollten trotzdem bei den Kollegen nachfragen, ob es in letzter Zeit entsprechende Vorfälle gegeben hat. Natürlich nicht nur im Raum Bamberg«, schlug Schmoll vor. »Es könnte auch jemand auf Schafe oder Ziegen geschossen haben. Das wäre ein Verstoß gegen das Tierschutzgesetz und Sachbeschädigung.«

»Es wäre auch möglich, dass er zum Bogenjagen ins

Ausland gefahren ist«, sagte Thiele. »In Ländern wie Afrika oder den USA ist es legal. Wir sollten herausfinden, wer entsprechende Reisen organisiert und wer da in den letzten Jahren so mitgefahren ist.«

Laut nickte zufrieden.

»Okay, das letzte Mal für heute«, sagte Thiele außer Atem, als sie unter der Hainbrücke stehenblieb. »Hier sind schon zu viele Leute unterwegs. Zu hell ist es auch, und außerdem kann ich nicht mehr«, fügte sie hinzu.

»Geht klar«, kam es aus dem Knopf in ihrem Ohr.

Sie wartete, bis zwei Frauen mit Walking-Stöcken stadteinwärts verschwunden waren, und sah dann in alle Richtungen, ob auch sonst niemand auftauchte. Schließlich joggte sie auf dem Uferweg neben der großen Liegewiese in Richtung Bug.

»Abschnitt eins«, sagte sie.

»Jau«, tönte es in ihrem Ohr.

An diesem Samstag hatte sie schon einige Kilometer zurückgelegt – immer hin und her zwischen dem Münchner Ring und der Buger Spitze. Selbst Ramon, der mit wild schaukelnden Ohren vor ihr herrannte, begannen allmählich die Kräfte zu schwinden.

Laut hatte angeordnet, dass man dem Mörder im Hainpark eine Falle stellen sollte. Was viele für ein Klischee aus Krimis im Fernsehen hielten, wandte er hin und wieder tatsächlich an, wohl wissend, wie effektiv diese Vorgehensweise sein konnte. Nur in diesem Fall waren die Mitarbeiter der SoKo Hainpark vom Sinn dieser Aktion alles andere als überzeugt. Niemand glaubte so recht daran, dass der Täter ein drittes Mal an derselben Stelle zuschlagen würde. Allen war klar, dass Laut unbedingt etwas vorweisen wollte, da er von

Staatsanwalt Müller extrem bedrängt worden war. Der wiederum hatte auf den zunehmenden öffentlichen Druck reagiert.

Zu Thieles Aufgaben als Kriminalhauptkommissarin gehörte es normalerweise nicht, den Lockvogel zu spielen. Doch Kriminalobermeisterin Jutta Kuschke, die sonst durch den Park rannte, hatte sich krank gemeldet. Außer ihr entsprach nur Thiele dem Beuteschema des Täters, wenn man davon ausging, dass die Ähnlichkeit der beiden Opfer kein Zufall war: groß, schlank, langes braunes Haar und sehr gut aussehend. Da sie ohne weiteres als zehn Jahre jünger durchging, hatte sich Thiele spontan bereit erklärt, für Kuschke einzuspringen. Auch wenn sie von der Aktion, ebenso wie die restliche SoKo, nicht wirklich viel hielt. Trotzdem gab es ihr das gute Gefühl, einen besonderen Beitrag zur Aufklärung des Mordes an Maria zu leisten. Da zum Beuteschema des Mörders auch ein Hund gehörte, hatte sie kurzerhand ihren Basset Hound Ramon verpflichtet, der, was das Gassi gehen betraf, sowieso manchmal zu kurz kam. Doch das ständige Hin und Her im Luisenhain wurde jetzt selbst ihm zu viel. Er hechelte rasselnd, als sie den Stein mit dem Bild von E. T. A. Hoffmann und dem Hund Berganza passierten.

»Abschnitt zwei«, sagte Thiele und achtete darauf, weit genug hinter dem Hund zu bleiben, falls der Täter doch noch auftauchen sollte.

»Klar«, sagte die Stimme in ihrem Ohr.

Die drei Polizisten in Zivil saßen verborgen in einem Bauwagen am Ende der Hainstraße – wenige Meter vor dem Parkplatz, auf dem Mountainbikes bereit standen. Die Räder waren nicht abgesperrt, damit die Beamten schnell darauf zugreifen konnten. Die jungen Männer langweilten sich. Zwei von ihnen blätterten lustlos in der Tageszeitung, die sie sich geteilt hatten. Der dritte döste mit geschlossenen Augen vor sich hin. Schließlich war es ja noch früh am Tag. Die ersten Sonnenstrahlen drangen durchs Fenster, vor dem ein uraltes Kofferradio hing. Einer der Kollegen griff nach oben und schaltete es ein.

»… In a gadda da vida, honey.

Don't you know that I'm lovin' you …«

»Heute passiert eh nichts mehr«, sagte er, als er die strafenden Blicke der anderen bemerkte. »Ich mach' auch ganz leise.«

Damit konnten alle leben.

»Geiler alter Song«, kommentierte der Jüngste, ohne von seiner Zeitung aufzusehen. »Iron Butterfly, siebziger Jahre. Dass die den überhaupt im Radio spielen.«

»Abschnitt drei«, ertönte Thieles Stimme aus dem Funkgerät.

Der Döser öffnete halb die Augen, drückte schlapp das Knöpfchen und murmelte ein »Klar« ins Mikrofon.

Thiele hatte also das Ende der Liegewiese erreicht und rannte am Ufer entlang auf den Waldweg, der bis zum steinernen Pavillon Abschnitt drei war.

»Was Besonderes bei dir, Stefan?«, fragte der Döser nach.

»Nur ein paar Kids auf Fahrrädern. Sonst nix, Harry«, antwortete eine männliche Stimme.

Harry ließ seinen Kopf wieder matt gegen die harte Rückwand des Bauwagens fallen.

»Aua«, zischte er, zog die Augenbrauen zusammen und rieb sich die schmerzende Stelle.

»Depp«, murmelte einer seiner Kollegen und blätterte seine Zeitung um.

»Selber Depp«, brummte Harry.

Sie saßen jetzt schon den sechsten Morgen hier.

»... In a gadda da vida, baby.
Don't you know that I'll always be true ...«

Dezent nickten die beiden Zeitungsleser im Takt des Liedes.

»Abschnitt vier«, hörten sie Thiele sagen. Sie war jetzt zwischen dem Steinpavillon und der Buger Spitze – heraus aus der heißen Zone.

»Hm«, machte Harry faul.

Sein Gegenüber faltete seinen Teil der Zeitung zusammen, warf ihn in die Ecke und streckte sich im Sitzen.

»I can't give you anything but love, baby«, sang Stefan leise vor sich hin. Der junge Polizist trug, wie seine Kollegin neben ihm, eine grüne Weste und einen beigen Schlapphut.

Sie standen angelnd am Regnitz-Ufer bei den ersten Häusern von Bug und beobachteten aus der Ferne die Steinbrücke am Minigolfplatz. Im Ernstfall würden sie dem Täter den Weg abschneiden können.

»Du singst falsch«, kommentierte seine Kollegin.

»Ist ein Klassiker«, antwortete er nur, ohne sie anzusehen. Aus dem Augenwinkel beobachtete er weiter die Steinbrücke.

»Kennst du nicht ›Leoparden küsst man nicht‹ mit Cary Grant?«

»Du und deine alten Hollywood-Filme«, sagte die Kollegin und grinste. Eine Wespe, die aus dem Nichts vor ihrer Nase auftauchte, ließ sie erschrocken zusammenzucken.

»Achtung, Ramon rennt in den Wald. Ich glaub', da ist was«, rauschte Thieles Stimme angespannt aus dem Funkgerät im Bauwagen.

»... Oh, won't you come with me
And take my hand ...«

Harry richtete sich ruckartig auf. Er war mit einem Schlag hellwach.

»Sind bereit«, sagte er ins Mikrofon.

Die Leser sahen sich überrascht an. Gebannt starrten sie dann aufs Funkgerät.

»Ich kann ihn wieder sehen«, schallte es heraus. »Scheiße, ihn hat was getroffen! Da läuft wer! Zugriff! Zugriff! Ramon!«

»... In a gadda da vida, honey.
Don't you know that I'm lovin' you ...«

Die Tür des Bauwagens flog auf und schlug donnernd gegen die orangefarbene Wand. Die beiden Polizisten fielen fast auf die Straße, und sprinteten in Richtung Parkplatz. Hinter ihnen wurde Harry unsanft zurückgerissen, als er mit seinem Hemdsärmel am Türgriff hängen blieb. »Es sind zwei! Es sind zwei!«, hörte er Thieles Stimme aus dem Funkgerät. Hektisch zog er an seinem Ärmel, bis er vom Griff riss, und rannte seinen Kollegen nach.

»Nanu?«, wunderte sich der alte Mann und pfiff seinen Rauhaardackel zurück.

Der Hund hatte zwei Angelruten abgeschnüffelt, die überkreuz im Gras am Regnitz-Ufer bei Bug lagen.

»Wem gehören die denn?«, wunderte sich sein Herrchen und spähte, auf seinen Stock gestützt, die Straße hinunter.

Er konnte gerade noch erkennen, wie die beiden Angler am Minigolfplatz vorbeirannten und schräg in den Leintritt einbogen. Hatten die den Leibhaftigen gesehen?

Thiele ging vorsichtig einige Schritte in den Wald. Ramon lag nur etwa sieben Schritte vor ihr auf der Seite. Seine Flanke bebte. Obwohl krank vor Sorge, traute sie sich nicht näher. Sie war kurzatmig vom vielen Joggen und spürte den Schweiß auf ihrer Haut erkalten.

In fünfzehn Metern Entfernung stand die große Gestalt in geduckter, lauernder Haltung neben einem Baum. Sie trug dunkle Kleidung, ausschließlich Tarnfarben – genau wie ihr Ebenbild, das nicht weit hinter ihr stand. Beide trugen spezielle Masken, die aus einer Art Skibrille bestanden und den Rest des Kopfes mit elastischem, dunklem Stoff komplett verhüllten.

»Polizei!«, schrie Thiele.

Die Gestalten rührten sich nicht.

»Ja seid ihr denn noch ganz dicht?«, brüllte der Mann den Radfahrern hinterher und hob drohend seinen Walking-Stock. Mit offenem Mund stand seine Frau neben ihm am Rande der großen Liegewiese und drückte eine Hand gegen ihr Herz. Sie hatte sich fast zu Tode erschrocken, als drei junge Männer auf Mountainbikes sie um ein Haar umgefahren hätten. Das Ehepaar sah den Rowdies nach, wie sie in halsbrecherischer Geschwindigkeit die Wiese entlangflitzten und schon nach wenigen Sekunden auf dem Uferweg in Richtung Bug verschwanden.

Thiele stand geduckt lauernd wie ein Judokämpfer und starrte auf die Pistolen in den Händen der dunklen Gestalten. Ihre Gedanken überschlugen sich: Doch zwei Täter? Warum jetzt Pistolen? Ramon! Sie hätte ihn nicht mitnehmen dürfen!

Das laute Knirschen dreier Mountainbikes, die auf dem Weg eine Vollbremsung hinlegten, ließ sie aufhorchen. Die Kollegen hatten keine Minute gebraucht, aber ihr war es wie eine Ewigkeit vorgekommen. Sofort flüchteten die beiden Gestalten durch den Wald. Die Polizisten stürzten hinter Thiele mit gezückten Dienstwaffen durchs Unterholz.

»Stehen bleiben! Polizei!«, brüllten sie.

Schon hetzten zwei Kollegen an ihr vorüber. Der dritte fasste sie kurz am Oberarm und sah ihr besorgt in die Augen.

»Alles klar?«

Sie nickte. Dann jagte er den anderen nach. Thiele eilte zu Ramon, fiel neben ihm auf die Knie und legte die Hand auf seine Brust. Er atmete, sein Herz schlug. Winselnd richtete er sich auf und sah sie mit seinen blutunterlaufenen Triefaugen wehleidig an. Befreit aufatmend kraulte sie ihn mit beiden Händen hinter den Ohren und spähte ihren Kollegen nach. Sie waren schon im Wald verschwunden.

»Stehen bleiben! Polizei!«, kam es aus der Ferne.

Ein Schuss krachte.

»Wie bitte?«, fragte Harry fassungslos.

»Gotcha«, antwortete der lang gewachsene, schlaksige Junge, dessen bleiche Gesichtshaut von Akne übersät war.

Er stand neben seinen drei Freunden auf dem Parkweg vor der Brücke an der Buger Spitze. In ihrer Tarnkleidung sahen die Vier aus wie eine Spezialeinheit von Bundeswehrsoldaten. Die zwei vermummten Verdächtigen hatten sich als spielende Schüler entpuppt. Erst nach einem Warnschuss der Polizisten hatten sie ihre Spielzeugpistolen fallengelassen und die Flucht mit erhobenen Händen aufgegeben. Zu ihnen gehörten zwei weitere Jugendliche, die den beiden Polizisten, die aus Richtung Bug kamen, in die Arme gelaufen waren. Jetzt standen ihnen Harry, seine beiden Kollegen aus dem Bauwagen, sowie Stefan und seine Angelkumpanin gegenüber und sahen sie strafend an.

Thiele hielt sich vorläufig im Hintergrund. Sie wollte noch etwas warten, bis ihre Wut verraucht war. Die Schüler hatten mit einer Softair-Waffe auf Ramon geschossen, der – ohnehin schon am Ende seiner Kräfte – vor Schreck über den plötzlichen Schmerz in Ohnmacht gefallen war. Jetzt lag er neben ihr im Gras unter einem der Bäumchen, als ob nichts gewesen wäre. Das schmälerte Thieles Wut jedoch nicht.

»Wir üben hier für richtiges Gotcha«, ergänzte der Junge.

»Das kann man in Oberhaid spielen. Wir haben Gutscheine geschenkt bekommen«, half ihm sein etwas kleinerer, korpulenter Freund.

»Das mag ja sein«, sagte Harry streng. »Aber ihr könnt hier nicht mit diesen Dingern durch den Park rennen und Leute erschrecken.«

Er hielt eine der dunklen Masken hoch, die die Beamten den Jungen zusammen mit den Pistolen abgenommen hatten.

»Die muss man aber tragen«, meldete sich der dritte in der Reihe, dessen grüne Bundeswehrjacke über seinem dicken Bauch spannte. »Das sind Schutzmasken. Sind aber auch beim Üben gut – gegen die Kügelchen.«

»Nächste Woche spielen wir in Oberhaid gegen so ein paar Loser aus der 8b. Die machen wir platt,

Alter!«, kam es großmäulig vom vierten im Bunde, der, wie Nummer eins, groß und schlaksig war.

Thiele glaubte nicht recht zu hören. Wie respektlos diese Jugendlichen vor den Polizisten auftraten, von denen sie überdies vor wenigen Minuten noch eingefangen werden mussten. Dabei hatten die Jungs allerdings klein beigegeben, denn immerhin war ein Warnschuss gefallen.

»Wie redest du denn mit mir? Sag mal, geht's noch?«, raunzte Harry böse.

Die Polizisten waren ohnehin schon genervt, durch den unnötigen Einsatz mit Schusswaffengebrauch.

Die vier Schüler sahen auf den Boden. Einer konnte sich ein halblautes Gebrabbel nicht verkneifen: »Jaja, kein Stress.«

Harry überhörte es.

»Also, meine Herren«, begann er. »Dies ist ein Park. Hier wird nicht mit Softair-Waffen rumgeballert. Auch nicht am frühen Morgen. Und überhaupt: Wieso seid ihr um diese Uhrzeit schon unterwegs?«

»Da ist noch wenig los. Und später wollen wir ins Schwimmbad gehen«, sagte Nummer eins.

»Aha. Und wie kommt ihr ausgerechnet auf den Hainpark?«

»Der Lars und ich wohnen in Bug.« Er zeigte auf seinen Nachbarn. »Und wir finden's hier cooler als im Bruderwald.«

»Ihr wisst aber schon, dass hier ein Mörder rumrennt?«, gab Harry zu bedenken.

»Na ja, das ist doch der zusätzliche Kick«, antwortete der Junge im beiläufigem Plauderton.

Fassungslos schüttelten Harrys Kollegen die Köpfe.

»Das gibt's doch gar nicht«, murmelte die Anglerin.

»Wieso seid ihr vorhin weggelaufen?«, fragte Harry,

der Mühe hatte, sich zu beherrschen. »Wir hätten euch erschießen können.«

Schweigen.

»Also?«, bohrte Harry weiter.

»Wir dachten, Sie wollen uns wegen dem Hund verhaften.«

»Womit wir beim Thema wären!«, kam es laut und streng von Thiele, die sich nun doch nicht mehr zurückhalten konnte. Sie fand, dass Harry noch viel zu freundlich mit den Jugendlichen umging. Resolut trat sie zwischen ihre Kollegen und den ersten Jungen, die Hände in die Hüften gestemmt.

»Wieso habt ihr auf meinen Hund geschossen?«

Ihre vor Wut funkelnden Augen schraubten sich in die des Teenagers. Wenn sie schon keinen Respekt zeigten, so sollten sie sich wenigstens fürchten.

»Na ja«, druckste er herum. »Der Hund kam plötzlich angerannt. Da hab' ich eben geschossen. Mehr aus Reflex. Ich kann doch nicht riechen, dass der gleich umfällt. Normalerweise passiert da nix.«

Thiele verspürte den starken Drang, einen ihrer Karate-Schläge an dem Jungen auszuprobieren. Sie konnte sich aber beherrschen.

»Und?«, fragte sie nur.

Der Junge glotzte sie verständnislos an.

»Du hast meinem Hund wehgetan. Möchtest du mir vielleicht noch irgendwas dazu zu sagen?«, drängte sie ungeduldig weiter.

»Tschuldigung«, brabbelte er.

»Tsh«, machte Thiele verächtlich. »Sehr überzeugend. Seid froh, wenn wir euch nicht anzeigen.«

»Weshalb denn?«

»Umweltverschmutzung«, sagte Harry und trat neben seine Kollegin. »Tierquälerei, Widerstand gegen die Staatsgewalt. Da fällt mir schon einiges ein. An eurer Stelle würde ich jetzt mal langsam ein bisschen Einsicht und Reue zeigen, meine Herren.«

Auch Harry war endgültig der Geduldsfaden gerissen.

»Bitte keine Anzeige«, stammelte einer der beiden Dicken.

»Passiert eh' nix weiter. Mein Alter ist doch Anwalt«, beruhigte ihn Nummer eins halblaut.

Thieles rechte Faust ballte sich, bis die Knöchel weiß hervortraten. Nur der Gedanke an eine Dienstaufsichtsbeschwerde hielt sie jetzt noch von einem wüsten Schwinger ins Gesicht des Jungen ab. Mit angehaltenem Atem krallte sie sich in Harrys Arm und zog ihn zur Seite.

»Erledigt ihr das hier«, zischte sie ihm ins Ohr, als sie außer Hörweite waren. »Ich gehe nach Hause und dusche erst mal kalt. Sonst sage oder tue ich hier noch etwas, das ich hinterher bereuen könnte.«

»Klar«, sagte Harry und ging zurück.

Ohne sich noch einmal umzusehen, pfiff Thiele Ramon zu sich und lief gemächlich stadteinwärts. Am liebsten hätte sie sich ihre Wut aus dem Leib gerannt, bis ihre Lunge stach. Doch sie konnte nicht mehr. Schwanz wedelnd holte Ramon sie ein und tippelte voraus. Thieles Auto stand auf dem Parkplatz am Ende der Hainstraße. Sie nahm sich vor, Pete zu Hause einen dicken Kuss zu geben und sich bei ihm zu entschuldigen. Sein häufiges Geschimpfe über die Verrohung und Respektlosigkeit von Jugendlichen hatte sie meist als typisch frustriertes Lehrergequatsche abgetan und insgeheim belächelt.

Da kam sie wieder in ihrem feuerroten Jogging-Anzug. Ihr Hund, ein Golden Retriever, rannte voraus. Schönes Tier, dachte er spöttisch. Er verlangsamte sein Tempo, um sie besser begutachten zu können. Ihm war klar, dass sie seine Blicke bemerkte. Also nur nicht zu auffällig starren und ihr mit einem angedeuteten Lächeln zunicken, wenn sie aneinander vorbeirannten. Dann würde sie keinen Verdacht schöpfen.

Noch etwa zwanzig Meter. Sie sah gut aus, wenn auch vom Typ her ganz anders als die ersten beiden. Kleiner und kräftiger gebaut, aber nicht dick, blondes langes Haar und große Brüste – eher der Geschmack von Durchschnittstypen. Aber warum nicht? Schließlich wollte man ja auch nicht jeden Tag dasselbe essen. Er hatte sich vorgenommen, in den nächsten Monaten noch mindestens drei Mal zuzuschlagen. Dann würde er eine kleine Winterpause einlegen.

Schon war der Hund an ihm vorüber. Selbst dieses Tier, das mit guten Instinkten ausgestattet war, zeigte keinerlei Misstrauen. Es beachtete ihn kaum und schnüffelte lieber im Unterholz am Wegesrand herum.

›Mieser kleiner Hechler! Dein Kadaver wird noch warm sein, wenn ich mir dein Frauchen vornehme.‹ Obwohl er den Gedanken fast ausgesprochen hätte, bemerkte der Hund nichts.

Er konnte sich einfach zu gut verstellen. Wie viele Rollen er schon perfekt gespielt hatte! An den Bars mit den Frauen. Oder auch im Alltag. Mit Leichtigkeit hätte er Blondie auf normalem Weg erobern können. Er hätte nur herausfinden müssen, in welchen Kneipen sie verkehrte, denn in seinen Stammkneipen hatte er sie noch nicht gesehen.

Wie sie jetzt noch nichts ahnend an ihm vorbeirannte. Er nickte ihr lächelnd zu und stellte sich dabei vor, wie er ihr mitten im Akt die Kehle zudrücken und dabei gierig die Angst aus ihren panisch hervortretenden Augen aufsaugen würde, in denen das Leben allmählich erlosch.

Sie nickte zurück und folgte ihrem Hund. Er warf noch einen unauffälligen Blick über die Schulter. Der Hintern war okay.

Nachdem sie außer Sichtweite war, setzte er sich auf eine Bank und ging alles noch einmal durch.

Er kannte ihre Lauftage und Uhrzeiten. Praktischerweise war sie immer früh dran – wahrscheinlich rannte sie vor der Arbeit. Das war gut so. Er sog die erfrischende Waldluft ein und schaute den Weg entlang. Etwa zweihundert Meter entfernt lag die Stelle, von der aus er die Lage beobachten konnte. Zuschlagen würde er hier. Er hatte die Orte schon einige Male begutachtet und sich alles zurechtgelegt. Trotzdem würde er sie nachher noch einmal abgehen. Schließlich war er Perfektionist. Bei seiner akribischen Planung fühlte er sich beinahe wie ein Komponist, der eine absurde Musik erschuf.

»Ich seh' richtig vor mir, wie der Scheißkerl schon die Nächste ausspioniert – irgendwo, nur nicht im Hainpark. Und was machen wir? Jagen ein paar Rotznasen beim Spielen!«, schimpfte Aurich am Tresen der *Blues-Bar*.

»Vergiss es, Aurich«, sagte Schreiber, der zwei Barhocker weiter saß. »Die so genannte Falle war doch eh nur für unseren dynamischen jungen Staatsanwalt.«

»Ist ja gut, Jungs! Ihr habt ja recht«, stimmte Thiele gereizt ins allgemeine Gezeter ein. Sie saß zwischen den Beiden. »Aber es hätte ja vielleicht doch sein können. Und ich bin nun mal sein Typ, okay?«

»War doch nicht gegen dich gerichtet, Schnegge. Prost«, beschwichtigte Schreiber und hielt seinen Glaskrug hoch.

»Hm«, brummte sie etwas ruhiger.

Die drei stießen an und tranken.

»Was soll's? Wir schnappen den sowieso bald. Hab' ich im Urin«, sagte Aurich und wischte sich mit dem Handrücken den Schaum vom Mund.

»Worauf du Einen lassen kannst«, pflichte Schreiber bei.

Thiele nickte, auch wenn sie die Ausdrucksweise ihrer beiden Kollegen nicht besonders originell fand.

Die Kneipe war an diesem Sonntag fast menschenleer. An der Bar saßen nur die üblichen, zum Inventar gehörenden Nachtschwärmer – weit genug von den Kommissaren entfernt, um nicht mithören zu können. Im mittleren Raum tranken drei japanische Touristen, im hinteren kuschelte ein einzelnes Pärchen, während sich viele Stammgäste wohl noch von den durchzechten Nächten des Wochenendes erholten.

»Themawechsel. Was zum Teufel ist das jetzt wieder für ein Song?«, fragte Thiele in der Hoffnung auf etwas Ablenkung.

Aus einer Box neben den Schnapsflaschen an der Wand erklangen sehr schräge Töne. Der Solokünstler im hinteren Raum beherrschte offenbar nur drei Griffe, mit denen er bekannte Songs höchst eigenwillig interpretierte und sie dabei bis zur Unkenntlichkeit verstümmelte.

»Könnte ›Like a Rolling Stone‹ von Bob Dylan sein«, brummte Schreiber, nachdenklich in sein Bierglas starrend.

»Oh Mann!«, stöhnte Aurich und nahm kopfschüttelnd einen weiteren Schluck Pils.

Plötzlich mussten alle befreit auflachen. Aurich prustete sich dabei Bierschaum auf die Nase. Sie vertrieben sich den Abend damit, weitere Lieder des Musikers zu erraten. Wer den jeweiligen Song zuerst erkannte, hatte gewonnen und bekam einen Punkt. Das machte ihnen so viel Spaß, dass sie dem Mann am Ende sogar dankbar waren für seine schlechte Darbietung – nur sagten sie es ihm nicht.

Thiele verabschiedete sich als erstes, wohl wissend, dass sie Petes Verständnis für ihre Freiheiten nicht überstrapazieren durfte.

»Stimmt so«, sagte sie, als sie Sam ein paar Münzen hinlegte und die Ausgangstür ansteuerte.

Der Barkeeper, der gerade vom Fass auf dem Tresen zwei Schnitte zapfte, lächelte ihr zu.

»Thanks! See you, Sophie!«

Als sie hinausging, schauten Aurich und Schreiber nachdenklich auf ihren Po, an dem ihre Jeans wie maßgeschneidert saß. Irgendwo in Schreibers Hinterkopf schien wieder George Michaels ›Careless Whisper‹ zu säuseln. Er fragte sich, ob Aurich es auch hören konnte.

Sie wurden erst wachgerüttelt, als Sam ihnen mit einem gut gelaunten ›Zum Wohl‹ die Schnitte hinknallte. Die Beiden tranken.

»Sag mal, Schreiber«, begann Aurich irgendwann grübelnd. »Ich verstehe es immer noch nicht.«

»Schieß los«, ermutigte ihn Schreiber.

»Also. Du liebst die Sophie.«

»Jau.«

»Und die Sophie liebt dich auch.«

»Exakt.«

»Und wenn du was mit einer Frau anfängst, ist sie rotzeifersüchtig.«

»Aber hallo!«

»Hm«, machte Aurich und trank. »Aber du darfst nicht auf ihren Pete eifersüchtig sein.«

»Was heißt nicht dürfen? Ich meine, die sind doch verheiratet. Pete ist in Ordnung. Und unsere Sophie ist eben korrekt, verstehst du?«

»Jaja, verstehe«, log Aurich schnell.

Schweigen.

Immer noch grübelnd, kratzte sich Aurich das unrasierte Kinn.

»Und ihr zwei habt wirklich noch nie …?«

»Quatsch!«, wehrte Schreiber ab. »Sophie ist korrekt, Mann! Hab' ich doch gerade gesagt!«

»Klar, Mann. Korrekt. Klar. Tschuldigung.«

Schweigend starrten sie in ihre Gläser und lauschten den schrägen Klängen aus der Box.

»Kapier' ich nicht«, stellte Aurich irgendwann fest. »Ich kapier es einfach nicht.«

»Ich auch nicht«, gab Schreiber zu.

Schweigen.

»Aurich?«

»Jau?«

»Wir müssen wieder öfter mit der Band auftreten.«

»Jau.«

5 Aalglatt

2. bis 12. Juni

ALS SCHREIBER KURZ NACH MITTERNACHT auf seinem Fahrrad durch die Lange Straße rollte, dachte er über sein Gespräch mit Aurich nach. Es hatte ihm bewusst gemacht, wie verrückt im Grunde seine Beziehung zu Thiele war. Als sie auf Karin, Katrin, Kerstin, oder wie sie hieß, eifersüchtig gewesen war, hatte er sich doch tatsächlich schuldig gefühlt. Also glaubte er wohl, seiner Schnegge treu sein zu müssen, obwohl sie kein Paar waren und – wenn er sich ihre Ehe mit Pete so anschaute – wohl auch nie eines werden würden.

Andererseits hielt sich seine Eifersucht Pete gegenüber in Grenzen. Pete verbrachte unterm Strich doch auch nicht viel mehr Zeit mit ihr, als er selbst es tat. Wenn überhaupt. Aber ungeachtet all dessen: Selbst wenn Thiele noch zu haben gewesen wäre und sie zusammengekommen wären, hätte sich einer von beiden dienstlich versetzen lassen müssen. Also war vielleicht wirklich alles besser so, wie es nun einmal war. Auch wenn es für ihn bedeutete, dass er auf ewig zu einer platonischen Liebe verdammt war und in seinen immer wieder aufflammenden Frühlingsgefühlen vor sich hinschmachten würde. Schreiber hatte den Bullenblues.

Vor dem *Calimeros* musste er unwillkürlich an den Fall denken. Die Kollegen von der Zivilfahndung hatten für heute ihre Überwachung der Kneipen in der Lange Straße eingestellt, da sie ohnehin bald schließen würden. Er stieg vom Fahrrad, schob es zum mittleren der drei Fenster und spähte hindurch. Wenig los – Sonntagnacht eben. Carmen war nicht unter den Gästen. Egal, sie würde sich schon bei ihm melden, wenn es etwas Neues gäbe. Auch den unbekannten Bogenschützen vom Foto konnte er nirgends ausmachen. Er schob das Rad weiter, um auch noch einen Blick ins *Il Centro* zu werfen.

»Beherrsch' dich, Alter«, brummte er, als ihn von beiden Straßenseiten die beleuchteten Fenster der türkischen Imbisse lockten. Ein paar Jugendliche mit Baseballmützen standen essend an den runden Stehtischen aus weißem Kunststoff. Doch er würde brav sein. Keine Pizza mehr um diese Zeit. Schlimm genug, dass er schon wieder zwei Pils und einen Schnitt getrunken hatte, auch wenn das für fränkische Verhältnisse nicht wirklich viel war. Er musste Thiele immer wieder versprechen, mehr auf seine Gesundheit zu achten. Wie bei einem alten Ehepaar. Auch irgendwie komisch.

Vor dem *Il Centro* ließ er das Rad unabgesperrt stehen, denn er wollte nur einen kurzen Blick in die Bar werfen. Zwei junge, perfekt gestylte Pärchen traten vor ihm durch die geöffneten Glasschiebetüren. Er folgte ihnen durch den großen Eingangsbereich, einen langen Gang entlang, der einen Linksknick machte und zum hinteren Teil des Erdgeschosses, der eigentlichen Bar führte. Der Gang bestand aus großen bordeauxroten Vorhängen, die eine Wurst- und eine Gemüsetheke verbargen, an denen man tagsüber einkaufen konnte.

Schreiber sah die gelben Sessel des loungeartigen Sitzbereiches. Als er an den letzten Vorhängen vorbei um die Ecke biegen wollte und die viereckige, hell beleuchtete Bar in sein Blickfeld kam, zuckte er zusammen. Er machte kehrt und lief geduckt zurück nach draußen, wo er die Straße überquerte, um sich auf eine der Bänke an der Bushaltestelle zu setzen.

Das war er gewesen! Kein Zweifel. Der namenlose

Bogenschütze von seinem Foto hatte alleine an der Bar gestanden. Schreiber beobachtete die Eingangstür zum *Il Centro* und überlegte fieberhaft. Hatte der Mann ihn gesehen? Bestimmt nicht, denn direkt vor ihm waren die beiden Pärchen mit zwei sehr gut aussehenden Frauen gelaufen. Die hatten mit Sicherheit zuerst seine Aufmerksamkeit erregt. Auch hatte er selbst schnell genug reagiert, um nicht aufzufallen.

Er war ihm also einen Schritt voraus. Sollte er ihn ansprechen und mit den Bildern von Laura und Maria konfrontieren? So kaltblütig wie der Mörder seine Verbrechen plante, würde es Schreiber nicht gelingen, ihn aus der Reserve zu locken – falls der Mann tatsächlich der Täter war. Nein. Dem Mann jetzt gegenüberzutreten, war sicherlich das Dümmste, was er tun konnte. Es hätte ihn nur gewarnt. Sollte der Bursche sich ruhig unbeobachtet fühlen und sich sicher sein, dass man ihn nicht im Visier hatte.

Schreiber zog die Kapuze seines Shirts bis zu den Augenbrauen über den Kopf, steckte die Hände in die Taschen seiner Lederjacke, beugte sich etwas vor und kauerte auf der Bank. Jetzt würde er beim Verlassen des *Il Centro* sein Gesicht nicht sehen können und ihn im Vorbeigehen für einen Jugendlichen halten, der auf jemanden wartete, betrunken war, oder beides. Nichts Ungewöhnliches für die Lange Straße mit ihren vielen Bars und Imbissen.

Er lugte unter der Kapuze zur anderen Straßenseite. Sein Fahrrad stand noch da. Es war nicht das einzige vor dem *Il Centro.* Bestimmt würde der Mann bald herauskommen. Es war schon fast halb eins. Die beiden Frauen, die mit ihren Freunden gekommen waren, konnte er wohl kaum ansprechen. Ansonsten waren in der Bar nur wenige Gäste gewesen – nicht sehr interessant für einen, der laut Carmen gerne herumbaggerte.

Schreiber fischte sein Handy heraus, um Kollegen von der Zivilfahndung zur Unterstützung zu rufen. Beschattung war deren Metier, und alleine konnte er den Mann schnell verlieren … Zu spät, da kam er schon.

Er trug jetzt eine schwarze Lederjacke, die gut an seinem drahtigen Oberkörper saß. Schreiber nahm er gar nicht wahr. Er lief an den abgestellten Fahrrädern vorüber den Gehweg zurück in Richtung der Imbissfenster. In seinem geschmeidigen Gang lag eine Art gewollter Erotik, die Schreiber an Michael Kaufmann erinnerte.

Schreiber steckte das Handy weg und folgte dem Mann mit etwas Abstand, die Hände in den Taschen, die Kapuze tief im Gesicht. Er musste doppelt vorsichtig sein, denn Bamberg war klein, und es war durchaus möglich, dass der Mann ihn durch seine Auftritte mit den ›B. Bulls‹ kannte und wusste, dass er Polizist war.

»Hast noch Hunger, Kumpel?«, murmelte Schreiber, als sein Zielobjekt nach etwa hundert Metern einen Imbiss ansteuerte und sich beim unrasierten, dunkelhaarigen Verkäufer etwas bestellte. Schreiber tat auf der gegenüberliegenden Straßenseite einfach das Gleiche.

»Ne Pizza Spezial, bitte«, sagte er zum kleinen, stämmigen Deutsch-Türken am Fenster.

Er zahlte passend, nahm das Stück entgegen und begab sich zu einem der beiden Stehtische. Am anderen aßen drei angetrunkene Jungs mit schräg sitzenden Baseballkappen. Schreiber rückte um seinen Tisch herum etwas näher an sie heran und spähte an ihnen vorbei auf die andere Straßenseite.

Dort ließ sich der Mann ein Tabascofläschchen geben, um sein Pizzastück großzügig mit Soße zu beträufeln. Er biss ein paar Mal ab und lief, als er halb aufgegessen hatte, zurück in Richtung *Il Centro*. Das Tabascofläschchen ließ er auf dem Fensterbrett stehen, wo es der Verkäufer, der gerade neue Pizza zubereitete, nicht weiter beachtete.

Schreibers Herz machte einen Sprung. Er würde sich das Fläschchen unter den Nagel reißen und ein paar inoffizielle Fingerabdrücke sichern. Unsaubere Ermittlungsmethoden, aber im Vergleich zu dem, was er sich bisher geleistet hatte, kaum der Rede wert. Nicht einmal Laut würde sich darüber aufregen. Als der Mann weit genug entfernt war, ließ Schreiber seine Pizza liegen und überquerte die Straße. Er nahm seine Serviette, griff mit einer flinken Bewegung das Fläschchen und ließ es in seiner Jacke verschwinden.

Der Verkäufer hatte nichts bemerkt. Auch der Mann nicht, der etwa fünfzehn Meter von Schreiber entfernt durch die Glasfront des *Easy Living* spähte und sich dabei das letzte Stück Pizza in den Mund schob. Das *Easy Living* war eine weitläufige Cocktailbar, die, gleich neben der Görres-Passage, vor kurzem neu eröffnet hatte – scharfe Konkurrenz fürs *Calimeros* und das *Il Centro*.

Schreiber musste jetzt vorsichtig sein, um dem Mann nicht zu nahe zu kommen. Langsam lief er den Gehweg entgegengesetzt weiter zurück in Richtung *Calimeros* und tat so, als betrachtete er die Auslagen in den Schaufenstern. Aus den Augenwinkeln sah er, wie der Mann sich vom *Easy Living* abwandte, die Lange Straße überquerte und in die Hellerstraße lief. Schreiber, sofort unruhig als er ihn nicht mehr sehen konnte, machte erneut kehrt und eilte zum *Easy Living,* das er mit gespielter Gleichgültigkeit durch die gläsernen Flügeltüren betrat. Dabei schielte er in die Hellerstraße, wo er gerade noch sah, wie der Mann in einer Haustür verschwand.

»Okay«, murmelte Schreiber, den die Barkeeper, die schon aufräumten, nicht weiter beachteten. Er verließ das Lokal wieder und lief in die Hellerstraße, um die Namen an den Klingelknöpfen zu studieren. Das riesige Eckhaus aus dem späten 19. Jahrhundert, das höchste in der Lange Straße, hatte auch einen seitlichen Eingang in der Hellerstraße. Es war einfach, den richtigen Klingelknopf zu finden, denn Erdgeschoss und die erste Etage gehörten einem Betten- und Matratzenhandel. Auch in den nächsten beiden Stockwerken waren Geschäftsräume. Lediglich ganz oben, im vierten Stock, wohnte eine Privatperson. ›Marco Fischer‹ las Schreiber auf dem von innen beleuchteten Plastikschildchen. Der unbekannte Bogenschütze hatte endlich einen Namen.

»Hier wohnst du also. Nicht schlecht«, murmelte Schreiber beeindruckt.

Das Gebäude war seiner Meinung nach eines der schönsten Bambergs. Verputzt in leuchtendem Gelb, überstrahlte es tagsüber regelrecht die benachbarten Häuser. Unzählige Male hatte er es im Vorbeigehen bestaunt und den beneidet, der in der vierten Etage die große Terrasse zur Hellerstraße nutzen konnte. Selbst er, der Treppenmuffel, hatte schon oft davon geträumt, dort oben zu residieren – wahrscheinlich gab es sowieso einen Aufzug. Sollte ausgerechnet hier der Mörder wohnen?

Er trat ein paar Schritte rückwärts vom Haus weg, um hinauf zu blicken. Durch die großen Rundbogenfenster der unteren zwei Geschosse konnte man beinahe die kompletten Ausstellungsflächen des Betten- und Matratzenhandels einsehen. Schreiber ging zurück in die Lange Straße, wo er sich vor das *Easy Living* stellte und seinen Blick an der prachtvollen, barock anmutenden Fassade nach oben schweifen ließ.

Vor der zweiten und dritten Etage zog sich ein mit zahlreichen Reliefs verzierter Erker in die Höhe. Die Details waren auch bei Nacht recht gut zu erkennen: kleine Engelchen, eine Frau, die auf einer Leier spielte, das Gesicht von Hermes, dem Götterboten mit seinem geflügelten Helm. Ein schmaler Balkon vor dem vierten Stock bildete den Abschluss des Erkers. Die Wohnung dahinter mochte mehrere hundert Quadratmeter messen.

Als im Raum hinter dem Balkon das Licht anging, lief Schreiber zurück zu seinem Fahrrad. Es war noch da, obwohl er es nicht abgesperrt hatte – in Bamberg!

»Marco Fischer«, murmelte er, als er aufstieg. »Tja Kumpel, Bamberg ist eben auch nur ein Dorf.«

Während der ganzen Heimfahrt kreisten seine Gedanken um den Mann. Was er wohl für ein Mensch war? Mit seinen vielleicht dreißig Jahren wohnte er wahrscheinlich alleine in dieser riesigen Wohnung, die ein Vermögen kosten musste. Verdiente er so gut? War er sogar der Besitzer? Oder hatte er reiche Eltern, denen das Haus gehörte? Außerdem war er groß und gut aussehend – bestimmt ein richtiger Playboy. Schreiber sah ihn geradezu vor sich, wie er nachts auf seinem kleinen Balkon stand und hinunter in die Lange Straße schaute, wo ständig schöne junge Frauen unterwegs waren, die auf Kontaktsuche durch die typischen Bars zogen. Ein perfektes Jagdrevier für einen wie ihn. Aber reichte ihm das? Oder hatte er auch schon im Hainpark gejagt, Hunde erschossen, Frauen mit Gewalt genommen? Konnte er nie genug bekommen und brauchte einen zusätzlichen Kick? Schreiber würde es herausfinden.

»Nervös, Kumpel?«, fragte er zu Hause in der Küche sein Kühlschrankmännchen, als er sich eine Flasche Mineralwasser herausholte.

Es antwortete ihm nicht. Egal. Er beschloss, nicht weiter nachzuhaken. Stattdessen führte er ein Telefongespräch mit den Kollegen von der Zivilfahndung. Sie würden am nächsten Tag – dem Montag – die Lange Straße im Auge behalten. Vor allem in den frühen Morgenstunden, der Zeit, in der die Morde geschehen waren.

Artig, wie Thiele es gewollt hätte, nahm Schreiber einen Schluck Mineralwasser und ging zu Bett. Er tat kein Auge zu. Unruhig wälzte er sich die ganze Nacht hin und her.

Am Dienstag war es um 7 Uhr 45 morgens noch recht kühl in der Stadt. Mit hochgezogenen Schultern, die Hände in den Taschen seiner Jeansjacke, lief ein Zivilfahnder vor der Görres-Passage auf und ab. Der etwas korpulente Mittdreißiger spähte unter seinem blonden Seitenscheitel immer wieder hinüber in die Hellerstraße, ob Marco Fischer bald herauskäme.

»Jetzt bleib' doch mal für eine halbe Minute stehen«, sagte sein schlaksiger jüngerer Kollege, der wie ein Cowboy neben den Glastüren des *Easy Living* lehnte. In seinem grünen Kapuzenshirt, das er unter einer schwarzen Lederjacke trug, fror er nicht. »Oder setz' dich meinetwegen wieder ins Auto«, fügte er hinzu.

»Kaffee wäre jetzt gut«, antwortete der andere, blieb stehen, hüpfte aber von einem Bein aufs andere.

Sie hatten schon den Morgen des vorherigen Tags hier verbracht, aber alles war ruhig geblieben. Schreiber hatte am Montag als erstes den Kollegen der SoKo Namen und Adresse des Bogenschützen mitgeteilt, Schindler das Tabascofläschchen gegeben und Laut davon berichtet. Der hatte sein Vorgehen, wie erwartet, diesmal nicht kritisiert. Es stand noch an, herauszufinden, wo Fischer arbeitete, doch in diesem Punkt war man im Kommissariat nicht weitergekommen.

»Falls der seiner Tätigkeit von zu Hause aus nachgeht, können wir hier noch lange herumstehen«, sagte der Schlaksige, das alberne Gehopse seines Kollegen ignorierend.

»Na ja. Was soll's«, schlotterte dieser und ging dazu über, die Beine wie ein Fußballer auszuschütteln. »Bald wird es sowieso wärmer, und wenn die hier öffnen, können wir drinnen einen Kaffee trinken und die Hellerstraße durch die Glasfront im Auge behalten.« Er deutete mit der Nase auf die Türen des *Easy Living.*

Die Vorfreude auf das wohltuende Heißgetränk wurde ihnen genommen, als Fischer aus dem Haus kam und auf die Lange Straße zuging. Die Polizisten traten wie beiläufig ein Stück in die Passage und gaben vor, sich zu unterhalten.

Fischer lief zielstrebig den Gehweg in Richtung Schönleinsplatz. Er trug eine Aktenmappe unterm Arm und sah aus, wie einem Hochglanz-Modemagazin entsprungen: Maßgeschneiderter dunkler Anzug, dazu passende Krawatte, schwarze Schuhe, die einen fast blendeten – alles offensichtlich sündhaft teuer. Die dunklen Locken hatte er mit etwas Gel nach hinten gestrichen. Der Traum jeder Schwiegermutter.

»Bank oder Versicherung, jede Wette«, murmelte der Korpulente.

»Hm«, machte sein Partner.

Sie folgten Fischer in sicherer Entfernung. Die Beschattung endete schon nach wenigen Minuten, als er tatsächlich in einer der großen Banken am Schönleinsplatz verschwand. Die beiden Beamten liefen langsam an den gläsernen Eingangstüren vorüber und schielten hinein.

Drinnen im Foyer lehnte sich Fischer lässig an einen der Schalter und sprach die junge Bankangestellte dahinter an. Die hübsche Frau mit kurzem, schwarzem Haar stand lächelnd auf, stützte sich bequem auf die Theke und fing an, sich mit ihm zu unterhalten. Es sah aus, als ob die beiden flirteten.

Als sie am Eingangsbereich vorbei waren, blieben die Zivilfahnder stehen.

»Na also«, sagte der Schlaksige zufrieden.

»Gehen wir rüber zum *Rondo* und frühstücken«, schlug sein Kollege vor und wies mit dem Kopf in Richtung des runden italienischen Imbisshäuschens. »Von da aus haben wir alles im Blick.«

»Okay, aber haben die eigentlich schon geöffnet?«, gab der Andere zu bedenken und spähte mit zusammengekniffenen Augen hinüber.

Sie wollten gerade losgehen, um nachzusehen, als das Quietschen von Fahrradbremsen sie zurückhielt.

»Morgen, Kollegen«, sagte Schreiber, der auf dem Radweg neben ihnen angehalten hatte. Er hatte es sich nicht verkneifen können, auf dem Weg ins Kommissariat einen kleinen Abstecher zu seinen Kollegen von der Zivilfahndung zu machen.

Nach Kaffee dürstend, erklärten sie ihm knapp die Lage, um kaum eine Minute später das *Rondo* anzusteuern. Schreiber sah ihnen noch nach, ehe er sein Fahrrad vor die Eingangstür der Bank schob und vorsichtig hineinspähte. Drinnen hatte Fischer den Flirt mit der hübschen Schwarzhaarigen beendet und ging gerade an den Schaltern vorüber auf den Fahrstuhl zu. Dort wartete schon eine braunhaarige Schönheit in einem engen, dunklen Kostüm – chic, aber nicht zu sexy. Sie arbeitete offenbar auch in der Bank. Als Fischer neben sie trat, machte sie irritiert einen kleinen Schritt seitwärts, so als habe er Körpergeruch oder eine ansteckende Krankheit. Schreiber stutzte.

Wortlos warteten die beiden. Die Fahrstuhltüren öffneten sich und Fischer lud die Frau mit einer kleinen Geste zum Vortreten ein. Sie zögerte einige Sekunden und bedachte ihn mit einem seltsamen Blick. Erst als ein weiterer Mitarbeiter auftauchte und ebenfalls den Fahrstuhl ansteuerte, trat sie hinein. Fischer und sein Kollege folgten ihr.

Gebannt hatte Schreiber jedes Detail dieses kleinen Schauspiels verfolgt. Der irritierte Blick, den die Frau Fischer zugeworfen hatte. Es war eindeutig, dass sie ihn nicht mochte. Und Fischer selbst: Als die Fahrstuhltüren sich hinter den Dreien zugeschoben hatten, war ein hämisches Grinsen über sein Gesicht gehuscht. Was war da los zwischen den beiden? Hatte er die Frau schon einmal belästigt?

Eine Vorstellung, die Schreibers Ermittlerherz geradezu rasen ließ, zumal er nicht lange überlegen musste, an wen ihn die Frau erinnert hatte: Laura und Maria.

»Hey, David! Willst du ein Konto eröffnen?«, fragte plötzlich eine weibliche Stimme hinter ihm.

Erschrocken zuckte er zusammen und drehte sich um. Eine kleine, blonde Endzwanzigerin strahlte ihn freundlich mit ihren blauen Augen an.

»Oh, hallo … äh«, obwohl er das nette Gesicht auf

Anhieb erkannte, fiel ihm der Name der Frau nicht mehr ein.

»Nicole«, half sie ihm.

»Ja klar.« Etwas verlegen winkte er ab und lächelte zurück.

»Na ja. Wir haben uns ja auch schon ewig nicht mehr getroffen«, beruhigte sie ihn. »Was machst du denn hier? Sind wir wieder überfallen worden?«, witzelte sie, auf ihre erste Begegnung vor zehn Jahren anspielend.

Schreiber hatte damals noch beim Kommissariat 2 gearbeitet und war zu einem Bankraub gerufen worden. Als er das Gebäude betrat, lagen alle mit dem Gesicht nach unten auf dem Boden und bangten um ihr Leben. Nur Nicole, zu der Zeit neunzehn Jahre alt, saß zitternd hinter ihrem Schalter, vor dem ein Mann stand, der sie mit einer Schusswaffe bedrohte. Schreiber gelang es, die Situation in weniger als fünfzehn Minuten zu deeskalieren und den Mann zur Aufgabe zu überreden. Der vermeintliche Räuber entpuppte sich als geistig verwirrter Arbeitsloser. Ein vollkommen verzweifelter 45-jähriger Mann, dessen Frau kurz vorher verstorben war. Sein Überfall mit einer harmlosen Schreckschusspistole war im Grunde nur ein Schrei nach Aufmerksamkeit gewesen.

Nicole hatte sich trotzdem zu Tode erschrocken. Seitdem war Schreiber ihr Held, mit dem sie gerne ein wenig schwatzte, wenn die Beiden sich in Bambergs Kneipen oder Cafés über den Weg liefen. Schreiber hatte das Mädchen von Anfang an gemocht und die kleinen Plaudereien mit ihr genossen – was seine damalige Ehefrau Karin äußerst eifersüchtig gemacht hatte.

Als sie sich jetzt gegenüberstanden, stellte er fest, dass aus dem Mädchen von früher eine selbstbewusste

Frau geworden war. Das stand ihr gut. Sie waren sich schon lange nicht mehr begegnet, und Nicole freute sich sehr, ihn zu sehen. Munter redete sie drauf los. Sie war mittlerweile verheiratet. Und als sie stolz von ihrem zweijährigen Sohn schwärmte, vergaß sie beinahe, dass sie eigentlich auf dem Weg zur Arbeit war.

»Ich quatsche und quatsche«, sagte sie irgendwann. »Dabei wollte ich schon längst drinnen sein. Aber wir müssen unbedingt mal wieder einen Kaffee zusammen trinken. Ich möchte doch auch wissen, was mein früherer Retter mittlerweile so treibt.«

»Logisch«, erwiderte Schreiber gut gelaunt. »Warum nicht gleich heute Mittag?«

Gerne nahm sie den Vorschlag an. Schreiber sah ihr noch nach, wie sie den Schalterraum durchquerte, um den Fahrstuhl zu rufen, in dem kurz vorher noch Marco Fischer verschwunden war.

»Die kleine Nicole vom Banküberfall«, murmelte Schreiber zufrieden, als die Schiebetüren sich hinter ihr schlossen.

»Und ob ich den kenne!«, sagte Nicole. »Wenn ich dir sagen soll, was der Arsch für Leichen im Keller hat, rennst du bei mir offene Türen ein.«

Vor Neugier platzend, hatte Schreiber nur noch Augen für die junge Frau ihm gegenüber, so dass ihm die Schönheit der modernen Gemälde an den Wänden vollkommen entging. Sie saßen auf der kleinen Terrasse im Innenhof des *Hofcafés* bei Pute an frischem Gemüse und Reis, dem Mittagsmenü. Um möglichst ungestört mit ihr reden zu können, hatte sich Schreiber gegen die Tische vorne in der belebten Austraße entschieden. Nach dem üblichen Small Talk hatte er sie unverhohlen auf Fischer angesprochen.

»Hört, hört!«, erwiderte er. »Ich bin ganz Ohr.«

Sie wollte schon loslegen, als sie plötzlich stockte. »Moment mal«, sagte sie. »Sag bloß, der hat was mit diesen gruseligen Morden im Hain zu tun?« Der Gedanke ließ sie schaudern.

Schreiber zuckte die Schultern. »Das kann ich dir so nicht sagen. Ich möchte dich aber bitten, niemandem von unserem Gespräch zu erzählen, okay?«

»Wow«, stieß sie mit einer Mischung aus Verwunderung und Begeisterung aus. Nachdem sie sich gefangen hatte, beugte sie sich zu Schreiber über den Tisch.

»Dann kann ich mich auch auf deine Diskretion verlassen?«, fragte sie. »Ich habe keine Lust, in der Bank Schwierigkeiten zu bekommen.«

»Kennst mich doch«, sagte Schreiber und ließ ihre Frage damit im Grunde unbeantwortet.

Sie schob sich ein Stückchen Fleisch in den Mund, was sie nicht daran hinderte, weiterzureden.

»Also, an unserem lieben Herrn Fischer kann ich so ziemlich nichts leiden. Da weiß ich gar nicht, wo ich anfangen soll«, ereiferte sie sich sofort. »Es geht schon mal damit los, dass er sich damals in unser Haus am Schönleinsplatz versetzen ließ, vor ungefähr einem Jahr. Zu der Zeit war er schon Firmenkundenberater. Mit dreißig!«, betonte sie und unterstrich ihre letzten Worte, indem sie mit der Gabel auf Schreiber zeigte.

»Was ist daran so besonders?«, fragte dieser.

»Firmenkundenberater wirst du in unserem Job normalerweise frühestens mit Mitte dreißig. Frühestens!«, erklärte sie. »Wenn einer in dem Alter schon so weit ist, hat das einfach einen komischen Beigeschmack. Man muss extrem karrieregeil sein, aalglatt und ordentlich Ellenbogen haben, womöglich auch noch mehr: Verbindungen spielen lassen, vielleicht sogar mit den richtigen Frauen ins Bett steigen, was bei Marco nun wirklich niemanden überraschen würde.«

»Verstehe«, sagte Schreiber, dem sofort aufgefallen war, dass sie Fischers Vornamen benutzt hatte. »Und so einer ist dir eher unsympathisch, weil er von Haus aus mehr der harte Typ ist – zu hart und zu wenig Herz.«

»So ungefähr«, bestätigte sie. »Aber bei unserem speziellen Freund Marco kommt ja noch viel mehr dazu!«

Neugierig legte Schreiber den Kopf schräg. Mit zwei kurzen Seitenblicken vergewisserte sie sich noch einmal, dass niemand mithören konnte, ehe sie mit gesenkter Stimme fortfuhr: »Stichwort sexuelle Belästigung«, sagte sie bedeutungsvoll, steckte sich ein Stück Paprika in den Mund und wartete kauend die Wirkung ihrer letzten Worte ab.

Schreiber sah ihr ernst in die Augen.

»Er hat dich sexuell belästigt?«, fragte er.

Sie wiegte den Kopf hin und her und schluckte.

»Kann man so nicht sagen«, antwortete sie. »Bei mir hielten sich seine Aktivitäten zum Glück in Grenzen. Ich meine, der hat so ziemlich jede halbwegs gut aussehende Frau in der Bank angemacht. Aber immer ganz geschickt, nie vor anderen Mitarbeitern und oft durch die Blume. Eine zweideutige Bemerkung hier, eine kleine Geste da, Augenzwinkern, ein leicht lüsterner Blick. Verstehst du?«

»Hm.«

»Aber bei einer Kollegin von mir war es mehr als das. Die hat er richtig unter Druck gesetzt – über längere Zeit. Er hat sie fix und fertig gemacht. Am Ende war sie kurz davor, ihn wegen sexueller Belästigung am Arbeitsplatz anzuzeigen.«

»Warum hat sie's nicht getan?«

»Weil er ihr unmittelbarer Vorgesetzter war. Marco hat als Firmenkundenberater fünf Sachbearbeiter, beziehungsweise Sachbearbeiterinnen unter sich. Zu denen hat sie damals noch gehört. Na ja, und seinen Chef anzuzeigen, das überlegt sich jeder natürlich zweimal, erst recht bei einer so brisanten Sache. Du weißt nie, ob man dir überhaupt glaubt, und dann brauchst du Zeugen, die für dich aussagen. Finde die mal gegen einen Mann in Marcos Position, über dessen gute Verbindungen sowieso ständig gemunkelt wird. Über ihm gibt's nur noch den Vorstand, wo die ganz hohen Tiere sitzen. Und das sind bei uns ausschließlich Männer.«

»Verstehe. Was hat sie schließlich getan, deine Kollegin?«

»Sie ließ sich zu mir in die Gewerbekreditabteilung versetzen. Die ist in einer anderen Etage. So sieht sie Marco nur noch selten, und wenn, dann nur ganz kurz, auf dem Gang oder so.«

»Oder vor dem Fahrstuhl«, ergänzte Schreiber.

Sie zuckte zusammen und starrte ihn mit offenem Mund an.

»Wow«, begann sie, als sie ihre Sprache wieder gefunden hatte. »Bist du Hellseher? Sie hat mir heute Morgen noch gesagt, dass Marco sie vor dem Fahrstuhl wieder so eklig angegrinst hätte.«

Schreiber lächelte nur.

»Ach Quatsch!« Sie lächelte zurück, als es ihr dämmerte. »Das hast du vorhin von draußen gesehen, kurz bevor wir uns vor der Bank getroffen haben. Stimmt's?«

»Stimmt«, bestätigte er nickend und prostete ihr mit seinem Glas Orangensaft zu.

»Dann weißt du ja schon, um wen es geht«, stellte sie fest und sah ihn eindringlich an. »Ist meine beste

Freundin, die Svenja. Ich möchte dich noch einmal an deine Diskretion erinnern, David. Die Ärmste hat schon genug durchgemacht, also sprich sie nur nicht darauf an, okay?«

»Wieso sollte ich? Bestimmt kannst auch du mir alles erzählen, oder?« Aufmunternd zwinkerte er ihr zu.

»Hm«, nickte sie zufrieden und tupfte sich mit der Serviette die Lippen ab.

Sie ließen sich zwei Kännchen Kaffee bringen. Nach dem ersten Schluck schilderte Nicole die Ereignisse von Anfang an.

»Es begann im November letzten Jahres«, sagte sie. »Ich war mit Svenja zur Happy Hour im *Il Centro.* Wir tranken Cocktails und schäkerten ein bisschen mit Männern rum. Nur so zum Spaß, schließlich sind wir beide verheiratet. Irgendwann, als wir zwei Jungs mit einer Bemerkung über unsere Ehemänner verscheucht hatten, tauchte Marco auf. Er spendierte uns Cocktails und machte ein wenig Small Talk. Wir fanden es ganz witzig, den aalglatten Karrieretypen mal privat zu erleben.« Sie dachte kurz nach. »Er war damals noch kein halbes Jahr bei uns. Ich kannte ihn eher vom Sehen. Aber Svenja hatte mir schon von ihm erzählt, weil er ihr gegenüber die eine oder andere schlüpfrige Andeutung gemacht hatte. Sie hielt es zu der Zeit noch für einen harmlosen Flirt.« Nicole seufzte. »Na ja, darum haben wir gerne ein wenig mit ihm geredet im *Il Centro.* Ich fand es insgeheim auch eine gute Gelegenheit, dem neuen Kollegen mal ein bisschen auf den Zahn zu fühlen, gerade weil solche Karrieretypen im Grunde nicht so mein Fall sind, weißt du?«

Nicken.

»Wir plauderten belangloses Zeug«, fuhr sie fort.

»Er ließ ganz schön seinen Charme spielen, obwohl er wusste, dass wir verheiratet waren. Später am Abend lud er uns dann in seine Wohnung ein. Nur einen Katzensprung entfernt, in derselben Straße. Er war erst kurz vorher in dieses tolle Haus gegenüber der neuen Cocktailbar gezogen, dem … Dingsbums …«

»*Easy Living*«, half Schreiber.

»Genau«, sagte sie zufrieden und nahm einen Schluck Kaffee, ehe sie weitererzählte. »Er wollte eine Art Einweihungsfeier mit uns nachholen. Obwohl Svenja und ich schon ein bisschen betrunken waren, wussten wir natürlich, dass er nur darauf aus war, weiter mit uns zu flirten und seine Chancen auszuloten. Aber trotzdem, die große Wohnung in dieser super Lage wollten wir unbedingt mal sehen. Außerdem waren wir ja zu zweit, also gingen wir mit. Und das Haus war wirklich absolut irre, und die Wohnung ist der Hammer! Am Ende ist das Wohnzimmer mit diesem kleinen Balkon zur Lange Straße. Eine traumhafte Aussicht. Marco mixte uns an einer Hausbar Cocktails. Wir tranken weiter, und irgendwann waren wir alle ziemlich betrunken – auch Marco. Tja, und dann ging's los.«

Mit einem vielsagenden Blick trank sie vorsichtig von ihrem Kaffee.

»Erzähl schon«, bat er ungeduldig.

Sie beugte sich über den Tisch.

»Marco versuchte, einen flotten Dreier mit uns zu schieben. Der wurde ziemlich direkt und hat sich an uns rangeschmissen. Wir gingen natürlich nicht darauf ein, witzelten einfach ein bisschen herum.«

»Hm«, machte Schreiber. »Wurde er gewalttätig?«

»Das nicht. Aber es war schon irgendwie komisch. Als er merkte, dass nichts lief, kühlte sein Charme ziemlich schnell ab. Er war zwar noch halbwegs freundlich, aber wir spürten trotzdem, dass ihn die Sache wurmte. Wahrscheinlich hatte er geglaubt, dass ihn alle für unwiderstehlich halten müssten. Jedenfalls sind wir dann irgendwann gegangen.«

Sie lehnte sich zurück und atmete tief durch.

»Na ja«, sagte sie. »Und ab dem Abend ging's los für Svenja – mit der Belästigung. Der wollte sich einfach nicht geschlagen geben und ließ nichts aus: anzügliche Bemerkungen und sogar Herumgegrabsche, wenn keiner in der Nähe war. Der hätte ihr mit Sicherheit auch bis nach Hause nachgestellt, wenn sie nicht verheiratet wäre.«

Sie deutete mit dem Teelöffel auf Schreiber und kniff verächtlich die Augen zusammen.

»Hat Svenja ihrem Mann von der Sache erzählt?«, fragte dieser.

Nicole schüttelte den Kopf.

»Nein«, antwortete sie. »Sie traute sich nicht. Der ist eifersüchtig, und sie wusste nicht, wie er reagieren würde. Ich war die einzige Person, der sie sich anvertraut hat. Irgendwann ließ sie sich, wie gesagt, in meine Abteilung versetzen und seitdem geht's ihr besser.«

Sie sah Schreiber eindringlich an.

»Aber das Eine sage ich dir, David. Bei unserem Freund Marco Fischer ist definitiv eine Schraube locker. Nicht nur wegen der sexuellen Belästigung. Der ist auch sonst ganz komisch.«

»Wie meinst du das?«

»Na ja, an diesem Abend zum Beispiel, da war er aalglatt und wusste immer genau, was er sagen musste, um uns bei Laune zu halten. Aber irgendwie hat er trotzdem nichts von sich selbst erzählt. Sein ganzes

Auftreten war wie einstudiert. Und als wir bei ihm in der Wohnung waren, ist auch tatsächlich etwas ganz Schräges passiert.«

Sie machte eine dramatische Pause.

»Du verstehst es, die Spannung zu steigern«, knurrte Schreiber. »Erzähl schon.«

Sie schmunzelte, wurde aber sofort wieder ernst.

»Also, das war so: Irgendwann musste ich mal auf die Toilette. Auf dem Weg zurück ins Wohnzimmer wurde ich plötzlich neugierig. Ich wollte mehr von dieser tollen Wohnung sehen. Marco hatte uns direkt ins Wohnzimmer geführt, ohne uns die anderen Räume zu zeigen. Natürlich gehört es sich nicht, herumzuschnüffeln, aber ich war ja auch schon etwas betrunken. Aus dem Wohnzimmer konnte ich die Stimmen der beiden anderen hören. Also fühlte ich mich sicher, einen Blick in eines der Zimmer zu werfen. Ich öffnete die nächstbeste Tür, knipste das Licht an und trat über die Schwelle ...«

Sie lehnte sich zurück und schüttelte mit einem fassungslosen Lächeln den Kopf.

»Oh Mann! Der Raum war das reinste Gruselkabinett! In einer Ecke standen einige Bögen mit Pfeilen in so komischen Halterungen, und an einer Wand hingen verschiedene Messer. Es sah aus, wie bei Indianern auf dem Kriegspfad. Aber das eigentlich Gruselige waren die Poster in den Glasrahmen. Auf einem posierte Marco mit einem Bogen und einer Machete vor ein paar Bäumen – oben ohne. Er trug eine Bundeswehrhose und hatte den Oberkörper und das Gesicht mit Tarnfarben beschmiert, wie ein Soldat in so einem billigen Kriegsfilm. Und dann war da noch ein echt brutales Bild, der absolute Hammer. Marco in Siegerpose mit einem Fuß auf einem toten Warzenschwein in

Afrika. Er hielt den Bogen über seinen Kopf und grinste in die Kamera. In der anderen Hand hatte er den Pfeil. Da war Blut dran und an seinen Fingern auch.«

Sie stockte, ehe sie fortfuhr.

»Dieses Grinsen. Das war so unheimlich, so durchgeknallt, richtig irre. Und trotzdem waren seine Augen leer, kalt, irgendwie seelenlos. Als ich da so stand und mir die Bilder ansah, hatte ich plötzlich furchtbare Angst. Ich bekam Panik, dass Marco mich in dem Zimmer erwischen könnte. Also knipste ich schnell das Licht aus und bin zurück zu den anderen. Marco hatte zum Glück nichts bemerkt.«

Nachdenklich rührte sie in ihrer Tasse.

»Mir läuft es heute noch eiskalt den Rücken runter, wenn ich daran denke.«

Laut und die SoKo Hainpark hatten genug von Zufällen. Erst Michael Kaufmann, der mit beiden Opfern zusammengewesen war, Bogen schoss, und gegen den es dennoch keinerlei Hinweise gegeben hatte. Dann Spider, ebenfalls Bogenschütze, der einschlägig vorbestraft und kurz vor den Morden auf dem Schießplatz gewesen war. Auch an seine Täterschaft wollte spätestens seit der letzten Besprechung niemand mehr glauben.

Obwohl alle fieberhaft ermittelt hatten, waren sie auf keine weiteren Verdächtigen gestoßen. Die Spur der gekauften Jagdpfeile hatte nichts Neues ergeben, und auch die Recherche über Auslandsreisen zur Bogenjagd ware nur zäh angelaufen. Schmoll und Thiele waren zwar im Internet auf die Websites einiger Anbieter in Afrika und Kanada gestoßen. Diese hatten sich jedoch nicht sonderlich kooperativ gezeigt, wohl aus einer Art Solidarität unter Bogenjägern heraus.

Deshalb hungerten die Mitarbeiter der SoKo geradezu nach Schreibers Bericht, durch den sich, wie er vorausgeschickt hatte, die Hinweise gegen Marco Fischer verdichten würden.

»Der war's«, hatte er sogar überzeugt angekündigt.

Es war Dienstag, 15 Uhr. Alle im Sitzungsraum hörten Schreiber gebannt zu, als er von Nicoles Aussage erzählte. Kaffees wurden kalt. Niemand unterbrach ihn. An der Stelle mit den Postern von der Bogenjagd nickten die Kommissare mit grimmiger Zufriedenheit vor sich hin und schauten erwartungsvoll zum Chef.

»Es kommt noch besser«, hob Schreiber an und erntete sogleich neugierige Blicke. »Nicole konnte mir auch sagen, wann Fischer das letzte Mal Urlaub genommen hat: vom 23. bis 27. April. Daran erinnerte sie sich, weil ihre Kollegin, die er sexuell belästigt hat, immer froh ist, wenn sie ihm in der Bank nicht begegnen kann. Laura wurde am Mittwoch, den 25. umgebracht. Laut ihrer Mitbewohnerin Carmen joggte sie nur wochentags. An den Wochenenden ging sie Schwimmen oder fuhr nach Hause zu ihren Eltern. Das passt. Fischer ist ein sportlicher Typ, joggt morgens, bevor er zur Arbeit geht – im Hainpark, den er von seiner Wohnung aus gut erreichen kann. Dabei begegnet er immer wieder Laura, die er aus seinen Stammkneipen kennt. Sie ähnelt nicht nur der Bankangestellten, bei der er nicht landen konnte, er hat sie sogar schon im *Calimeros* angesprochen. Ebenfalls erfolglos, wie wir von Carmen wissen.«

Schreiber ließ seine Worte einige Sekunden wirken. Er stützte sich auf die Tischplatte und gestikulierte mit einem grünen Plastikkugelschreiber, als er weitererzählte.

»Irgendwann kennt er Lauras Gewohnheiten genau.

Er legt sich seinen Plan zurecht und nimmt sich eine Woche frei, denn er geht davon aus, dass sich an einem der fünf Tage eine gute Gelegenheit bietet. Bei Maria macht er es genauso, nur dass er für sie keinen Urlaub braucht, weil sie meistens samstags läuft.« Schreiber hielt kurz inne und fuhr dann fort: »Dann wäre da noch seine Wohnung. Nicole sagte, er sei im November letzten Jahres eingezogen. Im September und Oktober hat er noch unter falschem Namen im Schützenhaus Kunigundenruh geschossen, seitdem nie wieder. Wir haben uns gefragt, warum. Was, wenn er einfach in seinen eigenen vier Wänden weiter geübt hat, weil er jetzt genug Platz hatte? Nicole erzählte von einem langen Gang. Ich hab mir das Haus mal angesehen. Dieser Gang könnte locker 25 Meter haben – perfekt, um unauffällig Bogen zu schießen. Wozu also rausgehen, wenn man daheim den ganzen Tag üben kann?«

Schreiber legte den Stift auf die Tischplatte, lehnte sich bequem zurück, sah zu Laut und dann wieder in die Runde.

»Ich sage euch: Der war's«, sagte er überzeugt. »Auch die Art, wie Nicole ihn beschrieben hat. Aalglatt. Der weiß wohl immer genau, was zu sagen ist, ohne dabei wirklich etwas von sich selbst zu erzählen. Zu einem Typen wie dem würde das Tatmuster hundertprozentig passen. Der wäre berechnend genug, um so was durchzuziehen.«

Erneut blickte er abwartend zu Laut, der aufmerksam zugehört hatte und sich jetzt nachdenklich mit dem Druckknopf seines goldfarbenen Kugelschreibers an die Unterlippe tippte. Einige Sekunden gespannten Schweigens verstrichen. Schließlich beugte Laut sich vor und verschränkte die Hände auf der Tischplatte.

»Würde mich nicht wundern, wenn das Profil unseres Münchner Profilers zu deiner Beschreibung passt«, begann er und blickte erst zu Schreiber, dann zu den anderen. »Es müsste demnächst kommen. Aber tatsächlich könnten wir schon jetzt genug für unseren dynamischen Staatsanwalt Müller haben. Zwar nichts Handfestes, aber dafür eine Anzahl von Indizien, die sich sehen lassen können.«

Der für Laut untypische kleine Seitenhieb auf Müller zeigte, wie sehr ihm die Anspannung der letzten Wochen zu schaffen machte.

»Nun, was können wir offiziell vorweisen? Gehen wir alle Indizien noch einmal der Reihe nach durch. Sagen wir einmal, Lauras Mitbewohnerin, diese Carmen, hat von sich aus das Foto im Internet entdeckt und dann den Kollegen Schreiber angerufen.« Er schaute fragend zu Schreiber, der die Unterlippe vorschob und nickte.

»Gut«, fuhr Laut fort. »Also dann. Erstens. Eine Zeugenaussage, dass Fischer das erste Opfer erfolglos angemacht hat. Zweitens. Eine Zeugenaussage, ebenfalls von Carmen, dass er regelmäßig in den Stammkneipen beider Opfer verkehrt. Dazu kommen noch Bilder aus dem Internet, die das belegen. Auch wohnt er in unmittelbarer Nähe dieser Bars …«

»… und auch nicht weit vom Hainpark«, warf Steinfels ein. »Serientäter finden ihre Opfer häufig in ihrer näheren Umgebung.«

Laut nickte.

»Kommen wir zu Nicoles Aussage. Und die hat es wirklich in sich«, führte er seine Zusammenfassung weiter.

»Drittens. Er hat Erfahrung darin, Tiere mit Pfeil und Bogen zu töten, eine gute, wahrscheinlich sogar notwendige Voraussetzung, um die Taten zu begehen.

Viertens. Er hat eine Frau, die vom Typ her den Opfern gleicht, monatelang belästigt. Und schließlich noch fünftens. Er hatte in der Woche, in der Laura ermordet wurde, Urlaub.«

Laut lehnte sich zurück und tippte nachdenklich mit dem Ende des Kugelschreibers auf der Tischplatte herum.

»Tja«, schloss er. »Nichts Handfestes, aber alles zusammen macht schon ordentlich was her. Das reicht wohl auch für unseren Herrn Müller, oder?«

Er sah auf.

»Klar reicht das!«, ereiferte sich Aurich. »Der war's doch! Ich fress' ne ganze Besenkammer, wenn nicht. Inoffiziell wissen wir ja sogar noch, dass er versucht hat, als Bogenschütze nicht in Erscheinung zu treten!«

Laut nickte langsam vor sich hin.

»Sehe ich genauso, Kollege Aurich«, sagte er. »Sehe ich genauso.« Er blickte entschlossen in die Runde. »Mit dem, was wir haben, bekommen wir vom Müller das ganze Programm: Telefonüberwachung, Durchsuchungsbeschluss, Observation. Aber das alles werden wir gar nicht mehr brauchen, schließlich können wir auch offiziell eine DNA-Probe von unserem Herrn Fischer nehmen. Die passt garantiert zu der des Schamhaars, das wir auf Maria gefunden haben. Da windet der sich nicht mehr raus.«

Zufrieden blickten die Kommissare einander an. Als Thieles Augen die von Schreiber fanden, hatte er das Gefühl, dass sie ihn sofort geküsst hätte, wenn sie in diesem Augenblick alleine gewesen wären. Es blieb für Schreiber bei dem Gedanken – wie immer.

»Also gut«, riss Lauts Stimme ihn aus seinem kleinen Tagtraum. »Dann wollen wir mal.« Er blickte zu Schmoll. »Die Nürnberger sollen uns das SEK schikken. Wenn wir Glück haben, können die schon heute Nacht, beziehungsweise morgen früh zugreifen. Bis dahin lassen wir nichts mehr anbrennen. Die Kollegen von der Zivilfahndung sollen die Überwachung Fischers verstärken.«

Schmoll nickte. Ohne anzuklopfen, kam Hans Schindler ins Zimmer.

»Kollegen«, er nickte in die Runde.

Alle Blicke richteten sich auf ihn.

»Wir haben ihn«, eröffnete er lächelnd. »Inoffiziell zumindest. Der Abdruck auf dem Tabascofläschchen passt. Wie gesagt, nicht genügend Merkmale für Staatsanwaltschaft und Richter aber …« Er konnte den Satz nicht beenden.

Aufgeregt redeten alle durcheinander, denn der letzte Rest jeden Zweifels war beiseite gefegt. Bayer klopfte Schreiber anerkennend auf die Schulter.

»Ja!«, zischte Aurich und schlug seine Hand triumphierend auf die Tischplatte, so dass sein Kaffee überschwappte.

Thiele beugte sich zu Schreiber.

»Wenn's losgeht, will ich dabei sein«, sagte sie.

»Aber hundertprozentig«, pflichtete er ihr bei.

Allen Mitgliedern der SoKo ging es wie ihnen. Nur der Anblick Fischers, wie er in Handschellen abgeführt wurde, würde ihnen die Anspannung nehmen und ihre erhitzten Gemüter beruhigen. Ganz Bamberg würde wieder durchatmen können, Ruhe würde einkehren in der Domstadt, die Reporter würden allmählich verschwinden und erst beim Prozess wieder auftauchen. Der Spuk wäre endgültig vorbei. Das Spezialeinsatzkommando aus Nürnberg musste Fischer nur noch festnehmen – ein Routinejob.

»Das riecht ja super hier!«, rief Thiele, als sie im Flur ihre Jeansjacke aufhängte und Ramon ihr schwanzwedelnd entgegenkam. Sie ging auf die Knie und knuddelte ihn hinter den Ohren.

»Ist so gut wie fertig«, kam Petes Stimme aus der offenen Küchentür.

Gut gelaunt zog sie die Sneaker aus, schlüpfte in ihre Hausschuhe und lief zielstrebig in die Küche, aus der sich der Duft von Petes berühmtem indischem Curry im ganzen Haus verbreitete.

Er stand in einer roten Schürze vor dem Herd und rührte in einem großen Alu-Kochtopf.

»Vorsicht, heiß!«, warnte er erschrocken, als Thiele von hinten die Arme um seine Hüften schlang, in sein Ohr biss und ihm laut auf die Wange schmatzte.

»Hallo, Lehrer des Monats! Ich war ein böses Mädchen«, schnurrte sie ihm übermütig ins Ohr.

Erst jetzt sah die kleine Louisa von ihrer Buntstiftzeichnung am Küchentisch hoch. Sie war so sehr darin vertieft gewesen, dass sie nicht einmal hinter Ramon hergelaufen war, wie sie es sonst immer tat, wenn ihre Mama früh von der Arbeit nach Hause kam. Kichernd hielt sie sich jetzt die Faust mit einem roten Stift vor den Mund.

»Hey, Prinzessin!«, rief Thiele, die herumwirbelte, neben dem Stuhl ihrer Tochter in die Hocke ging, sie innig an sich drückte und ebenso laut küsste wie Pete. Louisas Arme legten sich um ihren Hals, um sich schon nach wenigen Sekunden wieder zu lösen.

»Guck mal!«, sagte das Mädchen und zeigte auf die Zeichnung.

»Schönes Bild!«, lobte Thiele. »Malst du das für mich?«

»Nö, für die Schule.«

»Och, wie schade«, sagte Thiele betont traurig. »So eins hätte ich auch gerne.«

»Kein Problem!«, strahlte die Kleine und fuhr sogleich mit ihrem kreativen Schaffen fort.

Thiele stand auf, lehnte sich neben Pete rücklings an die Spüle und begutachtete die blubbernde Masse im Topf. Sie bewunderte die Kochkünste ihres Mannes, die er leider viel zu selten zeigte. Die festliche Mahlzeit, die er gerade zubereitete, schien ihr die Krönung des erfolgreichen Arbeitstages. Marias und Lauras Mörder war so gut wie verhaftet.

»Ich gehe heute früh ins Bett«, sagte sie.

»Hey, hey!« Er zwinkerte ihr zu und rührte weiter.

Sie musste lächeln und kniff ihm in die Wange.

»Lass mich schlafen, okay? Ich muss mitten in der Nacht wieder raus.«

»Ooooch.« Pete zog eine beleidigte Schnute, was ihr ein weiteres Grinsen entlockte. »Du passt ja auf dich auf, Süße«, sagte er plötzlich ernst, schaute ihr kurz, aber tief in die Augen, um sich sogleich wieder dem Topf zuzuwenden.

»Klar«, versicherte sie und streichelte ihm über den Hinterkopf.

Pete hatte sich längst an ihre Berührungen gewöhnt, genoss sie aber noch immer. Ohne sich umzudrehen, legte er den Deckel auf den Topf und begann auf der Anrichte neben dem Herd eine Gurke für den Salat zu schneiden. Er fragte nicht weiter nach, was seine Frau in der Nacht zu tun hatte. Thiele mochte seine Art, mit ihrem Beruf umzugehen. Nie hatte er sie mit übertriebener Besorgnis genervt oder gar versucht, ihr den Dienst beim Kommissariat 1 auszureden.

»Du musst dein Ding durchziehen«, hatte er nur gesagt, als sie ihn von sich aus einmal gefragt hatte, ob er auch damit klar käme, dass der Umgang mit Gewaltverbrechern zu ihrem täglichen Geschäft gehörte.

Sie ging zum Küchentisch und sah Louisa über die Schulter. Die Zeichnung sprühte vor kindlichem Charme. Ein blaues Haus und daneben, zwischen einigen Blumen, drei Figuren, über denen ›Mama‹, ›Papa‹ und ›Louisa‹ stand. Ein undefinierbares braun-weißes Etwas neben der Louisa-Figur trug die Überschrift ›Ramon‹. In Augenblicken wie diesen wurde Thiele bewusst, was für ein Glück sie doch mit ihrer Bilderbuchfamilie hatte. Umso mehr empfand sie manchmal Mitleid für Schreiber, der seine Tochter nur alle paar Wochen sah, nicht einmal eine Freundin hatte und dessen Ex-Frau inzwischen mit einem Anwalt in Nürnberg zusammenwohnte.

Als Schreiber die Kühlschranktür öffnen wollte, fiel sein Blick auf das Strichmännchen. Er stockte, nahm die Zeichnung ab und begutachtete sie. Nichts. Kein Leben, nur ein paar dahin gekritzelte Linien auf einem Blatt, ein vollkommen belangloses Zettelchen, das die Welt nicht brauchte. Beiläufig zerknüllte er es mit einer Hand und ließ es im Mülleimer unter der Spüle verschwinden.

Er holte ein Einmachglas aus dem Kühlschrank und fischte mit den Fingern drei Gurken heraus, die er liebevoll neben zwei Salamibroten auf einem Teller platzierte. Er leckte sich die Finger ab, schraubte den Deckel aufs Glas und stellte es zurück. Ein Blick auf die Bahnhofsuhr, es war zehn nach acht. In fünf Minuten würde im Fernsehen eine amerikanische Krimiserie beginnen, die er hin und wieder schaute. Er wägte dann immer ab, wie viel der Handlung realistisch war und was zu übertrieben, konstruiert und unglaubwürdig schien. Manchmal diskutierte er mit den Kollegen darüber, vor allem mit Aurich, der keine Folge ausließ.

Mit einer Flasche Mineralwasser und dem Brotzeitteller bewaffnet, ging er nach vorne ins Wohnzimmer und schaute den Film. Erst bei einem Werbespot merkte er, dass er eigentlich gar nicht richtig aufgepasst hatte. Seine Gedanken waren ständig um das große Haus in der Lange Straße gekreist, wo das Spezialeinsatzkommando um 4 Uhr 15 zugreifen würde – in ziemlich genau sieben Stunden. Er würde nur als Zuschauer dabei sein. Trotzdem war er vollkommen aufgedreht, als ob er selbst die Wohnung stürmen sollte. Aber dieser Einsatz war ganz allein Sache der schwarz vermummten Profis, die auf solche Zugriffe spezialisiert waren.

Schreiber musste schmunzeln, als er daran dachte, wie unrealistisch solche Szenen oft in Krimis dargestellt wurden. Nicht nur, dass die Ermittler mit gezückter Dienstwaffe zusammen mit dem Spezialeinsatzkommando ins Haus stürmten, sie trugen auch als einzige weder Helm noch beschusshemmende Weste.

Er schaltete den Fernseher ab, ließ seine Nackenmuskulatur durch seitliches Hin- und Herkippen des Kopfes laut knacken und erhob sich. Wie immer, wenn er so aufgekratzt war, wusste er was zu tun war. Ein Bier, vielleicht auch zwei, und dazu am Fenster auf seiner alten E-Gitarre zu noch älterem Blues von B. B. King spielen. Dies und der Blick über den Kanal aufs abendliche Bamberg beruhigten ihn immer. Schließlich würde er in der Nacht ein paar Stunden Schlaf brauchen, um voll bei der Sache zu sein, wenn es losging.

Er kniete sich neben die Stereoanlage und schob die CD ein.

»… Rock me baby
rock me all night long …«

Am Fenster legte er sich die Gitarre um und begann, zu spielen.

›Hoffentlich geht alles glatt‹, dachte er, als seine Finger über die Saiten glitten und ihren Weg in den Song fanden.

Das Sicherheitsschloss hielt nicht, was die schwere große Kupfertür in der Hellerstraße, dem Seiteneingang des Hauses in der Langen Straße, versprach. Der erste der schwarz vermummten Männer hatte es im Handumdrehen geknackt. In der Hocke stieß er leise die Tür auf, während seine sieben Kollegen ihn mit ihren Feuerwaffen im Anschlag sicherten – Pistolen von Glock. Einer hatte eine M5, eine Maschinenpistole von Heckler & Koch. Etwas übertrieben für diesen Einsatz, wie Laut fand.

Er stand mit seinen Kommissaren auf der anderen Straßenseite und verfolgte das Geschehen, die Hände in den Taschen seines Trenchcoats. Obwohl er wusste, dass die Nürnberger Polizisten darin geschult waren, nicht unnötig zu feuern, machte er sich Sorgen, dass Fischer bei dem Einsatz getötet werden konnte. Auf keinen Fall wollte er der Presse und den Politikern eine Leiche als Tatverdächtigen präsentieren.

Alle Mitglieder seiner SoKo waren gekommen: Schmoll, Steinfels, Aurich und auch Bayer, für dessen berühmte schwarze Lederjacke mit den langen Fransen jetzt niemand einen Blick hatte. Schreiber stand bei Thiele und hatte sich eben noch gefragt, wie sie um diese Uhrzeit schon wieder so unverschämt gut aussehen konnte, ehe auch er seine ganze Aufmerksamkeit auf das Spezialeinsatzkommando richtete. Er hielt sich an einem Pappbecher Kaffee fest. Trotz zwei Bier, Blues und der beruhigenden Aussicht auf den Kanal hatte er praktisch die ganze Nacht kein Auge zugetan.

Die Blicke der schwarzen Männer fielen in einen kurzen Hausflur, in dem sich geradeaus ein Fahrstuhl und rechts das Treppenhaus befanden. Einer der Beamten ging hinein, holte den Fahrstuhl und blockierte dessen Tür, nachdem er unten angekommen war. Dann huschten alle fast lautlos mit hochgehaltenen Waffen die Treppen hinauf. Zwei der Männer trugen eine aus einer alten Eisenbahnschiene hergestellte Ramme für die Wohnungstür. Der letzte hielt noch für Laut und sein Team die Haustür auf.

Die Kommissare überquerten die Hellerstraße, traten ein, warteten dann aber vor dem Fahrstuhl und sahen dem Spezialeinsatzkommando nach, bis es um die Ecke nach oben verschwunden war. Sekunden der Stille verstrichen – eine Ewigkeit. Dann hörten sie oben die Wohnungstür unter einem lautem Krachen bersten.

Schreiber nahm einen Schluck Kaffee und sah Thiele an.

Er schlief unruhig und wälzte sich in einem Albtraum hin und her. Er war ein Taucher, auf den bedrohlich einige weiße Haie zuschwammen, jeder einzelne so groß wie der in Steven Spielbergs klassischem Horrorfilm, den er schon unzählige Male gesehen hatte. Die Angst hielt ihn unerbittlich mit kalter Hand umklammert, er war unfähig, klar zu denken, zu atmen, sich zu bewegen. Gleich würden ihn die Haie in Stücke reißen ...

Irgendetwas weckte ihn – gerade noch rechtzeitig. Er knipste die Nachttischleuchte an, schlug die Decke beiseite und setzte sich auf die Bettkante. Irritiert blinzelte er auf die rote Digitalanzeige seines Radioweckers: 4 Uhr 20. Zum ersten Mal war er im Traum der Gejagte gewesen, ganz anders als in seinen üblichen Träumen, in denen er bisher immer nur der Jäger gewesen war.

Seine Hand tastete nach einer Mineralwasserflasche auf dem Nachttisch. Sie war leer. Er erhob sich, griff eine Boxershorts und eine blaue Freizeithose vom Sessel in der Ecke und streifte beides über, denn er schlief immer nackt. Noch immer etwas benebelt von seinem Traum, tapste er aus dem Schlafzimmer, die leere Flasche in der Hand. Am Ende des Flurs bog er vor der verschlossenen Wohnzimmertür nach links in die Küche. Er holte sich eine neue Flasche aus einem Kasten in der Ecke und schraubte sie zischend auf, als er nach vorne ins Wohnzimmer ging, wo er die Balkontür öffnete und hinaustrat. Die ersten Schlucke und die kühle Nachtluft taten ihm gut. Danach würde er bestimmt schnell wieder einschlafen. Er atmete tief durch und schüttelte sich, wodurch der Traum endgültig von ihm abzufallen schien. Zufrieden schaute er hinunter auf die Straße.

Da ließ ihn ein lautes Krachen aus dem vorderen Teil seiner Wohnung herumwirbeln. Die Mineralwasserflasche segelte hinunter und zerbarst auf dem Asphalt. Fassungslos starrte er mit offenem Mund auf die Wohnzimmertür. Schon konnte er dahinter Schritte und Stimmen auf dem Gang hören. Sie waren gekommen, um ihn zu holen! Sie wollten ihn tatsächlich schnappen!

Ihm war, als hätte der Traum ihn eingeholt. Aber wie konnte das sein? Wenn die Polizei um diese Uhrzeit seine Wohnung stürmte, konnte das nur bedeuten, dass er dringend tatverdächtig war. Und das war unmöglich, er hatte an alles gedacht.

Sein Gehirn begann zu rasen wie ein Hochleistungscomputer. In Sekundenbruchteilen suchte es fieberhaft nach einem Fehler. Bilder aus der Vergangenheit blitzten auf: Bäume, Parkwege, nirgends Zeugen, er selbst in der Dusche beim Rasieren seiner Schambehaarung, ein Kondom, ein Messer, das zweite Mädchen, das er am Flussufer zurückgelassen hatte …

Hatten die Bullen doch etwas auf ihr gefunden? Aber wie waren sie auf ihn gekommen? Wussten sie womöglich, dass er Bogenschütze war? Nein, niemand wusste das, nicht in Bamberg.

Sein Gehirn wollte weiter nach Fehlern suchen, doch die sich nähernden Schritte und Stimmen hinter seiner Wohnzimmertür ließen ihn alles ausblenden. Es galt, sich auf die gegenwärtige Situation zu konzentrieren, für die er sich schon vor langer Zeit einen Plan zurechtgelegt hatte, auch wenn er die Chance, dass es je so weit kommen könnte, als verschwindend gering eingestuft hatte. Er hatte für alles einen Plan. Glaubten diese Scheißkerle wirklich, sie könnten ihn schnappen? Ihn? Lächerlich! Absolut lächerlich! Mit grimmiger Entschlossenheit eilte er zum Wohnzimmertisch und griff nach einem Gegenstand, mit dem er zurück auf den Balkon lief.

»Okay. Showtime. Let's dance!«, zischte er, trotzig die Wohnzimmertür fixierend.

Sie wurde aufgestoßen.

»Da stimmt was nicht«, sagte Aurich. »Das dauert viel zu lange.«

Nervös tigerte er vor dem Fahrstuhl auf und ab, so weit es der Platz zwischen seinen wartenden Kollegen zuließ. Er hielt am Treppenabsatz inne, schaute nach oben und lauschte. Die anderen blickten fragend zu Laut, der nach einigen Sekunden aussprach, was alle dachten.

»Ich schätze, Kollege Aurich hat recht«, sagte er. »Aber wir …« Hastige Schritte im Treppenhaus ließen ihn stocken.

Einer der vermummten Polizisten kam herunter, rannte vorbei an Aurich zu Laut, vor dem er atemlos stehenblieb und sich Helm und Sturmmaske abstreifte. Ein junger Mann, Mitte zwanzig, kam zum Vorschein. Seine schwarzen Locken klebten ihm schweißnass am Kopf. Die Schusswaffe hatte er schon weggesteckt.

»Der Verdächtige kann froh sein, dass er noch lebt und keinem von uns der Zeigefinger nervös wurde«, berichtete er ohne Umschweife. »Er war allein. Muss zufällig wach gewesen sein. Wir stellten ihn auf dem vorderen Balkon, er hockte auf der Balustrade. Da ist er immer noch, könnte jeden Augenblick abstürzen. Hatte einen dunklen Gegenstand in der Hand, der aussieht, wie eine stinknormale Fernbedienung. Aber er droht, damit die ganze obere Etage in die Luft zu sprengen. Wahrscheinlich nur ein Bluff, aber wissen kann man das natürlich nicht.« Der Beamte holte tief Luft. »Jedenfalls, wenn es kein Bluff ist, haben wir ein Problem. Fangen wir an, in dieser riesigen Wohnung nach Sprengsätzen zu suchen, drückt er einfach das Knöpfchen. Schießen wir, könnte sein Daumen doch noch runter gehen. Blöde Situation.«

»Der blufft«, sagte Schreiber trocken, zerdrückte dabei aber seinen leeren Kaffeebecher.

»Klar blufft der!«, rief Aurich dem Mann von hinten über die Schulter.

Der fuhr erschrocken herum, um gleich wieder Laut anzusehen, der noch gar nichts gesagt hatte und mit grübelnd gesenktem Blick versuchte, die Situation abzuwägen.

»Aber auch wenn der Verdächtige nicht blufft«, berichtete der Mann weiter. »Wir kommen nicht an ihn heran. Wenn man sich ihm nähert, muss er sich nur nach hinten fallen lassen. Na ja, und ein Sturz aus der Höhe ...«

Laut nickte. »Verstehe. Aber was will er? Verhandeln? Er müsste doch wissen, dass ihm keiner was versprechen wird. Und er wird wohl auch kaum glauben, dass er noch irgendwie davonkommt.«

»Chef, das ist ein Irrer!«, rief Aurich wieder. »Der ist in die Enge getrieben und probiert jetzt einfach alles!«

»Von verhandeln hat er nichts gesagt«, sagte der Mann vom Spezialeinsatzkommando. »Aber weshalb ich eigentlich gekommen bin: Er fragte, ob die, Entschuldigung, geile singende Polizistin aus dem *Live Club* hier ist. Wisst ihr da irgendetwas?«

Er blickte fragend in die Runde und folgte dann den Blicken der Anwesenden, die überrascht zu Thiele sahen. Sie stand bei Schreiber direkt vor dem blockierten Fahrstuhl.

»Wahnsinn, der kennt uns«, murmelte Steinfels ihr zu.

»Vor allem mich!«, rief Thiele fassungslos und wandte sich an Schreiber. »Der war beim letzten Konzert!«

Ehe sie jemand aufhalten konnte, stürzte sie die Stufen hinauf. Schreiber folgte ihr ohne zu zögern.

»Kollegen, ihr bleibt hier!«, brüllte Laut ihnen nach.

Sie gehorchten ihm nicht.

»Mich kennt er auch!«, rief Schreiber noch hektisch über die Schulter zurück, ehe er ums Eck verschwand.

»Ihr bleibt hier! Das ist eine dienstliche Anordnung!«, kam es von unten.

Der Chef wollte den beiden folgen, musste dann aber mit ausgebreiteten Armen den anderen den Weg verstellen, die ebenfalls losstürmen wollten.

»Der Drecksack blufft, verdammt noch mal! Der glaubt, er kann uns verarschen!«, schrie Aurich, als er auf Steinfels, Bayer und Schmoll zurückfiel und sie fast alle drei umriss.

»Bleibt sachlich, Kollegen!«, zischte Laut mahnend, bemüht, die Stimme zu senken.

Der Mann vom Spezialeinsatzkommando stand nur da und verfolgte die Szene erstaunt.

»Denkt doch mal nach«, sagte Laut beschwörend. »Ihr könnt dort oben jetzt sowieso nichts ausrichten. Im Gegenteil, zu viele Leute würden ihn nur noch nervöser machen. Und falls das mit den Sprengladungen doch kein Bluff ist … Schlimm genug, dass die Kollegen Thiele und Schreiber sich der Gefahr aussetzen.«

Aurich atmete tief durch und sah mit zusammengekniffenen Lippen zur Seite. Irgendwann hob er geschlagen beide Hände. »Okay«, sagte er knapp.

Steinfels legte ihm von hinten die Hand auf die Schulter. Schmoll und Bayer blickten einander wortlos an. Laut drehte sich um und sah düster die Stufen hinauf, wo Thiele und Schreiber verschwunden waren.

»Verdammt!«, zischte er.

›Er hat Maria umgebracht! Er kennt mich!‹ Thieles Emotionen ließen sie die Gefahr einer drohenden Explosion vollkommen ausblenden. Sie dachte weder an

Louisa, die ihre Mutter verlieren könnte, noch an Pete, der sie noch ermahnt hatte, auf sich aufzupassen. Auch Schreiber, der ihr auf dem Weg in die Höhle des Löwen an den Fersen klebte, konnte sie nicht bremsen. Er versuchte es auch nicht.

Als sie wie von selbst die Treppe hinaufflog, hatte sie nur ein Ziel: Marias Mörder in die Augen zu sehen. Was danach kommen würde, wusste sie nicht. Schreiber ging es ähnlich. Er, der Treppenmuffel, fiel keinen Meter zurück und nahm die Stufen doppelt und dreifach wie in Trance. Schon nach wenigen Sekunden erreichten die Beiden keuchend die aufgebrochene Wohnungstür in der vierten Etage, wo sie kurz in einer Art feierlichem Moment verharrten. Mit geröteten Gesichtern blickten sie einander an und traten dann gemeinsam über die Schwelle.

In dem langen Flur brannte Licht. Er war, wie Schreiber geschätzt hatte, etwa 25 Meter lang. Links neben dem Eingang stand eine rollbare Garderobe, an der einige Jacken und Anzüge hingen. Davor auf dem Boden standen verschiedene Schuhpaare, akkurat angeordnet.

Vor der Tür am anderen Ende des Flures stand ein Mann vom Spezialeinsatzkommando und nickte ihnen zu. Es war der mit der Maschinenpistole. Im Stechschritt liefen Thiele und Schreiber auf ihn zu. Er trat zur Seite und ließ sie ins Wohnzimmer.

Die helle, moderne Einrichtung, den Großbildfernseher und die Bar in der Ecke nahmen die Kommissare kaum wahr, als sie gleich hinter der Tür stehen blieben. Sie beachteten nur die sechs vermummten Polizisten, die im Halbkreis vor der offenen Balkontür knieten und mit ihren Pistolen schräg nach oben zielten.

Gespenstische Stille. Nur der Einsatzleiter schaute kurz zu den Kommissaren und winkte sie heran. Als sie nähertraten und zwischen zwei der Männer stehenblieben, sahen sie auch Fischer. Barfuß und nur mit einer blauen Freizeithose bekleidet, kauerte er auf der Balustrade des kleinen Balkons wie ein Gargoyle, einer jener geflügelten Wasserspeier an den Fassaden vieler Kathedralen, nur dass er sich dem Gebäude zuwandte und angespannt hineinsah, bereit, bei der geringsten falschen Bewegung die Fernbedienung zu drücken, die er über die Köpfe der Polizisten hinweg auf das Zimmer richtete.

Schreiber musste sich ein wenig ducken, um Fischer durch die niedrige Balkontür ins Gesicht sehen zu können. Jetzt, wo er ihn zum ersten Mal aus der Nähe sah, kam er ihm noch attraktiver vor als aus der Ferne oder auf den Bildern des *Calimeros*. Er hatte markante, südländisch anmutende Züge, männlich, streng und dennoch sanft durch die geschwungenen, weichen Lippen und ein leichtes Grübchen im Kinn. Doch die dunkelbraunen, fast schwarzen Augen wirkten seltsam leer.

Mechanisch streiften diese Augen Schreiber nur kurz, um sofort Thieles Gesicht zu finden. Erst als Fischer und die Kommissarin einander direkt ansahen, blitzte etwas in Fischers Augen auf und er verzog den Mund zu einem hämischen Grinsen.

Regungslos hielt Thiele seinem Blick stand. Der Moment, dem sie entgegengefiebert hatte, war seltsam schnell gekommen und kam ihr unwirklich vor. Sie stand in der Wohnung von Marias Mörder und sah dem Mann direkt in die Augen. Augen, wie sie sie noch nie gesehen hatte, Augen, die ihr die Nackenhaare sträubten, Augen, in denen nichts als gleichgültige Grausamkeit lag.

»Hallo, Sophie«, sagte Fischer und zwinkerte ihr zu.

Es überraschte Thiele nicht, dass er ihren Namen kannte. Sie bemühte sich um Gelassenheit, auch wenn ein Teil von ihr einfach nach vorne stürmen wollte, um Fischer mit einem gezielten Tritt ins Gesicht in die Tiefe zu befördern. Doch so leicht sollte er nicht davonkommen.

»Hallo, Herr Fischer«, sagte sie nur. »Darf ich Marco sagen?«

Fischer gluckste wie ein kleines Kind.

»Ach, wie süß«, antwortete er spöttisch. »Erst mal ein Vertrauensverhältnis zur Zielperson aufbauen. Psychologisch wertvoll, um die Situation allmählich zu deeskalieren. Respekt, kleine Sophie. Hast deine Hausaufgaben gemacht.« Dann wurde er plötzlich ernst und bohrte seinen Blick regelrecht in sie hinein. »Aber Spaß beiseite, Süße. Klar kannst du Marco zu mir sagen. Wo ich's dir in Gedanken doch schon mindestens hundert Mal besorgt habe.« Er warf ihr ein Küsschen zu.

Schreiber, der sich zurückhielt, zuckte innerlich zusammen, stellte aber mit einem Seitenblick anerkennend fest, dass Thiele ihr Pokerface behielt. Er schielte auch zu den Männern des Spezialeinsatzkommandos, deren Finger sich jede Sekunde krümmen konnten. Er wagte kaum, zu atmen.

Thiele wollte gerade weiterreden, als Fischer die linke Hand hob und hinzufügte: »Stopp, Sophie!« Er ließ die Hand wieder sinken. »War nur ein Scherz. Tatsächlich hab ich mir schon locker tausend Mal vorgestellt, es mit dir zu treiben. Du warst übrigens spitze«, schloss er und grinste sie gönnerhaft an.

Thiele atmete tief durch.

»Na gut, Marco«, sagte sie mit fester Stimme.

»Komm doch einfach da runter und geh' mit uns. Dann kannst du's in Gedanken noch so oft mit mir machen, wie du willst.«

Wieder blieb Schreiber das Herz stehen – Sophie sollte sich nicht auf diese Psychospielchen einlassen. Bestimmt war es genau das, worauf Fischer aus war.

»Vielleicht reicht es mir ja schon«, kam es vom Balkon zurück. »Und ich blas uns lieber alle weg?«

Er machte einen kleinen Schlenker mit der Fernbedienung. Es schien ihm nichts weiter auszumachen, dass sich Thiele trotz seiner Provokationen nicht aus der Ruhe bringen ließ. Der Einsatzleiter, der direkt neben Schreiber kniete, zischte etwas unter seiner Maske.

»Wir müssen jetzt etwas unternehmen«, verstand Schreiber, der Fischer vor seinem geistigen Auge schon rücklings auf die Lange Straße abstürzen sah. Der Gedanke, dass Lauras und Marias Mörder sich so leicht aus der Affäre ziehen konnte, war schlicht unerträglich. Wenn nur niemand auf ihn schoss! Die Geschichte von der Sprengladung war doch garantiert ein Bluff. Schreiber schielte zu Thiele. Während diese noch überlegte, hielt er es nicht mehr aus.

»Mag sein, dass Sie hier alles in die Luft sprengen können«, begann er ruhig, bewusst das respektvollere Sie wählend. Am liebsten hätte er Fischer einfach bis aufs Blut provoziert, damit er ihn irgendwann wütend ansprang. Dann wäre er zumindest weg von dem Balkon gewesen. Aber solange er nicht hundertprozentig wusste, dass es keine versteckten Sprengladungen gab, musste er Rücksicht auf Thiele und die Kollegen nehmen, deshalb blieb er vorsichtig. Fischer sah ihn mit einer Mischung aus Überraschung und Verachtung an.

»Aber das ändert nichts daran, dass Sie nun mal verloren haben«, fuhr Schreiber unbeirrt vor. »Wir haben Sie gefunden, so einfach ist das. Man muss wissen, wann man aufgeben sollte. Also, kommen Sie da runter und lassen Sie den Quatsch.«

Fischer schüttelte nur den Kopf. Er verdrehte genervt die Augen und atmete tief durch, so als müsse er einem dummen Schuljungen etwas zum wiederholten Mal erklären.

»Das glaubt ihr aber nicht wirklich, oder?«, begann er und sah verächtlich von Schreiber zu Thiele. »Ich meine, so dumm könnt nicht einmal ihr kleinen Scheißkerle sein. Anzunehmen, ihr hättet gewonnen? Ihr meint allen Ernstes, ihr könntet mich schnappen? Denkt doch nach, verdammt noch mal. Seht euch doch nur mal an, wie ihr die Hosen voll habt. Oh Mann, wenn es nicht so lustig wäre, könntet ihr einem echt leid tun. Egal, wie dieser Tag ausgeht, ihr könnt nichts machen. Wann glaubt ihr, ist die Nächste fällig, hä?«

Mit Todesverachtung im Blick schüttelte er wieder und wieder den Kopf und sah zu Schreiber. Dann warf er ihm mit einer gelangweilten Geste die Fernbedienung vor die Füße, wo sie aufsprang und die Batterien herausrollten. Schreiber zuckte zusammen und wartete darauf, einen Schuss krachen zu hören. Doch nichts rührte sich. Wieso hatte Fischer die Fernbedienung weggeworfen? Hatte er schon einen Knopf gedrückt?

Hinter den Polizisten ertönte laute Orgelmusik.

Laut hatte mit seinem Handy kurzerhand die Feuerwehr gerufen. Wenn sie rechtzeitig kam, konnten sie versuchen, Fischer mit einem Sprungtuch oder Sprungkissen aufzufangen, sollte er sich tatsächlich in die Tiefe stürzen. Und stimmte das mit den Sprengladungen, hätten sie ohnehin alle Hände voll zu tun.

Jetzt eilte er mit Steinfels, Aurich und Bayer nach vorne zur Langen Straße, wo sie die Anwohner warnen wollten. Sie sollten sich zumindest von den Fenstern fernhalten. Hinter ihnen, in der Hellerstraße, klingelten Schmoll und der Mann vom Spezialeinsatzkommando bereits an den Haustüren.

»Eine Bombendrohung ist nun mal eine Bombendrohung«, hatte Laut gesagt.

Auch wenn er selbst nicht an die Sprengladungen glaubte, galt es Vorsicht walten zu lassen. In der Lange Straße angekommen, trat er mit seinen drei Kommissaren in die Mitte der Fahrbahn und sah kurz zu Fischers Balkon hinauf, wo der ihnen absurderweise in seiner blauen Freizeithose das Gesäß entgegenzurecken schien.

»Ich hätte richtig Lust auf ein kleines Übungsschießen«, murmelte Bayer.

»Worauf du einen lassen kannst«, pflichtete Aurich ihm nachdenklich bei.

»Auf geht's, Kollegen«, sagte Laut nur.

Sie schwärmten in alle Richtungen aus.

Bayer rannte mit wehenden Fransen zum Schönleinsplatz, wo er die Langen Straße, eine der verkehrsreichsten der Innenstadt, sperren sollte. Jetzt war sie noch wie ausgestorben. Steinfels, Aurich und Laut steuerten die verschiedenen Haustüren und Eingangspassagen an, wobei sie immer wieder nervös über ihre Schultern nach oben blickten. Was ging da vor? Wie zur Antwort ertönte im vierten Stock plötzlich Musik – so laut, dass die Kommissare sie selbst unten auf der Straße deutlich hören konnten.

Gespenstisch drang ein hämmernder Rhythmus zu ihnen hinunter, er schien die Wände des Hauses vibrieren zu lassen. Aurich kannte das Lied. Unbewusst nickte er den Takt mit, als er vor einer Gegensprechanlage wartete und hinauf zu Fischer sah.

»... In a gadda da vida, honey.
Don't you know that I'm lovin' you ...«

Fischer sang lautlos mit und schaute Thiele so verführerisch an, als sänge er das Lied nur für sie.

»... In a gadda da vida, baby.
Don't you know that I'll always be true ...«

Die Fäuste über den Kopf werfend, tanze er, soweit es seine kauernde Position zuließ. Dabei spannte er seine Muskeln, die hervortraten. Man merkte ihm an, wie stolz er auf seinen durchtrainierten Körper war.

Thiele und Schreiber standen regungslos im Wohnzimmer und suchten verzweifelt nach Worten. Sie fanden keine. Zu absurd erschien ihnen die ganze Situation. Ein Mörder führte auf der nur wenige Zentimeter breiten Balustrade seines Balkons einen Tanz auf, sechzehn Meter über der Langen Straße, während er von Polizisten eingekreist war, die es nicht wagten, sich ihm zu nähern. Doch was hätten sie auch sagen sollen? Die Musik war so ohrenbetäubend laut, dass Fischer sie ohnehin nicht verstanden hätte.

»... In a gadda da vida, honey.
Don't you know that I'm lovin' you ...«

Als Fischers Mund die Sätze formte, sah er Thiele versteinert an, als würde er nicht nur einen Text wiedergeben, sondern jedes einzelne Wort ernst meinen.

»... In a gadda da vida, baby.
Don't you know that I'll always be true ...«

Thiele hielt dem Blick stand. Wenn sie ihm tief in die Augen sah, konnte sich Schreiber vielleicht unauffällig ein paar Zentimeter nach vorne schieben. Der erriet ihre Gedanken und machte unbemerkt einen kleinen Schritt. Nur einem der Männer vom Spezialeinsatzkommando fiel es auf – er schielte kurz hinüber. Hatte Fischer es auch gesehen? Scheinbar nicht, denn er tanzte weiter. Mit zusammengezogenen Augenbrauen legte er besondere Leidenschaft in die nächsten Textzeilen und streckte Thiele sehnsüchtig seine Arme entgegen.

»... Oh, won't you come with me
And take my hand.
Oh, won't you come with me
And walk this land.
Please take my hand ...«

Bei den letzten Worten verzog sich sein Gesicht zu einer seltsam grinsenden Fratze, die Schreiber tatsächlich ein wenig an das Kühlschrankmännchen erinnerte. Fischers Augen bohrten sich regelrecht in Thiele hinein. Ihr war, als schaue sie dem Bösen selbst ins Gesicht. Fischers Blick traf ihr Innerstes. Er zwinkerte ihr zu, als sei er ihr ältester Freund.

Sein Grinsen hielt an, als er sich ruckartig erhob, um für einen kurzen Augenblick kerzengerade mit ausgebreiteten Armen auf der Balustrade zu stehen. Sofort begriffen Thiele und Schreiber was er vorhatte und stürzten nach vorne. Fischer beugte die Knie und ließ die Arme sinken. Gleichzeitig hechteten die beiden Kommissare hinaus auf den Balkon, wo es Schreiber nur noch schaffte, mit seiner ausgestreckten Hand einen von Fischers Füßen zu streifen.

»Ja?«, kam es aus der Gegensprechanlage.

Aurich beugte sich gerade hinunter, um zu antworten, als ihn ein Frauenschrei herumfahren ließ. Er war von Steinfels gekommen, die ein paar Häuser weiter stand und nach oben zum Balkon starrte. Aurich sah hinauf. Der Kerl stürzte sich tatsächlich in die Tiefe! Man musste doch etwas tun!

Doch Fischer vollführte einen perfekten eineinhalbfachen, gestreckten Salto rückwärts. Graziös wie beim Turmspringen flog er durch die Luft – nur dass sein Körper nach einigen Sekunden nicht im Wasser verschwand, sondern mit dem grässlichen Geräusch splitternder Knochen mitten in der Langen Straße auf den Asphalt schlug.

Ein unbeholfener Schritt vorwärts war alles, was Aurich nach der Schrecksekunde zustandegebracht hatte. Laut und Steinfels war es ebenso ergangen. Doch jetzt stürzten alle zu Fischer, unter dessen Kopf sich bereits eine riesige Blutlache gebildet hatte. Schmoll und der Mann vom Spezialeinsatzkommando kamen aus der Hellerstraße geeilt, als Laut neben Fischer kniete und ihm zitternd Zeige- und Mittelfinger auf die Halsschlagader legte. Als der Chef wieder hochsah, waren auch Thiele und Schreiber eingetroffen, keuchend standen sie mit ihren Kollegen um den Mörder herum.

Laut blickte in die Runde und schüttelte den Kopf, während Thiele stocksteif dastand und die Fäuste ballte, bis die Knöchel weiß hervortraten.

»Scheiße«, zischte Aurich durch zusammengebissene Zähne.

Das Gleiche dachte auch Schreiber, als er bitter enttäuscht in Fischers lebloses Gesicht sah, das mit dem Tod jeden Ausdruck verloren hatte. Mit herabhängenden Armen trat Schreiber von der Leiche zurück und schaute hinauf zum Balkon, auf dem jetzt drei Männer vom Spezialeinsatzkommando standen. An der Hauswand über ihren behelmten Köpfen war, wie an vielen Bamberger Gebäuden, eine Inschrift – hier in leuchtend goldenen Buchstaben:

AN GOTTES SEGEN
IST ALLES GELEGEN

Die Worte konnten Schreiber, der ohnehin nie in die Kirche ging, nicht trösten. Sie kamen ihm eher wie bittere Ironie vor, war ihnen Fischer doch noch vor wenigen Augenblicken zum Greifen nahe gewesen – genau unter eben diesen zwei Schriftzügen. Ihn packte eine ohnmächtige Wut. Er hatte sein Versprechen an die tote Laura nicht halten können. Es war ihm nicht gelungen, ihren Mörder zu fangen. Niemals würde die Bestie den Angehörigen ihrer Opfer in die Augen sehen müssen.

Schon wenige Tage nach Fischers Tod waren die Morde im Hainpark nicht mehr das vorherrschende Gesprächsthema in der Stadt. So fanden viele Bürger zum Beispiel die Frage, ob das Bamberger Basketballteam 2007 wieder Deutscher Meister werden würde, viel interessanter als den aufgeklärten Kriminalfall. Was gab es noch zu reden? Die Bedrohung war vorüber, die Volksseele beruhigte sich und die kritischen Stimmen gegenüber der Polizei verstummten so schnell, wie sie erklungen waren.

Selbst in den Zeitungen und im Fernsehen hallte Fischers spektakulärer Abgang nicht lange nach. Bilder des Hauses in der Langen Straße, Blutreste auf dem Asphalt, ein Interview mit Laut – alles relativ harmlos. Als großer, bedrohlicher Unbekannter war Fischer den Medien fast lieber gewesen.

Im Kommissariat waren alle erstaunt, dass kein Journalist auf die Idee kam, seinen Tod kritisch zu hinterfragen und nach einem möglichen Fehler der Polizei bei der Verhaftung zu suchen. Das war fast schon ein

Wunder. Nur langsam machte sich allgemeine Erleichterung bei den Ermittlern breit.

Erst am Dienstag, dem 12. Juni beim verspäteten Bullenstammtisch im Hinterhof der *Fischerei* waren alle in Feierstimmung. Obwohl jeder wusste, woher die gute Laune kam, sprach es niemand an. Berufliche Themen waren bei diesen Treffen verpönt. Gut gelaunt saßen sie zwischen Zitronenbäumchen und Weinlaub und schwatzten über Schafkopf, Basketball, Bier- und Weinsorten, die ›B. Bulls‹ und Thieles Sangeskünste. Als Schmoll, was selten vorkam, etwas angetrunken war, wagte sie es sogar, Bayer auf seinen fragwürdigen Stil in Punkto Kleidung und Frisur anzusprechen. Der blieb gelassen und entgegnete, dass dies ein Eighties-Retro-Look sei und sie einfach keine Ahnung habe. Gegen elf zahlten sie.

»Wer geht noch mit in die *Blues-Bar?*«, fragte Schreiber in die Runde. Laut, Bayer und Schmoll winkten ab, doch Thiele, Steinfels und Aurich ließen sich nicht lange bitten. Wie schon vor zweieinhalb Wochen, an dem Samstag, an dem man Maria gefunden hatte, machten sie sich auf den Weg. Von der Fischerei durch die Kapuzinerstraße, vorbei am Kranen, über die Untere Brücke, wo sie diesmal keine feiernden Mädchen trafen. Aus dem *Schlenkerla* in der Sandstraße torkelte ihnen jedoch wieder ein Nachtwächter entgegen.

Der Musiker, Sänger und Gitarrist, hatte sein graues Haar zu einem Pferdeschwanz gebunden. Auf einem einfachen, hölzernen Kneipenstuhl sitzend, stampfte er den Rhythmus mit, während er lupenreinen Mississippi-Delta-Blues zum Besten gab. Es gefiel Schreiber, der mit seinen Freunden an einem der erhöhten, runden Tische bei der erste Runde Pils saß und kaum merklich den Takt mitnickte. Eingelullt von der Musik, musste er nun doch an Fischer denken, der sich schon in den vergangenen Tagen häufiger in seinen Kopf gedrängt hatte als es ihm lieb war.

Nach Fischers Tod hatten Steinfels und Aurich die nächsten Angehörigen informiert, eine Tante und einen Onkel in Würzburg, beide Anfang siebzig. Die einfachen Leute, selbst kinderlos, hatten Fischer als Baby aufgenommen und großgezogen, nachdem seine Eltern bei einem Autounfall ums Leben gekommen waren. Sie hatten in den letzten Jahren keinen Kontakt mehr zu ihm gehabt, da er sofort nach seinem Berufeinstieg bei der Bank ausgezogen war und sich seitdem kaum gemeldet hatte – anfangs noch an Geburtstagen oder wenn er Geld brauchte, dann immer seltener, am Ende gar nicht mehr. Schreiber dachte daran, wie Aurich die Leute beschrieben hatte. Jedes einzelne Wort klang ihm noch in den Ohren, als steckte in seinem Gehirn ein Diktiergerät.

»Die beiden saßen so ungerührt auf dem Sofa wie leblose Schaufensterpuppen, als sie erfuhren, dass ihr Neffe und Ziehkind tot ist«, hatte Aurich gesagt. »Sie schienen nicht einmal überrascht, als wir ihnen mitteilten, was ihm vorgeworfen wurde. Es kam mir sogar vor, als hätten sie so etwas längst erwartet. Mein Gott, selbst bei der Identifizierung haben die nicht mit der Wimper gezuckt.«

Dass Schreiber in Gedanken sein Bier anstarrte, fiel den anderen nicht auf, da der Blues auch sie hatte verstummen lassen. Sie saßen da wie er und dachten an dasselbe Thema. Steinfels erwachte als erste, stellte belustigt fest, wie weggetreten ihre Freunde waren und knuffte Aurich in die Seite, wovon auch Thiele und Schreiber wieder zurück in die Gegenwart kamen.

Steinfels' rundliches Gesicht lächelte unter ihrem kurzen blonden Pony in die Runde.

»Prost«, sagte sie und hielt ihr Bier über die Tischmitte.

Das Anstoßen war eine Art Startschuss, mit dem die Gespräche über die aufgeklärten Morde und Fischer beginnen konnten. Aurich wischte sich mit dem Handrücken den Bierschaum vom Mund und machte den Anfang.

»Oh Mann, dieser Salto, das war doch so was von durchgeknallt. Ich meine, so springt doch keiner, der sich umbringen will. Mir kam's fast vor, als wollte der Typ uns selbst mit seinem Tod noch verarschen. So wie vorher mit der angeblichen Bombe.«

»Ist ihm ja auch gelungen«, entgegnete Steinfels. »Er hat sich der Verhaftung erfolgreich entzogen.«

Alle nickten bitter und nahmen darauf gleich noch einen ordentlichen Schluck.

»Dieses Lied geht mir nicht mehr aus dem Kopf«, sagte Thiele. »Es war das letzte, was er im Leben hören wollte. ›In a gadda da vida‹. Das heißt: ›Im Garten Eden‹. Wusstet ihr das?« Sie schnaubte verächtlich. »Sein Paradies war wohl der Hainpark.«

»Ich fand den Song eigentlich immer ganz cool«, warf Aurich ein. »Aber in Zukunft werde ich wohl jedes Mal an diesen Drecksack denken müssen, wenn ich ihn höre.«

»Na ja, regen wir uns nicht mehr auf. Das ist der Typ doch gar nicht wert«, wollte Steinfels trösten. »Und zumindest wird er jetzt niemandem mehr etwas tun.«

Einem halbherzig zustimmenden Gemurmel folgte eine längere Pause. Irgendwann sah Thiele zu Schreiber, der noch gar nichts gesagt hatte und wieder sinnierend in sein Bierglas starrte. Sie rempelte ihn an.

»Ach komm schon, Tiger«, versuchte sie ihn aufzumuntern. »So richtig zufrieden sind wir alle nicht. Aber die Julia hat schon irgendwo recht – es ist wenigstens vorbei.«

Schreiber lächelte sie dankbar an. Doch sein Lächeln wich schnell einem unsicheren Blick. Er räusperte sich und spielte nervös am Henkel seines Glaskrugs herum.

»Also, ich weiß nicht so recht«, begann er zögerlich. »Ich muss immer an seine letzten Worte denken. Dass nicht alles vorbei ist, wir nichts machen können und irgendwann die Nächste fällig wäre. Wie hat er das gemeint?«

»Das hat er gesagt?«, wunderte sich Steinfels.

»Hm.« Thiele nickte.

»Ach, der wollte euch nur verunsichern«, wiegelte Aurich ab. »Weil er wusste, dass er verloren hatte. Vergiss es.«

Schreiber schob die Unterlippe vor. Wahrscheinlich hatte Aurich recht. Alles, was sie in Fischers Wohnung gefunden hatten, passte genau zur Theorie, die Thiele und er sich im Hainpark zurechtgelegt hatten. Aber bedeutete das auch, dass Fischer die Taten alleine begangen hatte?

»Ich weiß nicht«, sagte Schreiber. »Wenn es aber kein Geschwätz war, vielleicht meinte er, es gibt noch einen Mittäter, einen zweiten Mann.«

»Quatsch!«, ereiferte sich Aurich. »Der war fertig! Und deshalb wollte er uns nur noch eins reinwürgen, damit wir alle uns genauso den Kopf zerbrechen, wie du Depp es gerade machst.«

Er unterstrich die letzten Worte, indem er mit dem Zeigefinger auf die Tischplatte pochte und sah dann Bestätigung suchend zu Steinfels, die sofort nickte.

»Sehe ich genauso«, sagte sie.

Thiele überlegte noch.

»Ihr habt wahrscheinlich recht«, lenkte Schreiber ein. »Aber trotzdem wäre ein Komplize sicherlich nützlich gewesen. Der hätte zum Beispiel als Jogger hinter den Mädchen herlaufen können, um Fischer zu warnen, falls doch jemand vorbei kam. Außerdem wäre den Mädchen der Rückweg abgeschnitten gewesen«.

Schreiber spürte, wie Thieles Hand sich besänftigend auf seinen Unterarm legte.

»Mach dich nicht verrückt«, versuchte sie ihn zu beruhigen. »Der war's garantiert alleine. Kannst du dir ernsthaft vorstellen, dass so einer das alles mit einem anderen zusammen plant?«

Schreiber legte grübelnd die Stirn in Falten. Nach einigen Sekunden lächelte er Thiele müde an.

»Eigentlich nicht, Schnegge«, gab er zu.

Alle stießen an.

Der Raum begann sich mit Nachtschwärmern zu füllen, die aus den Bamberger Biergärten, den Kellern kamen. Dadurch angespornt, legte sich der Bluesman besonders in Zeug. Seine hämmernden Rhythmen sorgten für gute Laune. Auch die Kommissare wandten sich wieder lustigeren Themen zu, Fischer war vorerst abgehakt. Steinfels entschuldigte sich irgendwann und zog sich an einen Tisch im mittleren Raum zurück, weil sie dort auf dem Weg zur Toilette Lockenköpfchen entdeckt hatte.

Kurz nach Mitternacht war es auch für Thiele an der Zeit, zu gehen. Sie rutschte vom Barhocker und schenkte Aurich und Schreiber, die nebeneinander auf der erhöhten Bank saßen, zum Abschied ein warmes Lächeln. Plötzlich packte sie Schreiber mit der Hand am Hinterkopf, zog ihn zu sich und küsste ihn laut schmatzend auf den Mund.

»Sorry, aber das hab' ich jetzt einfach gebraucht«, sagte sie, als er sie verdutzt anstarrte.

»Das sag ich dem Pete!«, begann Aurich sofort zu witzeln, verstummte aber schlagartig, als sie ihn mit beiden Händen an den Ohren packte und ebenfalls küsste.

»Dann wirst du ihm auch das sagen müssen. Gute Nacht, Jungs«, rief Thiele, zwinkerte den Beiden zu, machte auf dem Absatz kehrt und ging halbwegs sicheren Schrittes hinaus.

»Was für ein Teufelsweib!«, brachte Aurich heraus und rieb sich das rechte Ohr. Mit offenem Mund glotzte er ihr ungläubig nach, wobei sein Blick – wie die Blicke aller Männer im Raum – wie von selbst auf ihren Po glitt. Der Musiker verspielte sich.

»Hm«, machte Schreiber.

Schweigen.

»Aurich?«

»Hm?«

»Wenn du sie noch mal anrührst, mach' ich dich platt«, sagte Schreiber trocken. »Du hast Glück, dass ich heute noch einen Schnitt mit dir trinken will. Gehen wir an die Bar.«

Aurich zog die Augenbrauen hoch und lächelte lahm. Sie glitten von der Bank und gingen durch den mittleren Raum, in dem Steinfels mit Lockenköpfchen knutschte, nach vorne an die Bar, wo ihnen Sam sehr schnell ihre Schnitte hinpfefferte.

Sie tranken. Nach wenigen Minuten machte eine pummelige, blonde Mittdreißigerin Schreiber seinen Kollegen abspenstig, indem sie sich neben Aurich auf den Barhocker schwang und ihn auf seine Schlagzeugkünste ansprach. Es störte Schreiber nicht weiter. Er schnappte sich seinen Glaskrug und ging damit ans offene Fenster, wo er sich bequem auf die Bank lehnte und zwischen den Häusern der Sandstraße nach oben sah. Eine sternenklare Nacht, fast wie im Hochsommer – wo war eigentlich der Mond? Schreiber nahm einen Schluck Pils und träumte von Thiele.

Liednachweis

In a gadda da vida – Iron Butterfly 1968, One bourbon, one scotch, one beer – John Lee Hooker 1966, It serves me right to suffer - John Lee Hooker 1966, How blue can you get – B.B.King 1963, Thrill is gone – B.B. King 1969
When love comes to town – U2 1988, Lose yourself – Eminem 2003, Black velvet – Alannah Miles 1989, Cold shot – Stevie Ray Vaughan 1984, Eat the rich – Motörhead 1987